U0053301

新編國文選

修訂版

王基倫　李振興
周鳳五　邱燮友
許錟輝　陳滿銘
陳清俊　張春榮
黃沛榮　黃志民
黃俊郎　傅武光
廖振富　賴橋本
簡宗梧　顏瑞芳
編著

三民書局

國家圖書館出版品預行編目資料

新編國文選／王基倫等編著.－－修訂二版十三刷.－
－臺北市：三民，2020
面； 公分

ISBN 978-957-14-4262-4（平裝）
1.國文－讀本

836 94003959

新編國文選

編 著 者 | 王基倫等
發 行 人 | 劉振強
出 版 者 | 三民書局股份有限公司
地　　址 | 臺北市復興北路 386 號（復北門市）
臺北市重慶南路一段 61 號（重南門市）
電　　話 | (02)25006600
網　　址 | 三民網路書店 https://www.sanmin.com.tw

出版日期 | 初版一刷 2004 年 5 月
修訂二版一刷 2005 年 5 月
修訂二版十三刷 2020 年 8 月
書籍編號 | S832240
I S B N | 978-957-14-4262-4

三民書局

編輯大意

一、本書以提高學生閱讀、思考與寫作能力，傳揚固有文化，啟迪時代思想，培養倫理觀念，激發愛國情操，陶冶職業道德為目標而編輯。

二、本書全一冊，含範文、應用文教材及國學常識題庫三大部分。

三、本書範文含各種體裁，大體按時代先後排列，以適應各種需要，自由選授。

四、本書範文分「題解」、「作者」、「本文」、「注釋」、「研析」、「問題與討論」等項。「題解」說明本文之出處及大旨。「作者」介紹作者生平、事功、著作、作品風格及在文學史上之地位。「注釋」解釋生字、難詞、難句，並酌注讀音與出處。「研析」則視本文性質，或解析篇章作法，或提示時代意義，或討論相關問題，旨在強化學生欣賞、分析、聯想之能力。「問題與討論」提出若干重要問題供討論，使教學深刻化、活潑化。

五、本書應用文教材參酌傳統格式、社會現況編寫，力求淺近明晰，並多舉實例以加強教學效果。

六、書末附國學常識題庫，以補充範文之不足，使學生對國學常識有進一步之認識與了解。

七、本書如有疏漏之處，尚請任課教師、學界先進惠予指正。

新編國文選

目次

一　詩經選

詩經

題解

本課所選的篇章，關雎，出自於周南，主要在描寫男子思慕淑女的情感；伯兮，出自於衛風，則在描寫婦人思念遠征的丈夫。二詩篇名都取自首句，這是詩經及多數先秦古籍的通例。

作者

詩經三百零五篇，是中國最早的一部詩歌總集，包含西周初年至春秋中期（西元前十二世紀至前六世紀）五、六百年間的作品，為當時的樂官所採集而成，各篇作者大都已不可考。詩經的體裁分風、雅、頌三部分：風為民間歌謠，依地域分周南、召南、邶、鄘、衛、王、鄭、齊、魏、唐、秦、陳、檜、曹、豳十五國風；雅分小雅和大雅，小雅為宴饗樂歌，大雅為朝會樂歌；頌分周頌、魯頌、商頌，以祭祀神明祖先的樂歌為主。

漢代傳詩經者有魯、齊、韓、毛四家，魯詩為魯人申培所傳，齊詩為齊人轅固所傳，韓詩為燕人韓嬰所傳，都是今文經；毛詩為魯人毛亨所傳，屬於古文經。魏晉以後，魯、齊、韓三家詩先後亡佚，只有毛詩流傳下來。今本十三經注疏中的詩經，為西漢毛亨作傳，東漢鄭玄作箋，唐孔穎達作疏；至宋，朱熹作詩集傳；清代學者陳奐撰毛詩傳疏、胡承珙撰毛詩後箋、馬瑞辰撰毛詩傳箋通釋，這些都是研究詩經的重要參考書。

關雎

關關①雎鳩②，在河之洲③。窈窕④淑女，君子好逑⑤。

參差荇⑥菜，左右流⑦之。窈窕淑女，寤寐⑧求之。求之不得，寤寐思服⑨。悠哉⑩悠哉，輾轉反側⑪。

參差荇菜，左右采之。窈窕淑女，琴瑟友之⑫。

參差荇菜，左右芼⑬之。窈窕淑女，鐘鼓樂之⑭。

伯兮

伯⑮兮朅⑯兮，邦之桀⑰兮。伯也執殳⑱，為王前驅。

自伯之東，首如飛蓬⑲。豈無膏沐⑳，誰適為容㉑。

其雨其雨，杲杲㉒出日。願言㉓思伯，甘心首疾㉔。

焉㉕得諼草㉖，言㉗樹之背㉘。願言思伯，使我心痗㉙。

注釋

①關關　雄、雌鳥的和鳴聲。

②雎鳩　水鳥名。相傳此鳥情意專一，有固定的配偶；若喪偶，往往憂傷不食，憔悴而死。

③洲　水中的陸地。

④窈窕　音ㄧㄠˇ ㄊㄧㄠˇ。嫻靜美好。

⑤逑　音ㄑㄧㄡˊ。配偶。

⑥荇　音ㄒㄧㄥˋ。水生植物名。根生水底；葉浮水面，紫赤色，可食。

⑦流　求；取。

⑧寤寐　醒與睡。

⑨服　思念。

⑩悠哉　言思念之深長。悠，長。

⑪輾轉反側　翻來覆去。形容不能入眠。

⑫琴瑟友之　彈琴鼓瑟，以示愛意。友，親愛。之，指淑女。

⑬芼　音ㄇㄠˋ。擇取。

⑭鐘鼓樂之　鳴鐘擊鼓，以使淑女快樂。

⑮伯　本詩中婦人對丈夫的暱稱。

⑯朅　音ㄑㄧㄝˋ。英武雄壯。

⑰桀　通「傑」。傑出。

⑱殳　音ㄕㄨ。兵器名。杖類，長一丈二尺。

⑲首如飛蓬　頭髮如遇風狂飛的蓬草。形容髮亂。

⑳豈無膏沐　哪裡是沒有膏油可以梳洗頭髮。膏，潤髮的油脂。沐，洗頭。

㉑誰適為容　為取悅於誰而修飾容貌。適，音ㄕˋ。悅。容，修飾容貌。

㉒杲杲　音ㄍㄠˇ ㄍㄠˇ。明亮。

㉓願言　即念念不忘的意思。

㉔首疾　指頭痛。

㉕焉　哪裡。

㉖諼草　即萱草。俗稱忘憂草。諼，音ㄒㄩㄢ。通「萱」。

㉗言　發語詞。

㉘背　堂北。

㉙痗　音ㄇㄟˋ。病。

研析

關雎

本詩是詩經三百零五篇的首篇，古人或認為在歌詠后妃之德，近人則直接由情歌或喜歌的角度加以詮釋。全詩分為四段：首段借雎鳩和鳴起興，言淑女為君子之佳偶。二段以求取荇菜起興，描寫追求淑女不可得的憂思苦悶。三、四段以摘取、揀擇荇菜起興，描寫既得淑女後的珍惜和愉悅。每段的首二句，雖不是主題所在，卻具有引起主題的作用，稱為「興」。

本詩對情感的刻劃，相當貼切真實；由詩中求愛的過程及其結局，亦可見詩人對於愛情的珍視、敬慎。所謂「飲食男女，人之大欲存焉」，男女相悅，彼此追求，本是人性自然的渴求，而能「發乎情，止乎禮義」，本於至誠，基於尊重，才是處理兩性感情的正軌。

詩中以「關關雎鳩」、「參差荇菜」起興，意象自然生動。聯緜詞的使用、頂真的筆法，配合韻部的轉換，形成和諧優美的韻律。連章疊詠的形式，更使主題在反覆詠唱中逐漸深化。孔子說：「關雎樂而不淫，哀而不傷。」詩中純正溫婉的風格，尤為感人。

伯兮

本詩為思婦之詞，詩中以女子口吻傾訴對丈夫的思念。全詩分為四段：首段說明丈夫出征的緣故，二至四段極力描繪相思的情狀。詩中婦人頗以丈夫為榮，故稱他為「朅」、為「邦之桀」。對丈夫遠征，她心有難捨，故極言：「首如飛蓬」，為之「首疾」、「心痗」，願得諼草以忘憂等種種相思之狀。篇中「伯」字共出現五次，亦在在可見其念念不忘的情感。然而詳味全詩，婦人雖受相思之苦，卻仍心甘情願、無怨無尤，一方面這是他們夫妻的感情真摯深厚，另一方面，則是由於婦人深明大義，以國事為重，所以能暫忍兒女之私情而無怨尤。

問題與討論

一、詩經有風、雅、頌三部分，三者主要的區別何在？

二、詩有賦、比、興之說，其涵義為何？

三、本課二詩，皆涉及男女情感，而略有不同，試言其不同，並加以評述。

二 牧民三章

管子

題解

本課為論說文，選自管子牧民首三章。第一章國頌，論國家治亂的現象及治國的方法。頌，容；法。第二章四維，闡述四維的意義，並說明其和國家安危的關係。第三章四順，論政事的興廢及施政的法寶。

作者

管子，舊傳管夷吾著。夷吾，字仲。春秋潁上（今安徽省潁上縣）人。生年不詳，卒於周襄王七年（西元前六四五年）。少時微賤，後因同學鮑叔牙之薦，為齊桓公相，助桓公以成霸業。

管子一書，西漢劉向校定為八十六篇，現存七十五篇，其餘十一篇有目無辭。其書內容複雜，漢書藝文志列入道家，隋書經籍志及四庫全書則列之法家，實則於儒家、兵家、農家乃至縱橫家、陰陽家之言無不涉及，故知此書非成於一人之手，也非成於一時。書中論敘富國強兵的要務、齊民修政的正則，為歷來政治家所重視。

國頌

凡有地牧民①者，務在四時②，守在倉廩③。國多財，則遠者來；地辟舉④，則民留處⑤；倉廩實，則知禮節；衣食足，則知榮辱；上服度⑥，則六親固⑦；四維⑧張，則君令行。故省刑之要，在禁文巧⑨；守國之度，在飾⑩四維；順民之經⑪，在明鬼神，祇⑫山川，敬宗廟，恭祖舊⑬。

不務天時，則財不生；不務地利，則倉廩不盈；野蕪曠，則民乃菅⑭；上無量⑮，則民乃妄⑯；文巧不禁，則民乃淫⑰；不璋兩原⑱，則刑乃繁；不明鬼神，則陋民⑲不信；不祇山川，則威令不聞⑳；不敬宗廟，則民乃上校㉑；不恭祖舊，則孝弟不備；四維不張，國乃滅亡。

四維

國有四維。一維絕則傾，二維絕則危，三維絕則覆㉒，四維絕則滅。傾可正也，危可安也，覆可起也，滅不可復錯㉓也。

何謂四維？一曰禮，二曰義，三曰廉，四曰恥。禮，不踰節㉔；義，不自進㉕；廉，不蔽惡；恥，不從枉㉖。故不踰節，則上位安；不自進，則民無巧詐；不蔽惡，則行㉗自全；不從枉，則邪事不生。

四順

政之所興㉘，在順民心；政之所廢，在逆民心。

民惡憂勞，我佚樂之㉙；民惡貧賤，我富貴之；民惡危墜，我存安之；民惡滅絕，我生育之。能佚樂之，則民為之憂勞㉚；能富貴之，則民為之貧賤；能存安之，則民為之危墜；能生育之，則民為之滅絕。

故刑罰不足以恐其意㉛，殺戮不足以服其心。故刑罰繁而意不恐，則令不行矣；殺戮眾而心不服，則上位危矣。

故從其四欲㉜，則遠者自親；行其四惡㉝，則近者叛之。故知予㉞之為取者，政之寶也。

注釋

①牧民　治理人民。牧，治理。

②務在四時　致力於四季的生產。務，從事；致力。

③守在倉廩　治民者的職守在使倉廩充實。廩，音ㄌㄧㄣˇ。

④辟舉　完全開墾。辟，同「闢」。舉，全。

⑤留處　安居久處，不願遷徙。處，音ㄔㄨˇ。

⑥上服度　君上遵行禮法。度，禮法。

⑦六親固　親戚和睦且關係穩固。六親，泛指親戚。
⑧四維　四種綱紀。指禮、義、廉、恥。維，繫車蓋的繩索，此引申為綱紀、法度。
⑨文巧　華麗奇巧。
⑩飾　通「飭」。整頓。
⑪經　常道；常法。
⑫祇　音ㄓ。敬。
⑬恭祖舊　恭敬祖先。
⑭野蕪曠二句　田地荒廢，人民就會作姦犯科。蕪曠，荒蕪。菅，通「姦」。
⑮上無量　在上者不遵行法度。量，度。
⑯妄　胡作非為，犯上作亂。
⑰淫　過度奢華。
⑱墇兩原　堵塞妄與淫的來源。墇，音ㄓㄤˋ。堵塞。兩原，同「兩源」。指上無量為妄之源，不禁文巧為淫之源。
⑲陋民　愚民。
⑳威令不聞　威令不能傳達遠方。
㉑上校　效法長上。校，通「效」。
㉒覆　覆敗。

㉓錯　音ㄘㄨˋ。安置。
㉔踰節　超越法度。踰，音ㄩˊ。同「逾」。越過。
㉕自進　妄求倖進。
㉖從枉　盲從邪惡。枉，邪曲。
㉗行　音ㄒㄧㄥˋ。操行。
㉘興　實行；推行。
㉙佚樂之　讓人民過安逸快樂的生活。佚，通「逸」。
㉚民為之憂勞　人民為君上分憂效勞。
㉛恐其意　威嚇百姓的心志。恐，威嚇。
㉜四欲　指佚樂、富貴、存安、生育。
㉝四惡　指憂勞、貧賤、危墜、滅絕。
㉞予　通「與」。給與。

研析

本課由三篇短論構成。國頌，是牧民的首章及總綱，說明治國者應先注意養民，人民衣食足，然後知榮辱，而使人民衣食足須「務在四時」、「守在倉廩」，使人民知榮辱則須「禁文巧」、「飾四維」。次章四維，強調禮、義、廉、恥為治道的根本，缺一不可，必須平衡伸張，這是管子重視德治教化的重要見解。最後四順，在說明順民心的重要，民有四欲，為政者須順之，民有四惡，為政者須除之；如此則近悅遠來，國家可以長治久安。

在結構上，國頌用正反相生法，前兩段正說其利，末段反揭其弊，而以「四維不張，國乃滅亡」的警句作收，兼有先啟下章的作用。四維、四順兩章則用先結後析法，分別以「四維絕則滅」、「政之所興，在順民心」作為論斷，再逐層分析四維、四順的內容，進而推闡其效用，從而彰顯其重要性。

各段文字論證嚴密，前後契合，句句落實，無空言贅語，堪稱論說文的典範。而文中所謂四時、四維、四欲、四惡、四順，亦見其排比整飭之美。

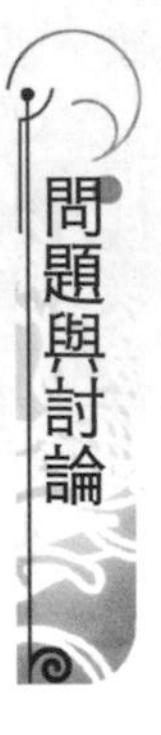

問題與討論

一、國頌中認為治國的要務為何？

二、何謂「四維」？其意義和效用為何？

三、請申論「知予之為取者，政之寶也」的意義。

四、這三篇短論具嚴謹之結構，試加以分析。

三　宮之奇諫假道

左傳

題解

本篇為記敘文，選自左傳僖公五年（西元前六五五年）。記晉國向虞國借路，攻打虢（ㄍㄨㄛˊ）國的經過；當時晉是大國，虞、虢都是小國，有如脣齒相依。虞國賢大夫宮之奇體認到事態嚴重，力諫借路之患，終究不成，國滅。

作者

左傳，春秋三傳之一，又名左氏春秋，舊說以為左丘明據孔子春秋所撰（見史記十二諸侯年表序）。左丘明事跡多不可考。左傳編年記事，皆以魯史為中心，旁及同時代諸國之事，起自魯隱公元年（西元前七二二年），迄於魯哀公二十七年（西元前四六八年），共歷十二公，二百五十五年。

左傳不但是史學上的重要典籍，其敘事詳贍，文筆明暢，在文學史上尤具深遠的影響，從司馬遷、班固的史傳，韓愈、柳宗元以至明清作家的散文，均可看出其痕跡。

晉侯①復假道於虞②以伐虢③，宮之奇諫曰：「虢，虞之表④也。虢亡，虞必從之。晉不可啟⑤，寇不可翫⑥，一之謂甚⑦，其⑧可再乎？諺所謂『輔車相依⑨，脣亡齒寒⑩』者，其⑪虞、虢之謂也。」

公曰：「晉，吾宗也⑫，豈害我哉？」對曰：「大伯⑬、虞仲⑭，大王之昭⑮也。大伯不從，是以不嗣⑯。虢仲、虢叔⑰，王季之穆⑱也。為文王卿士，勳在王室，藏於盟府⑲。將虢是滅，何愛於虞？且虞能親於桓、莊乎⑳？其愛之也㉑，桓、莊之族何罪？而以為戮㉒。不唯偪乎㉓？親以寵偪，猶尚㉔害之，況以國乎？」

公曰：「吾享祀㉕豐絜㉖，神必據㉗我。」對曰：「臣聞之，鬼神非人實親㉘，惟德是依㉙。故周書㉚曰：『皇天無親，惟德是輔。』又曰：『黍稷非馨㉛，明德㉜惟馨。』又曰：『民不易物㉝，惟德繄㉞物。』如是，則非德民不和、神不享矣。神所馮㉟依，將在德矣。若晉取虞，而明德以薦馨香，神其㊱吐之乎？」

弗聽，許晉使㊲。宮之奇以其族行，曰：「虞不臘㊳矣！在此行也，晉不更舉矣。」

冬，晉滅虢。師還，館于虞㊴。遂襲虞，滅之，執虞公。

注釋

①晉侯　晉獻公，名詭諸。周成王封弟唐叔虞於晉，都絳（今山西省翼城縣東南）。傳至獻公，疆域大闢，略有今山西大部，河北西南部，河南西端、北端，陝西東端等地。

②虞　國名，武王克殷，封虞仲於此。在今山西省平陸縣東。

③虢　國名，在今山西省平陸縣境內。

④表　外表，意指屏障。表與裡相對。虢靠虞作內援，虞靠虢作外屏。

⑤晉不可啟　不可使晉擴張其野心。啟，開。

⑥寇不可翫　晉的假道，實為侵寇，不可忽視。寇，兵禍。翫，音ㄨㄢˋ。通「玩」。輕視、侮慢之意。

⑦謂甚　謂，用法同「為」。甚，厲害；過分。

⑧其　用法同「豈」。

⑨輔車相依　大車載物必用輔支持，故輔與車互相依倚。此句與下脣亡齒寒句，皆喻虞、虢兩國須互助合作，不可分離。呂氏春秋權勳述宮之奇此言為「虞之與虢也，若車之有輔也：車依輔，輔亦依車，虞、虢之勢是也。」輔，車兩旁之板。

⑩脣亡齒寒　戰國策趙策、齊策皆云「脣亡則齒寒」，韓非子存韓、莊子胠篋、呂氏春秋權勳、淮南子說林作「脣竭則齒寒」，韓策作「脣揭者，則齒寒」。「竭」與「揭」蓋當時俗語，各書所道微異。

⑪其　代詞，指代諺語所說的話。

⑫晉吾宗也　晉，周成王弟叔虞後裔。虞則周太王子虞仲後裔。兩國同出於周，都是姬姓國，故為同宗。

⑬大伯　即泰伯，為太王（古公亶父）之長子。大，音ㄊㄞˋ。

⑭虞仲　即仲雍，為太王次子。虞國最初受封之國君。

⑮大王之昭　昭、穆為古代廟次及墓次，始祖居中，宗廟在左的位次為昭，在右的位次為穆。如父在昭位，則子在穆位；如父在穆位，則子在昭位。周代以后稷為始祖，后稷以後之第一代（后稷之子不窋）為昭，

第二代（后稷之孫鞠）為穆。以後第三、五、七，馴至奇數之代皆為昭，第四、六、八，馴至偶數之代皆為穆。大王，即古公亶父，為后稷之第十二代孫，為穆，其子則第十三代孫為昭，因之大伯、虞仲、季歷皆為昭，故云「大王之昭」。

⑯大伯不從二句　太王有三子：長太伯，次虞仲，少季歷。季歷生子昌，有祥瑞之象。太王曰：「我世當有興者，其在昌乎！」大伯、虞仲知太王欲立季歷以傳位於昌，乃逃往荊蠻，以讓季歷。不從，不跟隨在側。不嗣，未嗣國君之位。

⑰虢仲虢叔　王季（即季歷）之子，據左傳隱公元年，虢叔為東虢，此被伐之虢為西虢，蓋虢仲之後代。

⑱王季之穆　王季即季歷，名叢，周文王子，滅殷而有天下，是為武王。追封季歷為王季、古公亶父為太王。太王為穆，王季為昭，則虢仲、虢叔俱為穆。晉、虞、虢皆是周之同姓諸侯。

⑲藏於盟府　春秋時周室及諸侯皆有盟府，主掌功勳賞賜。各項策勳與盟誓，在盟府都有紀錄。

⑳虞能親於桓莊乎　桓，曲沃桓叔。莊，曲沃莊伯，桓叔之子。莊伯之子為武公，武公之子為獻公，故知晉獻公為莊伯之孫、桓叔之曾孫。這句話是說，虞與晉的關係，不過同為太伯之裔孫，相隔已若干代；而桓、莊之與晉關係則較為緊密。

㉑其愛之也　其，用法同「豈」。之，指桓、莊之族。此句用以引起下文。

㉒而以為戮　桓、莊之族與獻公為同祖兄弟，魯莊公二十五年，獻公擔心桓、莊之族勢力太盛，會威脅公室，於是行士蔿陰謀，盡殺群公子，事見左傳莊公二十三、四及五年傳。以，介詞，後面省略桓莊之族。戮，殺。

㉓不唯偪乎　唯，僅僅因為。偪，同「逼」。形容桓、莊族人多勢大。

㉔猶尚　尚且。或作「尚猶」。

㉕享祀　泛指祭祀。享，把食物獻給鬼神。

㉖絜　同「潔」。乾淨。

㉗據　依附；保佑。下文「惟德是依」、「神所馮依」，皆針對此「據」字而發。

㉘非人實親　「非親人」之倒裝。實，語助詞，無實義。親，作動詞用。

㉙惟德是依　「惟依德」之倒裝。只是依德，意謂只是保佑有德行的人。「是」與上句的「實」，用法相同。

㉚周書　以下所引周書文句，皆已佚。「皇天無親」二句，偽古文尚書蔡仲之命加以襲用。「黍稷非馨」二句，偽古文尚書君陳加以襲用。「民不易物」二句，偽古文尚書旅獒加以採用，改作「人不易物，惟德其物。」

㉛黍稷非馨　香氣遠聞的不是黍稷。黍稷，古人祭祀常用之穀物。黍，穀類。稷，高粱。馨，香氣遠聞。

㉜明德　光明之德。

㉝易物　改變祭品。易，改變。

㉞繄　音一。助詞。作「是」用。

㉟馮　音ㄆㄧㄥˊ。同「憑」。憑藉；依靠。

㊱其　用法同「豈」。

㊲使　使者。

㊳不臘　不能過臘祭。臘，祭名，因呼臘祭之月、日為臘月、臘日。據禮記月令「孟冬臘門閭及先祖五祀」，

則臘本在建亥之月，夏正之十月，周正之十二月。虞亡於十月朔，左傳之臘亦是夏正十月。

㊴館于虞：晉兵屯駐在虞。館，住。

研析

左傳是一部編年記事體的史書，旨在記敘春秋時代各諸侯國政治、軍事、外交等方面的活動和言論，不僅具有重要的史學價值，同時也具有重要的文學價值。它擅於敘事，能把紛繁複雜的事件，敘述得有條不紊。它還長於記言，通過人物的言論和細節描寫，刻劃性格，突出形象。

宮之奇諫假道，事情發生在魯僖公五年。在春秋時代，晉國是個大國，早有吞併虞、虢兩個小國之心。宮之奇清楚地體認到虞、虢這兩個唇齒相依的近鄰，只有團結一致，互相支援，共同提防和抵禦晉國的進攻，才能保全自己的國家。而虞公執迷於與晉國同宗和鬼神迷信思想，更有可能的情形是，虞公已經收受了晉國的財寶賄賂，貪得「借道」的過路費，因此不願正視晉國假道伐虢的險惡用心，拒絕了宮之奇的勸諫，答應了晉國的要求，結果和虢國一起遭到了亡國之禍。「利令智昏」正是虞公的典型寫照；「輔車相依，脣亡齒寒」更是千古不易的至理名言。

本文先寫宮之奇勸阻假道的立場，以「脣亡齒寒」揭示出立論的主軸。而後兩段，借用君臣的對答，駁斥虞公持同宗之論的不可靠和鬼神的不足恃，前者尚有血緣關係，後者歸入渺茫難知的天意，顯見虞公愚昧及詞窮的窘狀。而宮之奇援引史事，歷歷在目；批判推理，層層深入；但最後虞公還是「弗聽」，直讓宮之奇徒歎奈何！終於迫使宮之奇出走，而虞國也被晉國所滅，結局若此，令人扼腕。

問題與討論

一、虞公不接受宮之奇的勸諫，可能有哪些原因呢？

二、虞公的個性、性情、智慧如何？宮之奇又如何？

三、試析本文之段落結構。

四　養生主

莊周

題解

本篇為論說文。選自莊子內篇。主旨在論述如何保養天性。所謂養生主，即養其「生主」。「生主」即指生命之主，也就是指人的天性。人的天性，原本純厚、自由；但因人與事的重重糾纏，以致駁雜不純、牽絆拘泥，甚而枉道傷身。莊子有鑑於此，故作此篇，教人保養天性之道。

作者

莊周，戰國時宋國蒙（今河南省商邱市東北）人。錢穆先秦諸子繫年以為約生於周顯王四年（西元前三六五年），死於周赧王二十五年（西元前二九〇年），與梁惠王、齊宣王同時。曾為漆園（今山東省菏澤市北）吏。相傳楚威王聞其賢，曾遣使禮聘為相，莊周辭不就任。著有莊子一書。史記老子韓非列傳稱其書有「十餘萬言」，漢書藝文志著錄五十二篇。今本則僅三十三篇，六萬四千餘字，可見已有殘缺，非漢人所見舊本。三十三篇分為三部分：內篇七、外篇十五、雜篇十一。內篇應是莊周所自著，內容一貫，體系完整；旨在發揮老子順任自然、虛靜無為的思想，主張萬物一體，追求心靈的閒適自由。但莊子不採老子直接說明的方式，而多改用寓言故事來表達哲理。文筆恣肆豐沛，深受後人推崇。外篇和雜篇則各自獨立，內容不一，大抵在發揮內篇的思想，應是莊周後學所作，而且不是出於一人之手。

吾生也有涯，而知也无涯①。以有涯隨②无涯，殆已③；已④而為知者，殆而已矣。為善无近名，為惡无近刑⑤。緣督以為經⑥，可以保身，可以全生⑦，可以養親，可以盡年⑧。

庖丁⑨為文惠君⑩解牛⑪，手之所觸，肩之所倚，足之所履，膝之所踦⑫，砉然嚮然⑬，奏刀騞然⑭，莫不中音⑮。合於桑林之舞⑯，乃中經首之會⑰。

文惠君曰：「譆⑱，善哉！技蓋至此乎？」

庖丁釋⑲刀對曰：「臣之所好者道⑳也，進乎技矣㉑。始臣之解牛之時，所見无非牛者。三年之後，未嘗見全牛也。方今之時，臣以神遇而不以目視㉒，官知止而神欲行㉓。依乎天理㉔，批大郤㉕，導大窾㉖，因其固然㉗。技經肯綮之未嘗㉘，而況大軱㉙乎！良庖歲更刀㉚，割也；族庖㉛月更刀，折㉜也。今臣之刀十九年矣，所解數千牛矣，而刀刃若新發於硎㉝。彼節者有間㉞，而刀刃者无厚㉟；以无厚入有間，恢恢乎㊱其遊刃㊲必有餘地㊳矣，是以十九年而刀刃若新發於硎。雖然，每至於族㊴，吾見其難為，怵然為戒㊵，視為止，行為遲㊶，動刀甚微，謋然已解㊷，如土委地㊸。提刀而立，為之四顧，為之躊躇滿志㊹，善刀㊺而藏之。」

文惠君曰：「善哉！吾聞庖丁之言，得養生焉。」

公文軒㊻見右師㊼而驚曰：「是何人也？惡乎介也㊽！天與，其人與㊾？」曰：「天也，非人也。天之生是㊿使獨㊿也，人之貌有與㊿也。以是知其天也，非人也。」

澤雉十步一啄，百步一飲，不蘄畜乎樊中[53]，神雖王[54]，不善也。

老聃[55]死，秦失[56]弔之，三號[57]而出。弟子曰：「非夫子之友邪？」曰：「然。」「然則弔焉如此，可乎？」

曰：「然。始也，吾以為其人也，而今非也[58]。向吾入而弔焉，有老者哭之，如哭其子；少者哭之，如哭其母。彼其所以會之，必有不蘄言而言，不蘄哭而哭者[59]。是遁天倍情，忘其所受[60]，古者謂之遁天之刑[61]。適來[62]，夫子時也；適去，夫子順也。安時處順，哀樂不能入也，古者謂是帝之縣解[63]。」

指窮於為薪，火傳也，不知其盡也[64]。

注釋

①吾生也有涯二句　我們的生命是有限的，而知識卻無限。涯，水邊。有涯，猶言有盡頭、有限度。知，知識。

②隨　跟從。此處有「追逐」之意。

③殆已　殆，疲困。已，語助詞，表示果斷、確定的語氣。

④已　此；如此。

⑤為善无近名二句　為善無乃近於求名，為惡無乃近於受刑。无，無。無乃；得無。表示委婉的語氣，亦即以疑問語氣表達肯定的意思。二句主旨是說：為善和為惡都屬偏執，應該清虛自守，善惡兩忘。

⑥緣督以為經　循虛而行，以為常法。緣，沿著；順著。督，身後的中脈。居身體的中央，有位而無形，故用以比喻中虛而無所偏倚。經，常；固定不變。

⑦全生　保全天性。生，通「性」。指人所以生的原理。按：天生萬物，各有其所以生的原理。在天曰道，在物曰理，在人曰性。

⑧盡年　盡其天年；完全享有自然所賦予的壽數。指不損其生命。

⑨庖丁　廚師。庖，掌廚的人；廚師。丁，從事某種勞動的人。一說，廚師之名。

⑩文惠君　即梁惠王。戰國時魏國的國君，文侯之孫，武侯之子，名罃，惠為其諡號。因自安邑遷都至大梁，故稱梁惠王。在位五十二年（西元前三七〇——前三一九年）。

⑪解牛　解剖牛的肢體。

⑫踦　音ㄧˇ。用一隻腳站立。指解牛時，一腳以膝按牛，另一腳獨立。

⑬砉然嚮然　砉然作響。砉，音ㄏㄨㄛˋ。皮與骨相剝離的聲音。嚮，通「響」。

⑭奏刀騞然　把刀刃刺進去，發出騞然的聲音。奏，進。騞然，動刀時皮骨分離的聲音。騞，音ㄏㄨㄛˋ。

⑮中音　合於音節。中，音ㄓㄨㄥˋ。合。

⑯桑林之舞　配合桑林曲的舞蹈。桑林，相傳為商湯王的樂曲名。

⑰中經首之會　合於經首曲的和音。中，音ㄓㄨㄥˋ。合。經首，堯的樂曲名。會，聚合。此指諸樂合奏時的和諧旋律。

⑱譆　音ㄒㄧ。同「嘻」。驚歎聲。

⑲釋　放下。

⑳道　指形而上的原理。與下文之「技」相對。

㉑進乎技矣　超越技術的層次了。進，超過；超越。技，技巧；技術。

㉒以神遇而不以目視　以虛靈的神明去接觸，而不用眼睛去看。神，神明。指綜合人的生理、心理、經驗、智慧，而形成的靈覺。遇，接觸。

㉓官知止而神欲行　官能停止，而精神活動開始進行。官，人體的器官。此指五官。知，主掌；主持。神欲，心神的意向，即精神活動。

㉔天理　天然的腠（ㄘㄡˋ）理。天，天然；自然。理，腠理。指皮下肌肉之間的空隙和皮膚的紋理。

㉕批大郤　進擊大的縫隙。批，用刀攻擊。郤，音ㄒㄧˋ。通「隙」。間隙；縫隙。

㉖導大窾　順著大的孔隙切開。導，順著。窾，音ㄎㄨㄢˇ。空；孔竅。

㉗因其固然　依照它原有的構造而使力。因，依。固然，本來的狀況。

㉘技經肯綮之未嘗　經絡和筋骨，還沒碰到。技，當作「枝」。枝，通「支」。指支脈，即由經脈分出呈網狀的大小分支。古代醫書稱為絡。經，指經脈，即人體內的縱行血管。肯，貼附於骨上的肉。綮，音ㄑㄧㄥˋ。筋與肉連結的部位。嘗，碰觸。

㉙大軱　大骨。軱，音ㄍㄨ。大骨；盤骨。

㉚歲更刀　一年換一把刀。更，音ㄍㄥ。

㉛族庖　眾庖；一般的廚師。

㉜折　斷。指以刀折骨。

㉝新發於硎　剛從磨刀石上磨出來。新，新近；剛才。發，猶言磨出。硎，音ㄒㄧㄥˊ。磨刀石。

㉞彼節者有間　那骨節有空隙。彼，指牛。節，指骨節。間，音ㄐㄧㄢˋ。間隙；空隙。

㉟无厚　沒有厚度。形容極為鋒利。

㊱恢恢乎　寬廣的樣子。乎，形容詞語尾，用法與「然」相同。

㊲遊刃　運轉刀刃。遊，運轉；活動。

㊳餘地　多餘的空間。

㊴族　指筋骨肌肉交錯聚結處。

㊵怵然為戒　驚懼而為之警惕。怵然，懼怕的樣子。怵，音ㄔㄨˋ。

㊶視為止二句　目光為之凝止，行動為之緩慢。

㊷謋然已解　骨肉迅速地分解。謋然，骨與肉剝離的樣子。謋，音ㄏㄨㄛˋ。已，通「以」。

㊸如土委地　像泥土棄置在地上。

㊹躊躇滿志　從容自得，心滿意足。躊躇，音ㄔㄡˊ　ㄔㄨˊ。

㊺善刀　擦拭刀子。善，通「繕」。拭。

㊻公文軒　複姓公文，名軒，宋國人。

㊼右師　官名。春秋時宋國所置。

㊽惡乎介也　為什麼受刖刑而跛一足呢。惡，音ㄨ。何。介，偏刖；受刖刑而跛一足。也，通「耶」。

㊾天與二句　是由於天命呢，還是由於人事呢。其，猶「抑」。與，通「歟」。

㊿是　此。指足。

51獨　一足；一隻腳。

52有與　有其同類。指人有兩足。

53不蘄畜乎樊中　不求養在籠子裡。蘄，音ㄑㄧˊ。求。畜，養。樊，關鳥獸的籠子。

54王　音ㄨㄤˋ。通「旺」。旺盛。

55老聃　春秋時楚國苦（今河南省鹿邑縣東）人，曾為周太史。著有老子五千餘言，為道家鼻祖。

56秦失　人名。事跡不詳。

57號　音ㄏㄠˊ。大聲地哭。

58始也三句　起初我以為他是世俗之人，現在才知道他不是。始，初。其，指老聃。人，指一般人、世俗之人。按：秦失起初以為老聃是世俗之人，所以當用世俗之禮弔之；而今知其非世俗之人，其死亦非死，而是「帝之縣解」，何必用世俗之禮哭之？所以三號而出。

59彼其所以會之三句　他們與死者心靈感通的時候，一定有不期言而言、不期哭而哭的感應。彼，指老者和少者。會，指心靈的感通。不蘄言而言，不預期說話卻說話了。蘄，預期；期待。

60是遁天倍情二句　這種表現違離天理，背棄真情，忘了所稟受的天性。是，此。指老者少者的行為。遁，逃。倍，通「背」。情，實。所受，指所受於天者，即天性。

61遁天之刑　因違離天理所受到的刑罰。按：隨境憂樂，不能自主，便好似受刑一般。

㉒適來　偶然而來。

㉓帝之縣解　自然的解除倒懸。帝，指天；自然。縣解，解除倒懸。縣，音ㄒㄩㄢˊ。通「懸」。繫。按：此以生為倒懸，以死為解脫。

㉔指窮於為薪三句　塗了脂膏的燭薪雖會燒完，但是火卻可傳續下去，沒有窮盡的時候。指，借為「脂」。即脂膏，亦即動物的脂肪。薪，燭薪。古無蠟燭，以薪木塗脂而燃之，謂之燭，又謂之薪。

研析

東坡詞云：「長恨此身非我有，何時忘卻營營？」（臨江仙）放眼社會，幾人不像東坡一樣奔波道途？又幾人能像東坡一樣驚覺於此身之非我所有？莊子為此而悲，悲世人莫不有所追求，莫不捨本求末。而什麼是本？什麼是末？養生主告訴我們，天性是本，形骸是末。本末雖為一體，然而天性卻是生命之主。只有養其生主，才能真正的保全靈性、盡享天年。

本篇為展示這個主旨，採用「總提分敘」的布局，共分五段：第一段總提保養天性的基本原則——緣督以為經。此為全文總綱。指出人在生有涯而知無涯以及無端的善惡糾葛中，當循中虛之道，順任自然；若捨此不由，而求名鬥智，便是捨本逐末。第二段藉「庖丁解牛」的寓言，把社會的複雜網絡，比喻為牛身的筋骨盤結。處理複雜的世事，猶如庖丁解牛；而道是本，技是末。根本之道在能「依乎天理」、「因其固然」。第三段寫右師視殘一足為自然之貌，旨在破除形骸殘全的觀念。蓋性是本，形是末；外形之殘缺，無損於本性實質之純全。第四段寫水澤中之野雞，雖覓食辛苦，但逍遙自在；若關在籠中，雖可享受美食，但失去自由。

由此可見，何者為本，何者為末，是至為明顯的。第五段藉秦失之弔老聃，表達生死若一的觀念，教人安時處順，不為哀樂之情所困。結語「指窮於為薪」，比喻精神生命可以長存，並不隨形體磨滅。

莊子的文章，以寓言著名。寓言是有所寄託之言——假借一則故事，表達一個觀念。事實上，寓言是「穿著外衣的真理」，透過比喻的陳述，帶領讀者在另一境中體會本旨，使文章多一層曲折，也多幾分蘊藉，這是高度的文學藝術，也是莊子文章魅力的所在。本篇除了首段總提主旨外，連採四則寓言來申明主旨，皆憑空想像，搖曳生姿，宛若春到小園，群芳爛漫，令人渾然忘記他在訴說嚴肅的人生哲理。至於文中「生也有涯，知也无涯」、「安時處順，哀樂不能入也」等名句，以及「庖丁解牛」、「薪盡火傳」等成語，更是傳世珠璣，令人印象深刻。

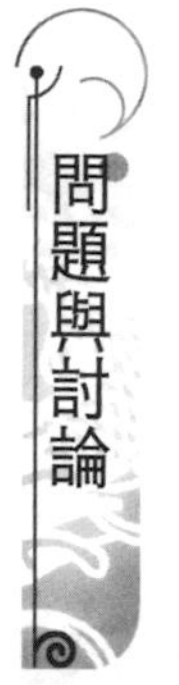

一、養生主全篇的主旨為何？

二、庖丁解牛的方法為何？

三、如何才能達到「哀樂不能入」的修養境界？

五　天論

荀　況

題解

本篇為論說文，節錄自荀子天論篇。旨在闡明對天的看法及態度。荀子以為「天」只是自然現象，沒有意志，沒有感情，除了化生萬物，與人類的禍福吉凶沒有任何關聯；而禍福吉凶，則完全是人為所招致。因此主張善盡人事，利用自然，以造福人生。

作者

荀況，戰國趙人。當時人尊稱為荀卿，漢人避宣帝諱，或稱孫卿。約生於西元前四世紀末，卒於西元前三世紀末。年五十始遊齊，時齊國稷下（今山東省淄博市東北）多文學遊說之士，況以齒德俱尊，三為祭酒。後因遭讒言，離齊入楚，春申君以為蘭陵（今山東省蒼山縣西南）令。春申君死後，況被免職，從此定居蘭陵，著書講學以終。弟子以韓非、李斯最為著名。其著書數萬言，漢劉向校訂為孫卿新書三十二篇，漢書藝文志列入諸子略儒家類，題孫卿子。唐楊倞（ㄌㄧㄤˋ）始為作注，改稱為荀子。清王先謙有荀子集解，詳贍精審，為研讀荀子不可或缺之書。

荀子主張「性惡說」，認為人性本惡，需用禮義以矯正之，以禮為治人治世之手段，與孟子之「性善說」

並列為戰國儒家之兩大派，並下啟李斯、韓非等法家。

天行有常①，不為堯存，不為桀亡②。應之以治則吉，應之以亂則凶③。彊本而節用，則天不能貧④。養備而動時，則天不能病⑤。循道而不貣，則天不能禍⑥。故水旱不能使之饑，寒暑不能使之疾，祆怪不能使之凶⑦。本荒而用侈⑧，則天不能使之富。養略而動罕⑨，則天不能使之全。倍⑩道而妄行，則天不能使之吉。故水旱未至而饑，寒暑未薄⑪而疾，祆怪未生而凶。受時與治世同，而殃禍與治世異，不可以怨天，其道然也⑫。故明於天人之分⑬，則可謂至人⑭矣。

不為而成，不求而得，夫是之謂天職⑮。如是者，雖深，其人⑯不加慮焉；雖大，不加能焉；雖精，不加察焉，夫是之謂不與天爭職。天有其時⑰，地有其財⑱，人有其治⑲，夫是之謂能參⑳。舍其所以參，而願其所參，則惑矣㉑。

列星隨旋㉒，日月遞炤㉓，四時代御㉔，陰陽大化㉕，風雨博施，萬物各得其和㉖以生，各得其養㉗以成，不見其事而見其功，夫是之謂神㉘。皆知其所以成，莫知其無形，夫是之謂天功㉙。唯聖人為不求知天。天職既立，天功既成，形具而神生㉚，好惡喜怒哀樂臧㉛焉，夫是之謂天情㉜。耳目鼻口形能㉝，各有接而不相能㉞也，夫是之謂天官㉟。心居中虛，以治五官，夫是之謂天君㊱。財非其類以養其類㊲，夫是之謂天養㊳。順其類者謂之福，逆其類者謂之禍，夫是之謂天政㊴。暗其天君，亂其天官，棄其天養，逆其天政，背其天情，以喪天功，夫是之謂大凶。

聖人清其天君，正其天官，備其天養，順其天政，養其天情，以全其天功。如是，則知其所為，知其所不為矣；則天地官而萬物役㊵矣。其行曲治，其養曲適㊶，其生不傷，夫是之謂知天。故大巧在所不為，大智在所不慮㊷。所志於天者，已其見象之可以期者矣㊸；所志於地者，已其見宜之可以息者矣㊹；所志於四時者，已其見數之可以事者矣㊺；所志於陰陽者，已其見和之可以治者矣㊻。官人守天而自為守道㊼也。

治亂，天邪？曰：「日月星辰瑞曆㊽，是禹、桀之所同也。禹以治，桀以亂。治亂，非天也。」時邪？曰：「繁啟蕃長㊾於春夏，畜㊿積收臧於秋冬，是又禹、桀之所同也。禹以治，桀以亂。治亂，非時也。」地邪？曰：「得地則生，失地則死，是又禹、桀之所同也。禹以治，桀以亂。治亂，非地也。」詩曰：「天作高山，大王荒之；彼作矣，文王康之㉛。」此之謂也。

天不為人之惡寒也輟冬，地不為人之惡遼遠也輟廣，君子不為小人之匈匈㊷也輟行。天有常道矣，地有常數矣，君子有常體㊸矣，君子道其常，而小人計其功㊹。詩曰：「禮義之不愆，何恤人之言兮㊺？」此之謂也。楚王後車㊻千乘，非知也；君子啜菽飲水㊼，非愚也，是節然㊽也。若夫志意修㊾，德行厚，知慮明，生於今而志乎古，則是其在我者也。故君子敬其在己者㊿，而不慕其在天者；小人錯㊱其在己者，而慕其在天者。君子敬其在己者，而不慕其在天者，是以日進也；小人錯其在己者，而慕其在天者，是以日退也。故君子之所以日進，與小人之所以日退，一也。君子小人之所以相縣㊲者，在此耳。

星隊㊳木鳴，國人皆恐。曰：「是何也？」曰：「無何㊴也。是天地之變，陰陽之化，物之罕至者也。怪之，可也；而畏之，非也。夫日月之有蝕，風雨之不時，怪星之黨見㊵，是無世而不嘗有之。上明而政平，則是雖並世[66]起，無傷也；上闇[67]而政險，則是雖無一至者，無益也。夫星之隊，木之鳴，是天地之變，陰陽之化，物之罕至者也。怪之，可也；而畏之，非也。」物之已至者，人祅[68]則可畏也。楛耕傷稼[69]，楛耘失歲[70]，政險失民，田薉[71]稼惡，糴貴[72]民饑，道路有死人，夫是之謂人祅。政令不明，舉錯不時[73]，本事不理，勉力不時，則牛馬相生，六畜作祅[74]，夫是之謂人祅。禮義不修，內外無別，男女淫亂，父子相疑，上下乖離，寇難並至，夫是之謂人祅。祅是生於亂，三者錯，無安國[75]矣。其說甚爾，其菑甚慘[76]，可怪也，而亦可畏也。傳[77]曰：「萬物之怪，書[78]不說。」無用之辯，不急之察，棄而不治。若夫君臣之義，父子之親，夫婦之別，則日切瑳[79]而不舍也。

雩而雨[80]，何也？曰：「無何也。猶不雩而雨也。日月食而救之，天旱而雩，卜筮然後決大事，非以為得求也，以文[81]之也。」故君子以為文，而百姓以為神。以為文則吉，以為神則凶也。

在天者莫明於日月，在地者莫明於水火，在物者莫明於珠玉，在人者莫明於禮義。故日月不高，則光暉不赫[82]，水火不積，則暉潤不博；珠玉不睹[83]乎外，則王公不以為寶；禮義不加於國家，則功名不白[84]。故人之命在天[85]，國之命在禮。君人者隆禮尊賢而王，重法愛民而霸，好利多詐而危，權謀傾覆幽險而亡矣。

大天而思之，孰與物畜而裁之[86]？從天而頌之，孰與制天命而用之[87]？望時而待之，孰與應時而使之[88]？因物而多之，孰與騁能而化之[89]？思物而物之，孰與理物而勿失之也[90]？願於物之所以生，孰與有物之所以成[91]？故錯人而思天，則失萬物之情[92]。

注釋

①天行有常　自然的運行，有一定的規律。天，自然現象的總名。

②不為堯存二句　不因堯而存在，不因桀而消失。意謂自然規律沒有好惡，不受人為的影響。

③應之以治則吉二句　以禮義來配合它則吉，違背禮義則凶。意謂吉凶由人自取，與天無關。應，音ㄧㄥˋ。配合；適應。荀子不苟：「禮義之謂治，非禮義之謂亂也。」

④彊本而節用二句　加強農業生產而節省用度，那麼天無從使人貧乏。彊，通「強」。本，指農桑。

⑤養備而動時二句　養生周全而行動合乎時宜，那麼天無從使人生病。

⑥循道而不貳二句　順著道理去做而沒有差失，那麼天也不能加害於人。循，順。道，指禮義。貳，音ㄊㄜˋ。差。禍，害。

⑦祅怪不能使之凶　天然的災異不能使人遭到禍害。祅，音ㄧㄠ。通「妖」。怪異的現象。

⑧本荒而用侈　農事荒廢而用度奢侈。

⑨養略而動罕　養生不備而行動違反時宜。略，缺。罕，今作「逆」。不順。

⑩倍　通「背」。

⑪薄　迫近。

⑫受時與治世同四句　亂世的天時和治世一樣，但其遭受災禍卻和治世不同。這不可以怨天，須知那是自己的作為所導致。時，天時。指自然現象。道，指人的作為。然，如此。

⑬分　音ㄈㄣˋ。本分。

⑭至人　修養境界最高的人。

⑮天職　天的職責。

⑯其人　指「至人」。

⑰時　指四季寒暑、晝夜明晦等。

⑱財　指動、植、礦物等。

⑲人有其治　人能運用天時、地財。治，經營；治理。引申為運用。

⑳能參　能與天地並立為三。參，通「三」。當動詞，謂並立為三。

㉑舍其所以參三句　放棄自己的能力而寄望於天地，那就是觀念不清楚了。舍，同「捨」。所以參，指人類用來治理天地的能力。願，希望。所參，指天時和地財。惑，迷亂。

㉒列星隨旋　眾星相隨旋轉。列，眾多。

㉓遞炤　交替照映。炤，音ㄓㄠˋ。同「照」。

㉔四時代御　四季交替，調節著大地。御，控制。

㉕陰陽大化　陰陽交感，變化萬物。

㉖和　指陰陽的調和。

㉗養　指風雨的滋潤。

㉘神　指變化莫測、不見痕跡的作用。

㉙皆知其所以成三句　人都知道萬物所以生成的原理，但沒人知道那不著痕跡的作用，這叫做天功。所以成，指上文「萬物各得其和以生，各得其養以成」。無形，指上文「不見其事而見其功」。

㉚形具而神生　形體具備而精神產生。指人而言。

㉛臧　同「藏」。

㉜天情　天賦的情緒。

㉝形能　形態。即形體。能，王念孫說：「能，讀為態。」

㉞各有接而不相能　各具功能而不能互換。接，指接物。

㉟天官　天賦的官能。

㊱天君　天賦的主宰。

㊲財非其類以養其類　取其他物類，以奉養人類。財，通「裁」。選取。類，指人類。下文「順其類」、「逆其類」義同。

㊳天養　天然的奉養之道。

㊴天政　天然的政令。

㊵天地官而萬物役　天地盡其職守，而萬物為人所驅使。官，官職。此用為動詞，謂盡職。役，驅使。

㊶其行曲治二句　他的行動完全合理，他的養生完全合適。曲，詳盡；周遍。

㊷大巧在所不為二句　大巧的人，他的「巧」就表現在「不為」；大智的人，他的「智」就表現在「不慮」。前者指不與天爭職，後者指不求知天。

㊸所志於天者二句　對於天，所當注意的，止於其有規律而可預期的徵象。志，注意。已，止。見象，表現的徵象。見，通「現」。期，預測。

㊹所志於地者二句　對於地，所當注意的，止於其適宜某種植物生長的質性。宜，土宜，即土壤的特性。息，生長。

㊺所志於四時者二句　對於四時，所當注意的，止於其可供人從事各種事業的次序。數，次序，指春生夏長秋收冬藏的規律。

㊻所志於陰陽者二句　對於陰陽，所當注意的，止於其可供人處理事情之參考的調和狀況。和，指陰陽調和。治，指修治人事。

㊼官人守天而自為守道　任命官吏以負責觀察天象，自己則執守人道。官人，任命官吏。官，用為動詞。道，人道。指禮義。

㊽瑞曆　瑞兆和曆數。瑞，自然界出現的祥瑞現象。

㊾繁啟蕃長　紛紛地發芽，茂盛地成長。繁，眾多。啟，萌芽。蕃，茂盛。

㊿畜　通「蓄」。聚。

(51)天作高山四句　上天造了一座高大的岐山，太王加以開墾，經過他的經營，文王於是在此安定了人民的生活。語見詩經周頌天作。荒，擴大。康，安。

(52)訩訩　通「詾詾」。喧嘩聲。

(53)常體　常規。體，法式；風格。

54功　成效。

55禮義之不愆二句　遵守禮義而無差失，何必顧慮別人的閒話。按：此為逸詩。愆，音ㄑㄧㄢ。差錯。恤，憂慮。

56後車　護從的車輛。

57啜菽飲水　吃豆子，喝清水。形容生活貧苦。啜，音ㄔㄨㄛˋ。吸食。菽，豆。

58節然　偶然。

59修　美；高潔。

60敬其在己者　謹慎地做自己能作主的事。

61錯　音ㄘㄨㄛˋ。放棄。

62縣　「懸」的本字。懸殊。

63隊　「墜」的本字。

64無何　沒什麼。

65黨見　偶或出現。黨，通「儻」、「倘」。或。見，今作「現」。

66並世　同時。

67闇　通「暗」。昏昧。

68人袄　人為所導致的異常現象。袄，通「妖」。

69楛耕傷稼　耕種草率，傷害農作物。楛，音ㄎㄨˇ。粗惡。

⑺⑽ 楛耘失歲　除草草率，損失收成。
⑺⑴ 薉　音ㄏㄨㄟˋ。同「穢」。荒蕪。
⑺⑵ 糴貴　米價昂貴。糴，音ㄉㄧˊ。買穀。
⑺⑶ 舉錯不時　施政不合時宜。錯，通「措」。
⑺⑷ 本事不理四句　農事不加治理，勞力沒有定時，則牛馬生出異類，六畜反常。本事，指農桑之事。勉力，努力。六畜，指馬、牛、羊、雞、犬、豬。
⑺⑸ 三者錯二句　三種人祆交錯出現，國家便不安寧。錯，交錯。
⑺⑹ 其說甚爾二句　這種道理很淺近，可是災害很慘重。爾，通「邇」。近。菑，音ㄗㄞ。通「災」。
⑺⑺ 傳　音ㄓㄨㄢˋ。古書。
⑺⑻ 書　泛指經書。
⑺⑼ 切瑳　切割、琢磨。引申為鑽研、探討。瑳，音ㄘㄨㄛ。通「磋」。
⑻⑽ 雩而雨　經過祈禱便下了雨。雩，音ㄩˊ。祈禱下雨的祭祀。此用為動詞。雨，音ㄩˋ。下雨。
⑻⑴ 文　音ㄨㄣˋ。文飾。
⑻⑵ 赫　火光強烈。
⑻⑶ 睹　音ㄕㄨˋ。通「曙」。本義為天亮，引申為顯著。
⑻⑷ 白　顯耀。
⑻⑸ 人之命在天　人的生命來自於天。

⑻大天而思之二句　尊敬天而思慕它，何如把它當作物質而加以控制呢。思，慕。孰與，何如。物畜，以物畜之；即把它當作物質來看待。裁，制。

⑻從天而頌之二句　順從天而歌頌它，何如掌握其規律而利用它呢。天命，天的規律。

⑻望時而待之二句　盼望天時的調順而靜待豐收，何如配合時令的變化而使用它呢。

⑻因物而多之二句　聽任物類的自然生長而望其增多，何如發揮人類的智能，來助它繁殖呢。因，順任。騁，縱馬奔馳。引申為儘量發揮。

⑼思物而物之二句　空想著天然的物資成為有用之物，何如開發物資而不讓它埋沒呢。物之，以之為物；即使之成為有用之物。

⑼願於物之所以生二句　希望了解萬物是怎樣產生，何如幫助萬物，使它茁長呢。有，音一ㄡˋ。通「佑」。助。

⑼錯人而思天二句　放棄人為的努力，而寄望於天，那就違反了萬物的原理。情，實況。此指實理。

研析

這是一篇相當精采的思想性論文，就寫作手法言之，具有高明的論述技巧。以下試舉出數端略加分析：

一、正、反面闡述的雙向論證法：如首段先從正面論述：「應之以治」的積極效果，有「天不能貧」、「天不能病」……等，再從反面申論「應之以亂」的嚴重後果，有「天不能使之富」、「天不能使之全」……等。又如第三段結尾，先從反面提出所謂「大凶」是「暗其天君，亂其天官……」等，第四段開頭再從正面提出「聖人清其天君，正其天官……」歸結為「夫是之謂知天」。而第六段則以君子、小人的兩相對照，說明君子日進、小人日退的道理，實則也是採用正反面闡述的雙向論證法。

二、用排比、類疊、設問等句型設計，以強化說理：本文的排比句型使用特多，如首段「彊本而節用，則天不能貧」以下，正面和反面論述，各用三個排比句。又如第四段「所志於天者，已其見象之可以期者矣」以下，又出現四個排比句。第九段「在天者莫明於日月」以下，和「故日月不高，則光暉不赫」以下，也各有四個排比句。而類疊句型的使用，如第五段「君子敬其在己者，而不慕其在天者；小人錯其在己者」疊句連用兩次。又如第七段「……夫是之謂人祆」疊句連用三次，至於設問句型，則有第五段的「治亂，天邪？……時邪？……地邪？……」的自問自答，和第十段「大天而思之，孰與物畜而裁之？」以下的五個連續反問句。綜合上述的排比、類疊、設問等句型設計，用於論述，皆能強化氣勢，使句如貫珠，連綿不絕，且說理更形周全，面面俱到，無所遺漏。

三、自鑄新詞，以提綱挈領，引人注目：作者為了說理需要，在本文中大量自鑄新詞，如第三段有一連串的名詞：「天功」、「天情」、「天官」、「天君」、「天政」，目的是為了強調：人秉天而生，做好人治，即是順應天道。第七段又提出「人祆」一詞，則是為了說明天地間的異象，雖可怪但不可畏，反倒是人治不修，導致種種災難出現，才是可怪又可畏的「人祆」。作者自鑄新詞，引人注目，再加以論述解說，大有提綱挈領之功效。

就思想內涵來觀察，本篇不僅在荀子，即在儒家學派，乃至整個先秦思想，都有它非常特殊的意義。

荀子雖屬儒家，但對「性」和「天」的看法，卻與孔孟有所不同。孔子談「性」與「天」，語焉不詳。但就「仁遠乎哉？我欲仁，斯仁至矣」（論語述而）來看，可知「仁」是內在而固有的；而就「天生德於予」（述而）來說，可知「天」是有「德」的，人之「德」受之於「天」。孟子提出「四端」以說性善，而「天」為善性的根源。所以，由孔而孟，發展出性善說來，而「天」為具有道德之天。人性與天道，上下貫通，本質相同。荀子所說的「天」是「自然之天」，它所生的人類，也不具道德的根苗。荀子最多只承認人心在虛靜清明的時候，有認知判斷的能力。至於他所說的「性」，指的是本能的情欲；情欲不節，會流於惡，故言「性惡」。救治性惡之方，端在聖人所創制的「禮義」。總之，荀子認為人類的幸福，全由人類自己來掌握。

天論的思想，和「性惡說」是相配合的。它極力強調「天」與人類的禍福毫不相干，目的正是要人類脫離迷茫的鬼神世界，袪除僥倖和恐懼的心理，而肯定「事在人為」的信念。這種富於科學精神的人本思想，正是天論的精義所在。

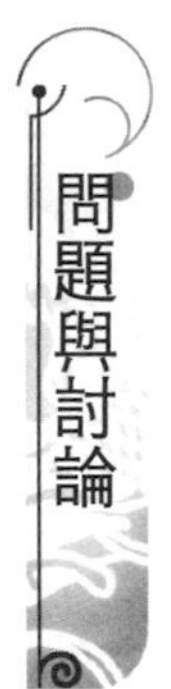

問題與討論

一、天論一文的中心思想為何？

二、荀子所說的「天」，與孟子所說的「天」差別何在？

三、分別指出本文使用「排比」、「類疊」、「設問」的句子。

六卜居

屈原

題解

本篇形式上為記敘文，然而若就其內容而言，實為抒情文，選自楚辭。王逸楚辭章句及朱熹楚辭集注，都指出本文為屈原所作，但後人或以本文既用「屈原既放」開端，由語氣推測，疑非屈原自作。卜居，原意是用占卜選擇定居之地，但本篇所謂「居」，是自處之意，即卜問為人處世之道。本文藉由「卜居」，將知識分子處於惡濁世代中的苦悶與憤慨，表現得淋漓盡致，成為嫉俗者的共同心聲。

作者

屈原，名平（據離騷所述，名正則，字靈均；此依史記）。戰國楚國的公族。生於周顯王二十六年（西元前三四三年），約卒於周赧王二十五年（西元前二九〇年），年約五十四（此據陸侃如屈原評傳及中國詩史卷上）。平天資聰穎，博聞強記，明於治亂，嫻熟辭令。事楚懷王，為左徒，甚受寵信。上官大夫嫉妒他而向懷王進讒言，懷王遂疏平。平退居漢水之北，為三閭大夫（據錢穆先秦諸子繫年），有感於忠而被謗，正直不伸，乃賦離騷，以抒發心中的鬱結。懷王十六年（西元前三一三年），王為張儀所欺，與齊斷交，又連敗於秦，因於十八年召平出使於齊。三十年，秦昭王詐誘懷王，欲與會武關（在今陝西省商縣東南），平勸諫懷王勿往；

王卻聽稚子子蘭之言而赴約，遂為秦所挾而客死於他鄉。其子頃襄王立，以子蘭為令尹。子蘭使上官大夫在王前毀謗平，王怒而遷之於江南。平被放逐，作九歌、九章、卜居、漁父等篇，以見己志；其後平眼見朝政日非，宗社將頹，不勝憂思愁苦，遂投汨羅江而死。所著離騷等二十五篇，皆書楚語，作楚聲，紀楚地，名楚物，故謂之楚辭；為中國辭賦之祖。

屈原既放，三年，不得復見①；竭知盡忠，而蔽鄣於讒②，心煩慮亂，不知所從。乃往見太卜③鄭詹尹曰：「余有所疑，願因先生決之。」詹尹乃端策拂龜④曰：「君將何以教之？」

屈原曰：「吾寧悃悃款款⑤，朴以忠⑥乎？將⑦送往勞來⑧，斯無窮乎？寧誅鋤草茅，以力耕乎？將游大人⑨以成名乎？寧正言不諱⑩，以危身乎？將從俗富貴⑪，以媮生⑫乎？寧超然高舉⑬，以保真⑭乎？將呢訾栗斯，喔咿儒兒⑮，以事婦人⑯乎？寧廉潔正直，以自清乎？將突梯滑稽⑰，如脂如韋⑱，以潔楹⑲乎？寧昂昂若千里之駒乎？將氾氾⑳若水中之鳧，與波上下，偷以全吾軀乎？寧與騏驥㉑亢軛㉒乎？將隨駑馬㉓之迹乎？寧與黃鵠㉔比翼乎？將與雞鶩㉕爭食乎？此孰吉孰凶？何去何從？——世溷濁㉖而不清，蟬翼為重，千鈞㉗為輕；黃鐘㉘毀棄，瓦釜㉙雷鳴；讒人高張㉚，賢士無名。吁嗟默默兮，誰知吾之廉貞！」

詹尹乃釋策而謝㉛曰：「夫尺有所短，寸有所長㉜；物有所不足，智有所不明；數有所不逮，神有所不通。用君之心，行君之意。龜策誠不能知此事。」

注釋

①不得復見　指不能再見到楚王。

②蔽鄣於讒　被讒言所蒙蔽阻攔。鄣，同「障」。遮蔽。

③太卜　掌理卜事之官。

④端策拂龜　端正蓍草，拂淨龜甲。這是表示虔敬的占卜準備動作。策，古代占卜用的蓍草莖。

⑤悃悃款款　誠誠懇懇。悃，音ㄎㄨㄣˇ。

⑥朴以忠　質樸而忠誠。朴，同「樸」。質樸。以，而。

⑦將　還是。

⑧送往勞來　送往迎來。指忙於應酬。勞，音ㄌㄠˋ。

⑨游大人　交結顯貴高官。

⑩正言不諱　直言而無所隱瞞。

⑪從俗富貴　迎合時俗，追求富貴。

⑫媮生　苟且求生。媮，同「偷」。

⑬超然高舉　遠走高飛。指捨棄名利，遠離是非。

⑭保真　保全純真本性，不受世俗汙染。

⑮哫訾栗斯二句　形容巧言令色、曲己迎人的醜態。哫訾，音ㄗㄨˊ　ㄗˇ。阿諛逢迎之意。栗斯，故作戒懼小心

的樣子；栗，或作「粟」或「慓」。喔咿儒兒，故作笑容，裝出順從的樣子，以取悅於人。儒兒，或作「嚅唲」。兒，音ㄋㄧˊ。

⑯婦人　依朱熹注，指楚懷王寵姬鄭袖。

⑰突梯滑稽　圓滑伶俐，圓轉自如。滑，音ㄍㄨˇ。

⑱如脂如韋　滑溜如油脂，柔軟如熟牛皮。

⑲潔楹　使楹柱光滑潤澤。比喻圓滑諂媚。

⑳氾氾　浮游不定的樣子。

㉑騏驥　駿馬。

㉒亢軛　抗衡；並駕齊驅。亢，通「抗」。

㉓駑馬　劣馬。

㉔黃鵠　天鵝。

㉕鶩　鴨。

㉖溷濁　混濁。溷，音ㄏㄨㄣˋ。

㉗千鈞　形容極重之物。三十斤為一鈞。

㉘黃鐘　聲音宏亮，合於黃鐘之律的大鐘。古樂分十二律，陰陽各六，黃鐘居陽律之首。

㉙瓦釜　陶土燒成的鍋。

㉚高張　居於高位，氣燄囂張。

㉛謝　辭謝。

㉜尺有所短二句　喻不同的情況，不同的標準，衡量的結果會有所不同，不能一概而論。

研析

本文旨在描寫屈原因「竭知盡忠，而蔽鄣於讒」；於是假託卜問，以明自處之道，並藉以自抒懷抱。朱熹說這是作者「哀憫當世之人，習安邪佞，違背正直，故陽為不知二者之是非可否，而將假蓍龜以決之」，以警世俗。這說法大體是正確的。

全文分為三段：第一段屈原自敘「心煩慮亂，不知所從」的心境，點出向鄭詹尹問卜的原因。第二段共提出八問，具體呈現出「不知所從」的癥結，為請卜的主體。其後，則抒發對世道混濁、賢愚易位等現象的憤慨。第三段為鄭詹尹的回答，詹尹所謂：「用君之心，行君之意」，正是對屈原堅貞高潔人格的肯定。

本文屬辭賦體，全篇以問對的方式作為主要架構。第二段主體的部分，以韻文方式表達。「忠、窮」、「耕、名」、「身、真、人」、「清、楹」、「駒、軀」、「軛、迹」、「翼、食」、「凶、從」、「清、輕、鳴、名、貞」，都是韻腳；甚至連「梯、稽、脂、韋」都是韻字，可見用韻之密，在在顯示了辭賦的特色。

文中的八問，透過正反的對比，以及層層累加的排比方式，將屈原矛盾沉痛、抑鬱不平的情感，表現得酣暢淋漓。至如「蟬翼為重，千鈞為輕；黃鐘毀棄，瓦釜雷鳴」，則以比興的筆法，寄託作者對天道、世情的質疑和批判。在看似猶疑難決的叩問中，那分「舉世皆濁我獨清，眾人皆醉我獨醒」的寂寞，油然可見。

班固說屈原「露才揚己」，司馬遷則認為屈原之志「雖與日月爭光可也」，這二種不同評價都可以在本文中得到答案。

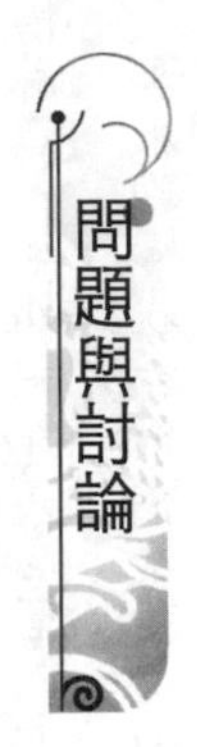

一、試由本文探討屈原的價值觀與人格特質。

二、本文的寫作特色為何？請舉證說明。

三、假如你是鄭詹尹，對於屈原的疑惑你將如何回答？為什麼？

七　定法

韓非

題解

本篇為論說文，選自韓非子卷十七第四十三篇。戰國時，法家分為三大派：商鞅注重法，申不害注重術，慎到注重勢。韓非兼取各家之長而構成其理論系統。本篇主旨在說明法與術兩者都是治理國家不可或缺的工具，同時批評申不害徒術而無法的缺點，及商鞅徒法而無術的流弊。

作者

韓非，戰國末年韓國的諸公子。據先秦諸子繫年所考，約生於周赧王三十三年（西元前二八〇年），死於秦王政十四年（西元前二三三年）。韓非年少時，胸懷大志，喜刑名法術，曾與李斯從荀卿學。學成後，屢次建議韓王，實行法治，任用賢能，以使國家富強；以口吃，不善言談，又被權臣所嫉，終不獲採用。因此發憤著書，作孤憤、五蠹、說林、說難等十餘萬言。他的書流傳很廣，秦王政讀後，大為讚歎。其後秦兵攻韓，韓王派韓非出使秦國。這時李斯已受秦王政信任，深恐韓非被重用，乃聯合姚賈，陷害韓非。韓非被關在監獄裡，被迫自殺。韓非子一書，漢書藝文志著錄五十五篇，史記正義引阮孝緒七錄載韓子二十卷，今本篇數和卷數正與相符，未有亡佚。除首二篇（初見秦、存韓）外，大體為韓非所自著。其書以尚法、任勢、用術為綱領，有系統地建立法家的思想體系。文章結構謹嚴，疏密有致；而文詞之犀利，有如長鋒快劍，不愧為法家集大成之作。

問者曰：「申不害①、公孫鞅②此二家之言，孰急③於國？」應之曰：「是不可程④也。人不食十日，則死；大寒之隆⑤，不衣亦死；謂之衣食孰急於人？則是不可一無也，皆養生之具也。今申不害言術，而公孫鞅為法。術者，因任而授官⑥，循名而責實⑦，操殺生之柄⑧，課⑨群臣之能者也；此人主之所執也。法者，憲令著於官府⑩，賞罰必於民心⑪，賞存乎慎法⑫，而罰加乎姦令⑬者也；此人臣之所師⑭也。君無術則弊⑮於上，臣無法則亂於下，此不可一無，皆帝王之具也。」

問者曰：「徒術而無法，徒法而無術，其不可，何哉？」對曰：「申不害，韓昭侯⑯之佐也。韓者，晉之別國⑰也。晉之故法未息，而韓之新法又生；先君之令未收，而後君之令又下。申不害不擅其法⑱，不一其憲令⑲，則姦多。故利在故法前令，則道之；利在新法後令，則道之⑳。故新相反，前後相悖㉑，則申不害雖十使昭侯用術，而姦臣猶有所譎㉒其辭矣。故託㉓萬乘㉔之勁韓，十七年而不至於霸王者，雖用術於上，法不勤飾㉕於官之患也。公孫鞅之治秦也，設告坐㉖而責其實，連什伍而同其罪㉗；賞厚而信，刑重而必㉘。是以其民用力勞而不休，逐敵危而不卻㉙，故其國富而兵強。然而無術以知姦，則以其富強也資人臣而已矣。及孝公㉚、商君死，惠王㉛即位，秦法未敗也，而張儀以秦殉韓、魏㉜；惠王死，武王㉝即位，而甘茂㉞以秦殉周；武王死，昭襄王㉟即位，穰侯㊱越韓、魏而東攻齊，五年而秦不益一尺之地，乃成其陶邑之封；應侯㊲攻韓八年，成其汝南㊳之封。自是以來，諸用秦者㊴，皆應、穰之類也。故戰勝則大臣尊，益地則私封立㊵，主無術以知姦也。商君雖十飾㊶其法，人臣反用其資㊷。故乘強秦之資，數十年而不至於帝王者，法雖勤飾於官，主無術於上之患也。」

問者曰：「主用申子之術，而官行商君之法，可乎？」對曰：「申子未盡於術，商君未盡於法也。申子言：『治不踰官㊸，雖知弗言。』治不踰官，謂之守職也可；知而弗言，是謂過也。人主以一國目視，故視莫明焉；以一國耳聽，故聽莫聰焉。今知而弗言，則人主尚安假借矣㊹。商君之法曰：『斬一首者，爵一級，欲為官者，為五十石之官；斬二首者，爵二級，欲為官者，為百石之官。』官爵之遷㊺，與斬首之功相稱㊻也。今有法曰：『斬首者，令為醫、匠。』則屋不成而病不已。夫匠者，手巧也；而醫者，齊藥㊼也，而以斬首之功為之，則不當其能㊽。今治官者，智能也；今斬首者，勇力也，以勇力之所加，而治智能之官，是以斬首之功為醫、匠也。故曰：二子之於法、術，皆未盡善也。」

注釋

①申不害　戰國鄭京邑（今河南省滎（ㄒㄧㄥˊ）陽縣東南）人。相韓昭侯十五年，國治兵強，諸侯不敢來犯。其學本於黃、老而主刑名，為先秦法家的重要人物。

②公孫鞅　戰國衛公子。少好刑名之學，後西入秦，說孝公變法圖強，秦國大治，遂為秦相。封商（今陝西省商州市東南）十五邑，號商君，又稱商鞅。為先秦法家的重要人物。

③急　迫切需要。

④程　度量；較量。

⑤隆　盛；極。

⑥因任而授官　根據才能的高下，來授予官職。任，才能。

⑦循名而責實　依照官位，求其盡職，察其實效。

⑧柄　權柄。

⑨課　督責；考核。

⑩憲令著於官府　法令明定於官府。憲令，法令。著，音ㄓㄨˋ。明定。

⑪賞罰必於民心　使人民相信，賞罰必定執行。

⑫慎法　守法。

⑬姦令　干犯法律。姦，通「奸」。干犯。

⑭師　師法；遵守。

⑮弊　通「蔽」。蒙蔽。

⑯韓昭侯　韓懿侯子，周顯王十一年（西元前三五八年）即位。立八年，用申不害為相。在位二十六年卒。

⑰韓者二句　韓國是晉國分出的國家。周威烈王二十三年（西元前四〇三年），即晉烈公十三年，晉權臣韓虔（ㄑㄧㄢˊ）、趙籍、魏斯三卿分晉自立為諸侯。別，分支。

⑱不擅其法　不整齊統一新法或舊法。擅，專一。

⑲不一其憲令　不統一前令與後令。

⑳故利在故法前令四句　指法令新舊不一，若舊法令對於人臣有利，人臣就遵從舊法令；若新法令對於人臣有利，人臣就遵從新法令。道，遵從；援引。

㉑故新相反二句　指舊法與新法相反，前令與後令牴觸。

㉒譎　音ㄐㄩㄝˊ。詭詐；欺騙。

㉓託　寄託。此引申作憑藉解。

㉔萬乘　一萬輛兵車。指大國。

㉕勤飾　勤加整治。飾，通「飭」。整治。

㉖告坐　告姦與反坐。即鼓勵檢舉罪行，若所告不實，則反坐其罪。

㉗連什伍而同其罪　編組五家或十家，互相連保，若一家有罪，其他各家不檢舉，也同受刑罰。什，指十家。伍，指五家。

㉘賞厚而信二句　獎賞優厚而有信用，刑罰嚴厲而必然施行。

㉙逐敵危而不卻　冒著危險追逐敵人而不退卻。

㉚孝公　秦孝公。獻公子，名渠梁。用商鞅變法，國以富強。周顯王三十一年（西元前三三八年）卒，在位二十四年。

㉛惠王　秦惠王。孝公子，名駟。周顯王三十二年即位。用張儀為相，使司馬錯伐蜀，又攻楚，取漢中地，國勢更為強盛。在位二十七年。

㉜張儀以秦殉韓魏　張儀不顧恤秦國，侵略韓、魏以維護一己的爵祿權位。張儀，魏人，相秦惠王，以連橫遊說六國，使背合縱之約而事秦。秦封為武信君，後去秦相魏，一年後卒。

㉝武王　秦武王。惠王子，名蕩。周赧王五年（西元前三一〇年）即位，在位四年卒。

㉞甘茂　戰國下蔡（今安徽省鳳臺縣）人，師事史舉先生，學百家之說。因張儀而見秦惠王。武王立，因定蜀有功，遷左丞相。獻和魏伐韓之策，拔韓宜陽，以窺周室。

㉟昭襄王　秦昭襄王。惠王子，武王異母弟。名則，一名稷。周赧王九年即位。以魏冉為相、白起為將，開疆拓土，取周九鼎，國勢益強，在位五十六年。

㊱穰侯　即魏冉。昭襄王母宣太后異父弟，前後四次為秦相，封於穰（音ㄖㄤˊ。今河南省鄧州市），故稱穰侯。後又封陶邑（今山東省定陶縣西北）。

㊲應侯　即范雎（ㄐㄩ）。字叔，魏人。因受魏相折辱，改名張祿，西入秦，昭襄王拜為客卿，後為相，封於應（今河南省魯山縣東），號應侯。

㊳汝南　范雎封於應，在汝河之南，故稱。

㊴用秦者　被秦國重用的人。

㊵益地則私封立　領土增加則建立個人的封地。

㊶十飾　極力整治。十，極言其多。

㊷反用其資　反而利用厚賞蓄積自己的實力。

㊸踰官　踰越職權。

㊹人主尚安假借矣　人主如何假借人臣的耳目來視聽呢。

㊺遷　擢升。

㊻相稱　相當。稱，音ㄔㄥˋ。

㊼齊藥　調配藥方。齊，音ㄐㄧˋ。通「劑」。調配。

㊽不當其能　不符合他的才能。當，音ㄉㄤˋ。適宜；符合。

研析

本文共分三段：首段說明法與術都是帝王治國的工具，不可偏廢。二段以申不害相韓，說明用術而不知用法之弊；以商鞅治秦，說明用法而不知用術之害。末段以申子「治不踰官，雖知弗言」及商君所定斬首爵賞之法，說明申不害未盡於術，商鞅未盡於法。

韓非思想以尚法、任勢、重術為主要綱領，故本文乃藉設問之法，申論法、術不可偏廢之義。在一問一答中，反覆推陳、層層深入，對申、商學說之局限多所批判。文中也善用譬喻以說解事理，如以衣、食喻法、術的不能偏廢，以醫、匠喻首功之不當治官，引喻平易、生動，使讀者易於悟解而產生共鳴；可謂「能近取譬」。全篇敘事簡潔明快、說理透闢清晰，論證尤為詳贍豐富，不徒尚空言，極富雄辯色彩。這些都形成了本文的特色。

一、試就所知說明韓非思想的要義。

二、對於「法治」與「德治」，你有何看法？在今日社會中何者較為重要？試予闡述。

三、本文在寫作筆法上有何特色？請引證說明。

八　循吏列傳

司馬遷

題解

本文選自史記卷一百一十九，記載春秋時代孫叔敖、子產、公儀休、石奢、李離五位循吏的事跡。循吏，指奉職循理的好官吏。孫叔敖等五人，奉職循理，功業成於當時，典型垂於百世，足為吏教的典範，因此，司馬遷特別為他們五人立傳。

「史記」，本來是古史的通稱，史遷在自序中稱太史公書。漢書藝文志作太史公一百三十篇，或稱太史公記，或稱太史記。魏志始稱太史公書為史記。隋書經籍志標立史部，首列史記一百三十卷。此後，學者皆採用史記之名。全書計五十二萬六千五百字，起自黃帝，下迄漢武，共記載二千五百餘年史事。分成十二本紀、十表、八書、三十世家、七十列傳。本紀以敘帝王，世家以記侯國，表以譜年爵，書以詳制度，列傳以誌人。此例既立，後之作史者，遞相祖述，奉為圭臬。

作者

司馬遷，字子長。西漢左馮（ㄈㄥˊ）翊（ㄧˋ）夏陽（今陝西省韓城市南）人。生於景帝中五年（西元前一四五年），約卒於昭帝始元元年（西元前八六年），年約六十。

父談，學天官於唐都，受易於楊何，習道論於黃生；武帝建元、元封間仕為太史令。遷既傳其父學，又從孔安國治尚書，從董仲舒治春秋。喜遊歷，足跡遍天下。

元封元年（西元前一一〇年），父談卒，遺命著史。又二年，遷繼父業為太史令，著手整理圖書資料。元封四年，開始撰史記。太初元年（西元前一〇四年），奉命與公孫卿、壺遂等五六十人改訂曆法，遷總領其事，為中國曆學之一大革命。

天漢二年（西元前九九年），李陵降匈奴，遷力辯其冤，觸怒武帝，治罪下獄。次年，下蠶室，受腐刑。時遷著史記未就，忍辱以冀其成。雖在獄中，著書不輟。

太始元年（西元前九六年）出獄，為中書謁者令，仍續著書。征和二年（西元前九一年），史記一百三十篇始成。後數年卒。

太史公①曰：「法令所以導民也，刑罰所以禁姦也。文武不備②，良民懼然身修③者，官④未曾亂也。奉職循理，亦可以為治，何必威嚴⑤哉？」

孫叔敖⑥者，楚之處士⑦也。虞丘⑧相進之於楚莊王⑨，以自代也。三月為楚相，施教導民，上下和合，世俗盛美，政緩禁止⑩，吏無姦邪，盜賊不起。秋冬則勸民山採⑪，春夏以水⑫，各得其所便，民皆樂其生。

莊王以為幣輕，更以小為大⑬，百姓不便，皆去其業。市令⑭言之相曰：「市亂，民莫安其處⑮，次行不定⑯。」相曰：「如此幾何頃⑰乎？」市令曰：「三月頃。」相曰：「罷⑱！吾今令之復矣。」後五日，朝⑲，相言之王曰：「前日更幣，以為輕。今市令來言曰：『市亂，民莫安其處，次行之不定。』臣請遂令復如故⑳。」王許之，下令三日而市復如故。

楚民俗好庳車㉑，王以為庳車不便馬，欲下令使高之。相曰：「令數下㉒，民不知所從，不可。王必欲高車，臣請教閭里㉓使高其梱㉔。乘車者皆君子，君子不能數下車。」王許之，居半歲，民悉自高其車。

此不教而民從其化，近者視而效之，遠者四面望而法之。故三得相而不喜，知其材自得之也；三去相而不悔，知非己之罪也。

子產㉕者，鄭之列大夫㉖也。鄭昭君之時，以所愛徐摯為相㉗，國亂，上下不親，父子不和。大宮子期㉘言之君，以子產為相。為相一年，豎子㉙不戲狎㉚，斑白㉛不提挈㉜，僮子不犁畔㉝。二年，市不豫賈㉞。三年，門不夜關，道不拾遺。四年，田器不歸。五年，士無尺籍㉟，喪期不令而治㊱。治鄭二十六年而死，丁壯號哭，老人兒啼㊲，曰：「子產去我死乎！民將安歸？」

公儀休者，魯博士㊳也。以高弟㊴為魯相。奉法循理，無所變更，百官自正。使食祿者不得與下民爭利，受大者不得取小㊵。

客有遺㊶相魚者，相不受。客曰：「聞君嗜魚，遺君魚，何故不受也？」相曰：「以嗜魚，故不受也。今為相，能自給魚，今受魚而免，誰復給我魚者？吾故不受也。」

食茹㊷而美，拔其園葵而弃㊸之。見其家織布好，而疾出其家婦，燔其機，云：「欲令農士工女安所讎其貨乎㊹？」

石奢者，楚昭王㊺相也。堅直廉正，無所阿避㊻。行縣㊼，道有殺人者，相追之，乃其父也。縱其父而還自繫㊽焉。使人言之王曰：「殺人者，臣之父也。夫以父立政㊾，不孝也；廢法縱罪，非忠也；臣罪當死。」王曰：「追而不及，不當伏罪，子其治事矣㊿。」石奢曰：「不私其父(51)，非孝子也；不奉王法，非忠臣也。王赦其罪，上惠也；伏誅而死，臣職也。」遂不受令，自刎而死。

李離者，晉文公之理(52)也。過聽殺人(53)，自拘當死。文公曰：「官有貴賤，罰有輕重。下吏有過，非子之罪也。」李離曰：「臣居官為長，不與吏讓位(54)；受祿為多，不與下分利(55)。今過聽殺人，傅其罪下吏(56)，非所聞也。」辭不受令。文公曰：「子則自以為有罪(57)。寡人(58)亦有罪邪？」李離曰：「理有法，失刑則刑，失死則死(59)。公以臣能聽微決疑(60)，故使為理。今過聽殺人，罪當死。」遂不受令，伏劍而死。

太史公曰：「孫叔敖出一言，郢(61)市復。子產病死，鄭民號哭。公儀子見好布而家婦逐。石奢縱父而死，楚昭名立(62)。李離過殺而伏劍，晉文以正國法。」

注釋

①太史公　司馬遷的自稱，因其官職為太史令。

②文武不備　賞罰尚未完具。文，封賞。武，刑罰。商君書修權：「凡賞者，文也；刑者，武也；文武者，法之約也。」

③懼然身修　心中有所戒懼而修好自身品德。懼然，驚畏而肅敬的樣子。

④官　指官箴，即官吏所當遵行的誡規。

⑤威嚴　用嚴刑峻法來威服百姓。

⑥孫叔敖　春秋楚人，性行恭儉，相楚莊王，開鑿芍陂，灌田萬頃，施教導民，使楚國大治。

⑦處士　有學識品德、隱居不仕的高人。

⑧虞丘　春秋楚人，為楚莊王相。虞丘，複姓。

⑨楚莊王　春秋楚國國君，為春秋五霸之一。有雄才，先後滅庸、克宋、伐陳、圍鄭，與晉爭霸中原。在位二十三年，卒謚莊。

⑩政緩禁止　政令寬緩，使法令所禁之事，百姓皆止而不犯。

⑪秋冬則勸民山採　在秋冬之際，勸導百姓入山採樵、獵取禽獸，藉以強健體魄、改善生活。

⑫春夏以水　春夏之際，勸導百姓，下水捕捉魚蝦，藉以改善生活。

⑬更以小為大　將小的改成大的。更，音ㄍㄥ。更改。

⑭市令　管理市場的官員。令，總其事之官。

⑮民莫安其處　人民不能安居樂業。處，居止，指所從事的行業。

⑯次行不定　要留下來繼續開業，還是離去另謀生路，徬徨不定。次，留止。行，離去。

⑰幾何頃　等於說「多久時間」。頃，時間性副詞，如同說「左右」、「光景」。

⑱罷　感歎詞。表示決定。

⑲朝　臣子上朝面見國君。

⑳請遂令復如故　請求順從民意，下令恢復舊幣制。遂，順從。

㉑庳車　車身很低的車子。庳，音ㄅㄟ。本義為屋卑，此處引申作低下。

㉒令數下　法令頻繁地頒布。數，音ㄕㄨㄛˋ。屢屢；頻繁。

㉓閭里　古時候地方行政區域的名稱。二十五家為閭。里，居戶的多寡，說者不一：有謂二十五家者（見詩經鄭風將仲子），有謂五十家者（見風俗通），有謂七十二家者（見尚書大傳），有謂八十戶者（見公羊傳宣公十五年注），有謂百家者（見管子度地）。

㉔高其梱　加高閭里的門限。梱，音ㄎㄨㄣˇ。門限，俗稱「門檻兒」。

㉕子產　即公孫僑。春秋鄭成公少子，字子產。歷仕鄭簡公、定公、獻公、聲公，執掌國政，長達四十年。當時，晉、楚爭霸，鄭雖處其間，但子產對內，用禮法統御豪族；對外，以外交辭令折服強國；國家因此得到安定。

㉖列大夫　猶言諸大夫，子產為鄭國諸大夫之一。列，指多數而言，如「列國」、「列強」。

㉗鄭昭君之時二句　鄭昭君，即鄭昭公，莊公太子，名忽。在位三年，為高渠彌所殺，謚昭。司馬貞索隱云：「子產不事昭君，亦無徐摯作相之事。蓋別有所出，太史記異耳。」

㉘大宮子期　鄭之公子。大，音ㄊㄞˋ。期，音ㄐㄧ。

㉙豎子　本指未冠之僮僕，此處指愚弱無能之輩。

㉚戲狎　嬉戲玩樂，不守禮法。狎，指對人不莊重。

㉛斑白　指頭髮黑白交雜的老人。斑，雜色。

㉜不提挈　手中不提拿東西。因為年輕人知禮，樂於為之服務。挈，音ㄑㄧㄝˋ。提持。

㉝僮子不犁畔　幼童不犁耕田邊之地。因為田邊之地，都是行人道路，如果犁了田邊土地，道路就遭到破壞，交通不便。指鄭國僮子們，在子產教導下，都能尊重社會公益。僮子，未成年的幼童。畔，田界。

㉞市不豫賈　市場的交易，不會誇大要價，來欺騙買者。豫，本義為「象之大者」，引申作「大」講。賈，音ㄐㄧㄚˋ。同「價」。貨物的價值。

㉟士無尺籍　不用軍令徵召士人服役。尺籍，書寫軍令的一尺方板。

㊱喪期不令而治　不需政令約制，人民都能依喪期的長短服喪。喪期，指五服（斬衰、齊衰、大功、小功、緦麻）服喪的時間。

㊲兒啼　若小兒之啼哭。形容哀痛之深切。

㊳博士　官名。春秋時，宋、魯、秦、魏皆設置。

㊴高弟　指官吏考績獲得優等。弟，「第」之本字。次第。

㊵受大者不得取小　享受大利的人，不可再貪取小利。大，大利。指官吏獲得的優厚俸祿。小，小利。指百姓餽贈的微薄財物。

㊶遺　音ㄨㄟˋ。餽贈。

㊷茹　蔬菜。

㊸弃　「棄」之古字。

㊹安所雠其貨乎　如何使他們能買賣貨物呢。雠，通「售」。售賣。

㊺楚昭王　春秋楚君，平王子，名珍。即位十年，為吳王闔閭所敗。後使申包胥向秦求救，終於復國。在位二十七年，卒諡昭。

㊻無所阿避　既不阿諛長上，也不畏避權勢。阿，音ㄜ。曲意阿附。避，怕權勢而退避。

㊼行縣　巡視屬縣。行，巡視。

㊽自繫　把自己囚禁起來。繫，拘囚。

㊾以父立政　以治父親之罪而建立法紀。

㊿子其治事矣　命令石奢依舊任職理事。其，句中助詞。

⑤①不私其父　不偏愛自己的父親。私，偏愛。

⑤②晉文公之理　晉文公的獄官。晉文公，春秋五霸之一，晉獻公次子，名重耳（？—西元前六二八年）。獻公寵愛驪姬，殺太子申生，重耳奔狄。後流亡在外十九年，終得秦穆公之助，返國即位。任用狐偃、趙衰、賈佗、先軫（ㄓㄣˇ）等賢士，興文立教，國勢日益壯盛。尊周室，平定王子帶之亂，納周襄王，救宋破楚，繼齊桓公而為諸侯盟主。在位九年，卒諡文。理，治獄之官。

⑤③過聽殺人　聽審訟案有誤，以致判人死罪。聽，音ㄊㄧㄥˋ。裁斷。

⑤④不與吏讓位　不讓位給屬吏。

⑤⑤受祿為多二句　享受俸祿甚厚，不和屬下分享財利。

⑤⑥傳其罪下吏　將罪過委給屬下之吏。傳，通「敷」。推卸，轉嫁。

57 子則自以為有罪　子若是自以為有罪。則，猶「若」之意。

58 寡人　古代帝王或諸侯自謙之詞。

59 失刑則刑二句　獄訟之官，判刑失當，則本身應當接受刑罰；誤判人致死，則應以死抵罪。

60 聽微決疑　聽察隱微，斷決疑案。

61 郢　春秋楚都，故城在今湖北省江陵縣北之紀南城。

62 名立　美名因而建立。

研析

這是一篇紀傳體的敘事文，全文共分十二段：第一段揭明為官之道，在於奉職循理，不必嚴刑峻法。第二段記述楚相孫叔敖從政的大要與成效。第三、四段記述孫叔敖施政不擾民，順從民意。第五段記述孫叔敖行政的影響，以及坦蕩的自處心態。第六段記述循吏子產治鄭的事跡。第七、八、九段記述魯相公儀休治事理政的大原則，以及拒受贈魚、不與民爭利的事跡。第十段記述石奢能不惜犧牲生命以全忠孝。第十一段記述理官李離能忠於職守、勇於負責。第十二段總論以上五人，表現雖異，而同為盡忠職守、恤人體國的循吏，皆足以垂範後世。

本文首先在起段拈出「奉職循理」四字來貫穿全篇，為本文的引子。接著以二至十一段，分五目依序敘孫叔敖不教而化、子產不令而治、公儀休使百官自治、石奢為忠孝而死、李離過殺而伏劍，事跡雖異，而其「奉職循理」則一；這是本文的主體所在。最後就分敘的五人事跡加以頌贊，作為總結。如此以「總提（凡）、分敘（目）、總結（凡）」的結構來寫，使所敘繁而不亂，如有一根繩子將上下文綰合在一起，這是本文寫作成功的地方。

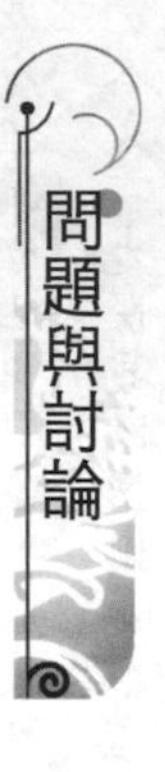

問題與討論

一、孫叔敖治國方式為何？為什麼他能夠三去相位而不悔？

二、子產深得民心的理由安在？試就所見，嘗試說明。

三、石奢、李離最後都徇法而死，兩人的死是否值得？試以己見加以評論。

九　貧富

桓寬

題解

本篇為論說文，選自鹽鐵論卷四。篇中御史大夫主張只要善加運用，必能廣開財源，牟利致富；郡國文學則強調仁義修身之重要，不必汲汲追求富貴；顯示出當代官僚與知識分子對富貴仁義的不同看法。

漢昭帝始元六年（西元前八一年），詔郡國舉賢良文學，使丞相、御史大夫問以民生疾苦，皆求罷鹽鐵、酒榷（ㄑㄩㄝˋ）、均輸，遂與御史大夫相論難。至宣帝時，桓寬乃集雙方言論，成鹽鐵論，凡十卷，六十篇。

作者

桓寬，字次公。漢汝南（今河南省上蔡縣西南）人。生卒年不詳。博學通聞，善於政論篇章。官至廬江太守。著有鹽鐵論。

大夫①曰：「余結髮束修②，年十三，幸得宿衛③，給事輦轂之下④，以至卿大夫之位，獲祿受賜，六十有餘年矣。車馬衣服之用，妻子僕養⑤之費，量入為出，儉節以居之；奉祿賞賜，一二籌策⑥之，積浸⑦以致富成業。故分土若一，賢者能守之；分財若一，智者能籌之。夫白圭⑧之廢著⑨，子貢⑩之三至千金，豈必賴⑪之民哉？運之方寸⑫，轉之息耗⑬，取之貴賤⑭之間耳！」

文學曰：「古者事業不二⑮，利祿不兼⑯，然後諸業不相遠⑰，而貧富不相懸⑱也。夫乘⑲爵祿以謙讓者，名不可勝舉也；因權勢以求利者，入⑳不可勝數也。食湖池，管山海，芻蕘者㉑不能與之爭澤，商賈不能與之爭利。子貢以布衣致之，而孔子非之，況以勢位求之者乎？故古者大夫思其仁義以充其位，不為權利以充其私㉒也。」

大夫曰：「山岳有饒㉓，然後百姓贍㉔焉。河海有潤㉕，然後民取足焉。夫尋常之汙㉖，不能溉陂澤㉗，丘阜之木，不能成宮室。小不能苞㉘大，少不能贍多。未有不能自足而能足人者也，未有不能自治而能治人者也。故善為人㉙者能自為者也，善治人者能自治者也。文學不能治內，安能理外乎？」

文學曰：「行遠道者假於車，濟㉚江海者因於舟。故賢士之立功成名，因於資而假物㉛者也。公輸子㉜能因人主之材木，以構宮室臺榭㉝，而不能自為專屋㉞狹廬，材不足也。歐冶㉟能因國君之銅鐵，以為金鑪㊱大鍾㊲，而不能自為壺鼎盤杅㊳，無其用也。君子能因人主之正朝㊴，以和百姓，潤眾庶，而不能自饒其家，勢不便也。故舜耕於歷山㊵，恩不及州里，太公㊶屠牛於朝歌㊷，利不及妻子，及其見用，恩流八荒㊸，德溢四海。故舜假之堯，太公因之周，君子能修身以假道㊹者，不能枉道而假財㊺也。」

大夫曰：「道懸於天，物布於地，智者以衍㊻，愚者以困。子貢以著積㊼顯於諸侯，陶朱公㊽以貨殖㊾尊於當世。富者交焉，貧者贍焉㊿。故上自人君，下及布衣之士，莫不載其德，稱其仁。

原憲[51]、孔伋[52]，當世被飢寒之患，顏回屢空於窮巷[53]，當此之時，近於窟穴，拘於縕袍[54]，雖欲假財信姦佞[55]，亦不能也。」

文學曰：「孔子云：『富而可求，雖執鞭之事，吾亦為之；如不可求，從吾所好[56]。』君子求義，非苟富也。故刺子貢不受命而貨殖焉[57]。君子遭時[58]則富且貴，不遇退而樂道。不以利累己，故不違義而妄取。隱居修節，不欲妨行，故不毀名而趨勢。雖付之以韓、魏之家[59]，非其志則不居也。富貴不能榮，謗毀不能傷也。故原憲之縕袍，賢於季孫之狐貉[60]；趙宣孟之魚飧，甘於智伯之芻豢[61]；子思之銀珮，美於虞公之垂棘[62]。魏文侯軾段干木之閭[63]，非以其有勢也；晉文公見韓慶，下車而趨，非以其多財，以其富於仁，充於德也。故貴何必財？亦仁義而已矣！」

注釋

①大夫　指御史大夫桑弘羊。桑弘羊（西元前一五二——前八〇年），漢洛陽（今河南省洛陽市東北）人。長於財經，主張重農抑商，推行鹽鐵酒專賣政策。武帝臨終，授御史大夫，與霍光同輔昭帝。

②結髮束修　童年入學。結髮，指童年。束修，束帶修飾。指初入學或初為官之時。

③宿衛　在宮中值夜護衛。

④給事輦轂之下　任職於京城。給事，任職。輦轂之下，指京城。輦轂，音ㄋㄧㄢˇ ㄍㄨˇ。天子的坐車。輦，人力拉動的車。漢以來唯天子乘坐。

⑤僕養　僕役。養，供使喚的人。

⑥籌策　算計、規劃。
⑦積浸　逐漸。浸，漸進。
⑧白圭　戰國周人。經商，以善觀時變著稱。
⑨廢著　賣出與貯藏。著，音ㄓㄨˇ。通「貯」。
⑩子貢　孔子弟子。以經商致富，家累千金。
⑪賴　取。
⑫方寸　指內心。
⑬息耗　盈虛；厚薄。指物之多寡或需求之大小。
⑭貴賤　指物價的高低。
⑮事業不二　不從事兩種以上的行業。
⑯利祿不兼　不擔任兩種以上的官職。
⑰諸業不相遠　各行業的所得，相差不遠。
⑱懸　懸殊；遙遠。
⑲乘　憑藉。
⑳入　收入。
㉑芻蕘者　樵夫。芻，音ㄔㄨˊ。割草。蕘，音ㄖㄠˊ。採薪。
㉒充其私　滿足個人私欲。

㉓饒　豐富的物產。

㉔贍　音ㄕㄢˋ。充足；富足。

㉕潤　充足的雨水。

㉖汙　水池。

㉗陂澤　湖澤。陂，音ㄆㄧˊ。池塘湖泊。

㉘苞　通「包」。

㉙為人　替人謀福利。為，音ㄨㄟˋ。

㉚濟　渡。

㉛因於資而假物　憑藉個人天賦及外物。因，憑藉。資，天賦。

㉜公輸子　公輸般，春秋魯人。長於木工，歷代尊為祖師。

㉝臺榭　泛指樓臺等建築物。榭，音ㄒㄧㄝˋ。建在高臺上的木屋。

㉞專屋　小屋。專，狹小。

㉟歐冶　歐冶子，春秋時人，善鑄劍。

㊱鑪　盛火的器具。

㊲鍾　酒器。

㊳杅　音ㄩˊ。同「盂」。盛湯水的器皿。

㊴正朝　古代帝王聽政及受群臣朝拜的處所。

㊵歷山　山名。在今山東省濟南市東南。相傳舜曾耕於此。

㊶太公　太公望。東海人。名尚，字子牙。本姓姜，其先人封於呂，以呂為氏。隱居渭水濱。周文王遇之，與語，大悅，曰：「吾太公望子久矣。」因號太公望。佐周滅殷，封於齊。

㊷朝歌　殷商都城。故城在今河南省淇（ㄑㄧˊ）縣北。

㊸八荒　指天下。

㊹修身以假道　藉道修身。以，而。

㊺枉道而假財　憑財力而枉曲道理。枉，曲。

㊻衍　寬裕富足。

㊼著積　貯積。

㊽陶朱公　范蠡。春秋楚人。助越王句踐復國。後去越入齊，經商致富。居陶，自號陶朱公。

㊾貨殖　買賣貨物以取利潤。即經商。殖，生。

㊿富者交焉二句　結交富人，救濟窮人。

51原憲　春秋魯人，字子思。孔子弟子。性狷（ㄐㄩㄢˋ）介，褐衣疏食，不減其樂。

52孔伋　春秋魯人，字子思。孔子孫。據史記孔子世家，子思嘗困於宋。

53顏回屢空於窮巷　顏回居住在窮巷，一直過著貧窮的生活。屢空，經常貧乏。屢，每每；經常。

54縕袍　以舊絮或亂麻襯裡的袍子。也泛指粗劣衣服。縕，音ㄩㄣˋ。

55信姦佞　使奸人小人相信。

56 富而可求五句　語見論語述而。「事」原作「士」，古通。

57 子貢不受命而貨殖焉　語本論語先進：「子曰：『……賜不受命而貨殖焉。』」

58 遭時　喻賢臣明君之遇合。

59 付之以韓魏之家　給予韓魏兩家大臣的財富。語本孟子盡心上。「付」原作「附」。

60 原憲之縕袍二句　原憲雖穿破舊的袍子，卻勝過季孫的穿皮衣。季孫，春秋魯公族。狐貉，指狐貉皮所製的皮衣。貉，音ㄏㄜˊ。

61 趙宣孟之魚飧二句　趙盾雖吃魚，其滋味卻美於智伯吃牛羊肉。趙宣孟，趙盾。春秋晉大夫，襄公時柄政。魚飧，用魚做的食物。見公羊傳宣公六年。智伯，春秋晉大夫。芻豢，指牛羊犬豕。食草者為芻，食穀者為豢。豢，音ㄏㄨㄢˋ。

62 子思之銀珮二句　子思的銀珮，比虞公的美玉更美。虞公，春秋虞君。垂棘，地名，產美玉。此借指美玉。

63 魏文侯軾段干木之閭　魏文侯車經段干木的里門，手扶車前橫木以示禮敬。見史記魏世家。魏文侯，戰國魏君。軾，車箱前橫木。此作動詞，指手扶之以示敬。段干木，戰國芮（ㄖㄨㄟˋ）城（今陝西省大荔縣東南）人。隱居於魏。文侯以師禮待之。閭，里巷的大門。

研析

這是一場精彩而有意義的論辯。大夫為既得利益而辯護，其言論帶有濃厚的功利色彩；文學堅持仁義，反對藉勢位以取私利，充分顯現其人道和理想主義的精神。

全篇共分六段：首段御史大夫提出「致富成業」的觀點。第二段郡國文學指出位居高官，不宜藉之牟取私利。第三段御史大夫強調真正會管理的人，要能自治自足，廣開財源。第四段郡國文學指出身為父母官千萬不可以為廣開財源而歪曲事理，君子仍以進德修身為本。第五段御史大夫舉子貢、陶朱公證明開源者廣受好評，至於原憲、孔伋實為生活的無能者。第六段郡國文學反駁，指出受人尊敬並非因有財有勢，而是完全看人品修養而定。全篇透過正反不同觀點的對話，客觀呈現了不同的行事作風及思維模式。

儒家者流，「仁以為己任」（論語泰伯），故「謀道不謀食」（論語衛靈公）；其言行大多有拒絕功利的傾向。這當然是一種高貴可敬的情操，但以之自律則可，據以律人，則是否能符合一般人性，而為必然的道德，恐不免可疑。居位者為既得利益而辯論，於情可以理解，於理卻頗可商榷。官所以治人，其意義在於安社稷而福蒼生，若憑其智能，藉其勢位，以致富成業，視百姓之貧乏為當然，則違背公道原則，喪失道德意義，與囤積哄抬的奸商、穿壁逾牆的盜賊，有何差別？由此觀之，從服務奉獻中實現自我，促使大我利益的增進，從而保障小我之利益，此種人我一體、共榮共利的價值觀，或許是吾人所應積極建立並付諸實踐的現代道德。

問題與討論

一、御史大夫主張「致富成業」的理由為何？

二、郡國文學反對「致富成業」的理由為何？

三、面對重視財富與注重德行兩種不同的為官之道，當如何會通調適？

一〇　說苑選

劉向

題解

本課為記敘文，選自說苑；凡四則，標目皆依原書篇名。建本一則，記孔子勸子路向學；復恩一則，記楚莊王因積陰德而得陽報；尊賢一則，記張生勸田瞶勿以權重而驕士；善說一則，記惠施論譬喻之理。

說苑二十卷，劉向撰。以君道、臣術、建本、立節等二十門，分門別類編輯先秦至漢代的軼聞瑣事，雜以議論，闡發興亡成敗之理。

作者

劉向，字子政，本名更生。漢沛（今江蘇省沛縣）人。生於昭帝元鳳四年（西元前七七年），卒於哀帝建平元年（西元前六年），年七十二。

向為漢高祖弟楚元王劉交第四代孫。其為人平易近人，不講求威儀；好經術，長於文學；於時政得失、外戚擅權，常上書諫彈，直言不諱。成帝時，領校中祕書；每校一書畢，輒條列其篇目，撮其指意，錄而奏之，是即別錄，為中國目錄學之始。其著述今存列女傳、新序、說苑等。

建本一則

孔子謂子路曰：「汝何好？」子路曰：「好長劍。」孔子曰：「非此之問也。請以汝之所能，加之以學，豈可及哉！」子路曰：「學亦有益乎？」孔子曰：「夫人君無諫臣，則失政①；士無教友②，則失德。狂馬不釋其策③；操弓不反於檠④。木受繩則直；人受諫則聖。受學重問，孰不順成⑤？毀仁惡士，且近於刑⑥！君子不可以不學！」子路曰：「南山有竹，弗揉⑦自直；斬而射之，通於犀革⑧，又何學為乎？」孔子曰：「括而羽之⑨，鏃而砥礪之⑩，其入不益深乎？」子路拜曰：「敬受教哉！」

復恩一則

楚莊王⑪賜群臣酒。日暮，酒酣，燈燭滅，乃有人引⑫美人之衣者。美人援絕其冠纓⑬，告王曰：「今者燭滅，有引妾衣者。妾援得其冠纓持之。趣⑭火來上，視絕纓者！」王曰：「賜人酒，使醉失禮，奈何欲顯婦人之節而辱士乎！」乃命左右曰：「今日與寡人飲，不絕冠纓者不懽。」群臣百有餘人，皆絕去其冠纓而上火，卒盡懽而罷。

居三年，晉與楚戰，有一臣常在前，五合五奮，首卻敵⑮，卒得勝之。莊王怪而問曰：「寡人德薄，又未嘗異⑯子，子何故出死不疑⑰如是？」對曰：「臣當死！往者醉失禮，王隱忍不加誅也。臣終不敢以蔭蔽之德⑱而不顯報王也，常願肝腦塗地，用頸血湔⑲敵久矣！臣乃夜絕纓者也！」遂敗晉軍，楚得以強。此有陰德者必有陽報⑳也。

尊賢一則

齊將軍田瞶出將㉑，張生郊送㉒曰：「昔者堯讓許由㉓以天下，洗耳而不受，將軍知之乎？」曰：「唯，然，知之。」「伯夷、叔齊㉔辭諸侯之位而不為，將軍知之乎？」曰：「唯，然，知之。」「於陵仲子㉕辭三公之位而傭為人灌園，將軍知之乎？」曰：「唯，然，知之。」「智過㉖去君第，變姓名，免為庶人，將軍知之乎？」曰：「唯，然，知之。」「孫叔敖㉗三去相而不悔，將軍知之乎？」曰：「唯，然，知之。」「此五大夫者，名辭之而實羞之。今將軍方吞㉘一國之權，提鼓擁旗，被堅執銳，旋回㉙十萬之師，擅斧鉞㉚之誅，慎毋以士之所羞者㉛驕士。」田瞶曰：「今日諸君皆為瞶祖道㉜具酒脯，而先生獨教之以聖人之大道，謹聞命矣。」

善說一則

客謂梁王曰：「惠子㉝之言事也善譬。王使無譬，則不能言矣。」王曰：「諾。」明日見，謂惠子曰：「願先生言事則直言耳，無譬也。」惠子曰：「今有人於此，而不知彈㉞者，曰：『彈之狀何若？』應曰：『彈之狀如彈。』則諭㉟乎？」王曰：「未諭也。」「於是更應曰：『彈之狀如弓，而以竹為弦。』則知乎？」王曰：「可知矣。」惠子曰：「夫說者，固以其所知諭其所不知，而使人知之；今王曰『無譬』，則不可矣。」王曰：「善。」

注釋

①失政　政治敗壞。

②教友　能相教誡的朋友。

③狂馬不釋其策　駕馭疾奔的馬，手中不能丟開馬鞭。狂，疾遽。釋，捨棄。策，馬鞭。

④操弓不反於檠　已定型的弓，就不必再用檠校正。操，當為「燥」。乾。檠，音ㄑㄧㄥˊ。輔正弓弩的器具。

⑤順成　順利成就。

⑥且近於刑　將有刑辱。且，將。表推測。近，接近。

⑦揉　音ㄖㄡˊ。使曲木挺直，或使直木彎曲。

⑧通於犀革　射穿犀皮。通，貫穿。

⑨括而羽之　箭尾如果裝上羽毛。括，音ㄍㄨㄚ。箭尾。而，如果；假如。

⑩鏃而砥礪之　箭頭如果磨利。鏃，音ㄗㄨˊ。箭頭。砥礪，磨。

⑪楚莊王　春秋五霸之一。名侶。在位二十三年。

⑫引　拉。

⑬援絕其冠纓　拉斷他的帽帶。援，拉。纓，帽帶。

⑭趣　音ㄘㄨˋ。催促。

⑮五合五奮二句　五次交鋒，都奮勇向前，擊退敵兵。合，兩軍交鋒。

⑯異　指特別的對待。

⑰出死不疑　毫不猶豫地效命。出死，捨命；效命。

⑱蔭蔽之德　即陰德。不為人知的善行。

⑲湔　音ㄐㄧㄢ。通「濺」。

⑳陽報　顯著的報應。

㉑出將　外出領兵。將，音ㄐㄧㄤˋ。率領。

㉒郊送　到郊外送行。郊，都城外圍。

㉓許由　上古高士。字武仲。相傳堯欲以天下讓之，由不受，隱耕於潁水之北、箕山之下；堯又欲召為九州長，由不願聽，洗耳於潁水。見史記伯夷列傳正義引皇甫謐高士傳。

㉔伯夷叔齊　殷末孤竹國國君的兒子。彼此讓位而逃離國內。武王伐殷，二人叩馬進諫；及武王滅殷，遂隱居首陽山，採薇而食，最後餓死。見史記伯夷列傳。

㉕於陵仲子　即陳仲子。戰國齊人。兄戴，為齊卿，仲子恥食兄祿，乃居於陵（今山東省鄒平縣西南），為人灌園。楚王欲聘以為相，辭不應命。

㉖智過　春秋晉國智伯族人。智伯率韓、魏伐趙，圍晉陽三年，趙暗中與二國相約攻打智伯，過察其陰謀而諫智伯，勸他早做準備，智伯不聽。過乃離開智伯，更其族為輔氏。見韓非子十過、戰國策趙策一。

㉗孫叔敖　春秋楚人。三為令尹，施教導民，楚大治。見史記循吏列傳。

㉘呑　專有；擁有。

㉙旋回　轉動旃旗以指揮部眾。

㉚斧鉞　古時斬刑所用的兩種兵器。此引申指刑罰或殺戮。

㉛士之所羞者　士所羞惡的。指權勢。

㉜祖道　餞行。

㉝惠子　惠施。戰國宋人。先秦名家代表人物之一。

㉞彈　彈弓。

㉟諭　音ㄩˋ。明白。

研析

建本一則

本則由孔子的問話引發子路「學亦有益乎」、「又何學為乎」的懷疑，從而帶出孔子「君子不可以不學」的兩番回答，或直敘或引喻，將學問在修己、治人上的好處，作了簡要而切理的說明，難怪子路要說「敬受教哉」而拜謝了。時至今日，在社會中一些特殊的成功事例，往往也會讓人有「學亦有益乎」的疑問。人們津津於成功者的傳奇，而忽略其奮鬥過程中的踏實學習；並且忽略這樣的可能：被視為傳奇人物的成功者，如能及時而有系統地學習，其成功將更順利而鉅大。所以，學習絕對有其益處，正如本則所示，它可幫助人們避免偏失、發揮潛能。

復恩一則

就作法來說，本則首先在第一段敘楚莊王有「陰德」的事，在第二段則敘有「陽報」的結果，然後以「此有陰德者必有陽報也」一句作個總括，這樣用先分敘（目）後總括（凡）的形式來寫，很有章法。而就內容來說，本則所顯示的意義，在於莊王能寬容他人一時之過，這可說是「不計小過」；醉酒失禮者的奮勇作戰，則可說是「知恩圖報」。東漢崔瑗座右銘：「施人慎勿念，受施慎勿忘。」莊王君臣在這一故事裡正有這樣的精神。人們常說「舉頭三尺有神明」、「善惡到頭終有報」，這種帶功利色彩的說法，固可在一定程度上達到勸人為善的目的；但就道德的意義來看，「施恩不忘報」、「為善不欲人知」，毋寧更近自然，更為崇高。

尊賢一則

本則先分五目，按時代的先後，記張生以五大夫的故事來問田饋，而田饋卻同樣答以「唯，然，知之」，然後再記張生總結上面的五問，要田饋「慎毋以士之所羞者驕士」，結果田饋用「謹聞命」來申謝，從篇外逼出「尊賢」的主旨，手法相當高明。儒家思想薰陶下的傳統讀書人，以得君行道、造福蒼生為其人生目標，用捨之權雖操諸帝王，進退之際卻自有分寸，當理想無法實現，尊嚴受到損傷，則寧可遠離功名，以維護原則，這就是知識分子的骨氣。基本上，功名地位只是他們實現理想的必要手段，而非個人追求的最終目標；聖君賢王明白這個道理，所以賢士輻湊而來，政治昌明，民生樂利。處今之世，君臣關係固然已不存在，但長官部屬、老闆員工的關係中，依然須有相互的尊重，才能維繫彼此的和諧，絕不可仗財勢而凌人，當然也不要因位卑財絀而心生怨恨，或自暴自棄。畢竟自尊自信方能得他人的尊重信任，這道理並不因時代而改變。

善說一則

本則針對著「惠子之言事也善譬」這件事，先由客謂梁王「使無譬」作為開端，再由梁王對惠子提出「無譬」之要求作為過渡，然後由惠子以「無譬」、「善譬」來說「彈之狀」作為回應，從而得到「王曰：善」的圓滿結果，層層遞寫，使人對惠子的「善說」有基本的認識。一般說來，「以其所知諭其所不知」，是譬喻的基本特徵。人們藉由約定俗成的符號，達成相互的溝通，而表達方式可以直說，也可以曲說。譬喻便是曲說的一種方式，它可以突破溝通的障礙，也可以增強表達的效果，本則故事即為一例。為使對彈弓毫無概念的人理解，借助形狀近似的弓作為譬喻，這種「借乙以說甲」，是其基本形式。不論說理或抒情，這是一種應用廣泛的表達方式。

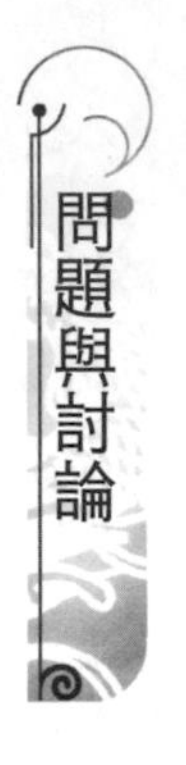

問題與討論

一、先天的才能和後天的學習之間，有何關係？

二、楚莊王為何不處罰醉酒失禮者？是存心讓他將功折罪嗎？

三、擁有權位應抱持何種態度？為何許由等人羞於權位？

一一　歸去來辭并序

陶淵明

題解

本篇為抒情文，選自陶淵明集。原題「歸去來兮」，後人刪去「兮」字，加「辭」，合稱「歸去來辭」。辭，文體的一種，屬辭賦類，為倣楚辭的變體。「來」，句末語助詞，沒有意義。本篇作於東晉安帝義熙元年（西元四〇五年），作者描寫自己辭去彭澤令歸隱的快樂心情與生活。

作者

陶淵明，一名潛，字元亮。潯陽柴桑（今江西省九江市）人。生年有數說，據宋書本傳推算，生於東晉哀帝興寧三年（西元三六五年），卒於南朝宋文帝元嘉四年（西元四二七年），年六十三。其友私諡曰靖節，世因稱靖節先生。

淵明是晉名臣陶侃的曾孫，祖父茂、父親逸曾當太守。但傳到他時，家道沒落。二十九歲時，曾因親老家貧出任州祭酒，後來又做過鎮軍參軍、建威參軍等小官，終因志趣不合而離職。東晉安帝義熙元年八月，出任彭澤縣令，僅在職八十餘日，便因志趣不合，不願受束帶折腰之累，毅然辭官，並作歸去來辭表明心志。此後二十餘年，躬耕田園，以終其身。

淵明是晉宋之際最重要的詩人，也是中國第一位知名的田園詩人。他的詩文，一方面表現了溫厚綿長的情感，一方面又表現了平淡曠遠的修養。歸隱之後，以質樸自然的文筆，捕捉田園之美、鄉居之情，開拓出中國田園詩的新境界；因此鍾嶸稱他為「古今隱逸詩人之宗」。著有陶淵明集十卷。

余家貧，耕植不足以自給。幼稚①盈室，缾無儲粟②。生生所資③，未見其術。親故多勸余為長吏④，脫然有懷⑤，求之靡途。會有四方之事⑥，諸侯⑦以惠愛為德；家叔⑧以余貧苦，遂見用於小邑。於時風波未靜⑨，心憚遠役。彭澤⑩去家百里，公田之利，足以為酒，故便求之。及少日，眷然有歸與之情⑪。何則？質性自然，非矯厲所得⑫；飢凍雖切，違己交病⑬。嘗從人事，皆口腹自役⑭。於是悵然慷慨，深愧平生之志。猶望一稔⑮，當斂裳宵逝⑯。尋程氏妹⑰喪于武昌，情在駿奔⑱，自免去職。仲秋至冬，在官八十餘日。因事順心，命篇曰歸去來兮。乙巳歲十一月也。

歸去來兮！田園將蕪，胡⑲不歸？既自以心為形役⑳，奚惆悵而獨悲？悟已往之不諫㉑，知來者之可追；實迷途其未遠，覺今是而昨非。舟遙遙㉒以輕颺㉓，風飄飄而吹衣。問征夫㉔以前路，恨晨光之熹微㉕。

乃瞻衡宇㉖，載欣載奔㉗。僮僕歡迎，稚子候門。三徑就荒㉘，松菊猶存。攜幼入室，有酒盈樽。引壺觴以自酌，眄㉙庭柯㉚以怡顏；倚南牕以寄傲，審㉛容膝㉜之易安。園日涉以成趣，門雖設而常關。策扶老㉝以流憩㉞，時矯首㉟而遐觀。雲無心以出岫㊱，鳥倦飛而知還。景㊲翳翳㊳以將入，撫孤松而盤桓㊴。

歸去來兮！請息交以絕遊。世與我而相遺，復駕言㊵兮焉求？悅親戚之情話㊶，樂琴書以消憂。農人告余以春及，將有事於西疇㊷。或命巾車㊸，或棹㊹孤舟，既窈窕㊺以尋壑㊻，亦崎嶇而經丘。木欣欣以向榮，泉涓涓㊼而始流。善萬物之得時，感吾生之行休㊽。

已矣乎！寓形宇內復幾時，曷不委心任去留㊾！胡為遑遑㊿欲何之？富貴非吾願，帝鄉(51)不可期。懷良辰以孤往，或植杖而耘耔(52)。登東皋以舒嘯(53)，臨清流而賦詩。聊乘化(54)以歸盡，樂夫天命復奚疑？

注釋

①幼稚　年幼的孩子。此指作者小孩。作者四十一歲為彭澤令，據其辭官第二年所作的責子詩，當時已有儼、俟、份、佚、佟五子。

②缾無儲粟　米缸裡沒有存糧。缾，同「瓶」。汲水或盛酒的容器。作者用以儲粟，可想見其貧困。粟，糧食的通稱。

③生生所資　賴以維生的方法。即生計。生生，維持生活。資，憑藉。

④長吏　縣令或縣長屬下的高級官吏，多指縣丞、縣尉。此泛指官吏。

⑤脫然有懷　欣然有出仕的念頭。

⑥四方之事　各地方勢力間的爭戰。四方，原指諸侯，此指各地軍閥。

⑦諸侯　指建威將軍劉懷肅。
⑧家叔　指陶弘。為陶侃之孫，時為長沙公。一說指陶夔，時任太常卿。
⑨風波未靜　局勢依然動盪不安。
⑩彭澤　縣名。在今江西省彭澤縣西南。
⑪眷然有歸與之情　心中眷念故園，有辭官回去的念頭。眷然，有所懷念的樣子。
⑫非矯厲所得　不是矯揉勉強所能辦到。
⑬交病　更加痛苦。
⑭嘗從人事二句　曾經跟人做事，都是為了衣食而驅策自己。
⑮一稔　一年。稔，音ㄖㄣˇ。穀物成熟。
⑯斂裳宵逝　收拾行裝，連夜離開。
⑰程氏妹　嫁與程氏的妹妹。生平不詳。集中有祭程氏妹文。
⑱駿奔　迅速奔赴。
⑲胡　何。
⑳心為形役　心志被形體所役使。
㉑諫　糾正，挽回。
㉒遙遙　一本作「搖搖」。古字通。動盪的樣子。
㉓颺　音一ㄤˊ。搖蕩。

㉔征夫　行人；路人。

㉕熹微　微明。熹，同「熙」。光明。

㉖衡宇　指簡陋的屋子。衡，橫木為門。宇，屋邊。

㉗載欣載奔　高興地向前奔跑。載，作「則」字解，即「又」的意思。

㉘三徑就荒　園中小徑漸趨荒蕪。三徑，代指隱士的居所。相傳西漢末年蔣詡避亂隱居，在家園裡特開三條小徑，與隱士求仲、羊仲兩人相互來往。見三輔決錄。就，逐漸。

㉙眄　音ㄇㄧㄢˇ。斜視。

㉚柯　樹枝。此借指樹。

㉛審　知悉。

㉜容膝　僅能容納雙膝。形容居處狹小。

㉝策扶老　拿著手杖。策，執持。扶老，手杖的別稱。

㉞流憩　隨處憩息。

㉟矯首　抬頭。

㊱岫　音ㄒㄧㄡˋ。山谷；山洞。

㊲景　音ㄧㄥˇ。日光。

㊳翳翳　逐漸陰暗的樣子。

㊴盤桓　徘徊。

㊵駕言　乘車出遊。此指出門營求功名利祿。言，助詞，無義。
㊶情話　真心話。情，真實。
㊷有事於西疇　在西邊的田裡耕作。事，指耕作之事。疇，泛指田地。
㊸巾車　有帷幔的車子。
㊹棹　用槳划船。
㊺窈窕　幽深的樣子。
㊻壑　澗谷。
㊼涓涓　水細流不絕的樣子。
㊽行休　即將終止。意謂自己年紀老大，來日無多。行，將要。休，止。
㊾委心任去留　隨心所欲，聽任命運的安排。去留，指死生。
㊿遑遑　心神不安的樣子。
(51)帝鄉　仙境；仙鄉。
(52)植杖而耘耔　把手杖插在地裡，用手除草培苗。植，立。耘，除草。耔，培土。
(53)登東皋以舒嘯　登上東邊的高地放懷長嘯。皋，高地。舒，縱放。
(54)乘化　順應自然的變化。

研析

本文分「序」與「辭」兩部分：

在「序」的部分裡，作者敘述出仕和歸田的緣由，將「辭」的內容與寫作動機先作簡要的說明；寫來樸實率真。在「辭」的部分裡，作者分四段來寫：首段述回歸田園的緣由，及途中迫切的心情。第二段寫抵家以後的情狀。先由家室推擴至庭園，寫心情的舒展。第三段拓展到郊野，寫讀書、彈琴、會親、尋幽的歡愉。第四段抒發對宇宙人生的感想，回應篇首，為自己的辭官歸來作一心理的剖白，以收束全文。

就全篇結構而言，首段「歸去來兮」四字，開宗明義，直寫自己的感懷。第二段由情入景，寫返回家園的快慰舒坦。第三段由近而遠，寫在大自然的懷抱中自己生命的朗暢。第四段由景入情，最後提出「乘化」、「樂夫天命」的領悟，將首段的感懷再加以擴大、凝定。

就修辭技巧而言，首先，文中善用對句。尤其「覺今是而昨非」，「今是」、「昨非」更在句中形成對仗，此即當句對。其次，句型靈活變化。如「雲無心以出岫，鳥倦飛而知還」，「雲無心」是有無句，「鳥倦飛」是表態句；底下「景翳翳」是表態句，「撫孤松」是敘事句；似此，無不讓句型在兩兩相對的工整中又形成自由變化，免於機械鋪排之弊。最後，通篇善用設問。如一開始「田園將蕪，胡不歸？」「奚惆悵而獨悲？」以激問方式，引起自己的深思。再加上結尾「曷不委心任去留！」「胡為遑遑欲何之？」「樂夫天命復奚疑？」亦以反詰的語氣，在在肯定生命情調的自適其性，使全篇文氣更為生動活潑。

作者身處亂世，志節高尚，對宇宙人生的道理有著深刻的體認，使得這「直抒胸臆」的文章，格外感人；再加上用語質樸，不假雕飾，且又音韻諧美，有若天籟，更受到世人普遍喜愛，自古以來即贏得極高的評價。歐陽脩說：「晉無文章，惟陶淵明歸去來辭而已。」可說推崇備至。

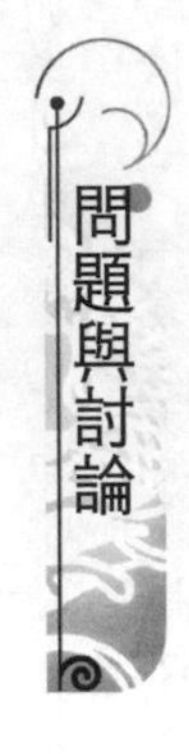

一、試述陶淵明寫歸去來辭的動機。

二、陶淵明辭官歸田的快樂可分哪幾種？試詳加說明。

三、陶淵明認為理想的生活形態為何？

一二　古詩選

題解

古詩，指漢魏六朝詩，包括此一時期的樂府詩歌和文人詩。唐以後詩，凡依律絕格律者稱近體詩，依古詩格律者稱古體詩。

有所思，樂府古題。本詩選自樂府詩集卷十六，為漢代樂府民歌。詩中旨在寫一女子聞男友變心後，內心的複雜反應。

飲馬長城窟行，樂府古題。飲馬，讓馬喝水。飲，音ㄧㄣˋ。長城窟，長城附近的泉眼。窟，泉窟；泉眼。行，樂府詩體之一，與「歌」相近，有時合稱「歌行」。本詩選自樂府詩集卷三十八，為陳琳擬古題之作。詩中旨在寫人民因修長城而拋妻別子的痛苦。

歸園田居，選自陶淵明集卷二。原題共五首合成一組，作於辭彭澤令的次年。本詩為五首中第一首，旨在敘述歸返園田的原因、歸田後的生活和回歸自然的愉快心情。

登池上樓，選自昭明文選卷二十二。本詩作於南朝宋少帝景平元年（西元四二三年）初春，時作者出為永嘉郡（治今浙江省永嘉縣）太守。詩中旨在抒發宦途失意的牢騷，觸景傷情，而有退隱之意。

作者

陳琳，字孔璋。廣陵（今江蘇省揚州市）人。生年不詳，卒於東漢獻帝建安二十二年（西元二一七年）。初為何進主簿，進謀誅宦官失敗，琳避難冀州（今河北省臨彰縣西南），袁紹使掌書記。及紹敗，曹操愛其才，使任司空軍謀祭酒、管記室。琳為建安七子之一，以書檄見長；所作詩僅存四首，以飲馬長城窟行一首最有名。

陶淵明，見本書第一一課作者欄。

謝靈運，陳郡陽夏（今河南省太康縣。夏，音ㄐㄧㄚˇ）人。生於東晉孝武帝太元十年（西元三八五年），卒於南朝宋文帝元嘉十年（西元四三三年），年四十九。靈運為謝玄之孫，東晉時襲封康樂公。宋代晉，降為侯。歷官永嘉太守、臨川內史，後因罪徙廣州，被殺。性奢侈，好遊山水，其山水詩刻劃細緻逼真，成就極高。有謝康樂集。

有所思

佚名

有所思，乃在大海①南。何用問遺②君？雙珠玳瑁簪③，用玉紹繚④之。聞君有他心⑤，拉雜摧燒之⑥。摧燒之，當風揚其灰。從今以往，勿復相思。相思與君絕！雞鳴狗吠⑦，兄嫂當知之。妃呼狶⑧！秋風肅肅⑨晨風颸⑩，東方須臾高⑪知之。

飲馬長城窟行

陳琳

飲馬長城窟，水寒傷馬骨。往謂長城吏，「慎莫⑫稽留⑬太原卒！」「官作⑭自有程⑮，舉築⑯諧汝聲⑰。」「男兒寧當⑱格鬥死，何能怫鬱⑲築長城！」長城何連連⑳！連連三千里。邊城多健少㉑，內舍㉒多寡婦㉓。作書與內舍，「便嫁莫留住。善侍新姑嫜㉔，時時念我故夫子㉕。」報書往邊地，「君今出語一何鄙㉖！」「身在禍難中，何為稽留他家子㉗？生男慎莫舉㉘，生女哺㉙用脯㉚。君獨不見長城下，死人骸骨相撐拄㉛！」「結髮㉜行事君，慊慊㉝心意關㉞。明知邊地苦，賤妾何能久自全？」

歸園田居

陶淵明

少無適俗韻㉟，性本愛丘山。誤落塵網㊱中，一去十三年㊲。羈㊳鳥戀舊林，池魚思故淵。開荒南野際，守拙歸園田。方㊴宅十餘畝，草屋八九間，榆柳蔭後簷，桃李羅㊵堂前。曖曖㊶遠人村，依依㊷墟里㊸煙；狗吠深巷中，雞鳴桑樹顛。戶庭無塵雜㊹，虛室㊺有餘閒。久在樊籠㊻裡，復得返自然。

登池上樓

謝靈運

潛虬媚幽姿㊼，飛鴻響遠音㊽。薄霄愧雲浮㊾，棲川作淵沈㊿。進德智所拙，退耕力不任(51)。

徇祿及窮海[52]，臥痾[53]對空林[54]。衾枕昧節候[55]，褰開暫窺臨[56]。傾耳聆波瀾，舉目眺嶇嶔[57]。初景革緒風[58]，新陽改故陰[59]。池塘生春草，園柳變鳴禽[60]。祁祁傷豳歌[61]，萋萋感楚吟[62]。索居[63]易永久[64]，離群難處心[65]。持操[66]豈獨古，無悶徵在今[67]。

注釋

①大海　指大江或大湖。古人對大範圍的內陸水域亦稱海。

②問遺　贈送。問、遺同義。遺，音ㄨㄟˋ。

③雙珠玳瑁簪　懸有兩顆珠的玳瑁髮簪。玳瑁，音ㄉㄞˋ ㄇㄟˋ。龜類，甲光滑可製飾品。

④紹繚　纏繞。繚，音ㄌㄧㄠˊ。

⑤他心　二心；異心。

⑥拉雜摧燒之　把它拉斷、燒毀。拉，折。雜，碎。摧，毀壞。之，指「雙珠玳瑁簪」。

⑦雞鳴狗吠　指天色將明；一說猶言「驚雞動狗」，以喻透露風聲。

⑧妃呼豨　狀聲詞。表示歎息聲。豨，音ㄒㄧ。

⑨肅肅　形容強勁的風聲。

⑩晨風颸　雉鳥朝鳴，鳴聲怨慕。晨風，鳥名。雉。颸，思的訛字（用聞一多樂府詩箋）。古人以為雉鳥朝鳴是為了求偶。

⑪高　日出。一說：高，通「皓」。發白；發亮。

⑫慎莫　切莫；千萬不要。
⑬稽留　滯留。稽，留止。
⑭官作　官府的工程。此指築長城。
⑮程　期限。
⑯築　擣土的杵。
⑰聲　此指築城者勞動時所唱的歌或所發出的聲音。
⑱寧當　寧願；寧可。
⑲怫鬱　煩悶。怫，音ㄈㄨˊ。
⑳連連　綿延不絕的樣子。
㉑健少　健壯的年輕人。此指上文「太原卒」。
㉒內舍　內室；家中。此指「太原卒」之家。
㉓寡婦　此指「太原卒」之妻。古代凡婦人獨居者皆可稱寡。
㉔姑嫜　婆婆和公公。嫜，音ㄓㄤ。
㉕故夫子　原來的丈夫。此作書戍卒之自指。
㉖鄙　淺薄。
㉗他家子　他人的子女。此作書戍卒指其妻。古代亦可稱女子為子。
㉘舉　指撫育、養育。

㉙哺　餵養。
㉚脯　肉乾。
㉛撐拄　支撐。拄，音ㄓㄨˇ。
㉜結髮　指成年。古代女子年十六以簪結髮，表示成年。
㉝慊慊　音ㄑㄧㄢˋㄑㄧㄢˋ。心有憾恨不足的樣子。
㉞關　牽繫。
㉟韻　性向。
㊱塵網　世俗的網羅。此指官場。
㊲十三年　一本作三十年。
㊳羈　束縛。
㊴方　傍。
㊵羅　列。
㊶曖曖　昏暗不明的樣子。
㊷依依　輕柔緩慢的樣子。
㊸墟里　村落。
㊹塵雜　世俗雜事。
㊺虛室　清幽閒靜的居室。

㊻樊籠　關鳥獸的籠子。此喻官場。

㊼潛虯媚幽姿　龍沉潛於川谷而幽姿美妙。潛虯，沉潛的龍。此喻隱者。虯，音ㄑㄧㄡˊ。泛指龍。媚，美。幽，安閒深遠。

㊽飛鴻響遠音　鴻高飛於天空而音聲響亮。飛鴻，高飛的鴻。此喻仕者。

㊾薄霄愧雲浮　欲高飛翱翔於天空，則德有所拙，愧於飛鴻。薄霄，迫近於天空。此喻仕進。薄，迫近。雲浮，雲浮者。此指上文飛鴻。

㊿棲川怍淵沈　欲沉潛而棲息於川谷，則力有不逮，慚於潛虯。棲川，棲息於川谷。此喻隱退。怍，慚愧。淵沈，淵沉者。此指上文潛虯。

51任　音ㄖㄣˊ。勝任。

52徇祿及窮海　來到偏遠的海邊做官。徇祿，求祿。指做官。徇，音ㄒㄩㄣˋ。求。窮海，偏遠的海邊。此指永嘉郡。

53痾　音ㄜ。病。

54空林　光禿禿的樹林。秋冬葉落，故稱。

55衾枕昧節候　臥病在牀，不知季節氣候的變化。衾，音ㄑㄧㄣ。被子。昧，不知。

56褰開暫窺臨　揭開帷簾，暫且登樓眺望。褰，音ㄑㄧㄢ。揭起。

57嶇嶔　音ㄑㄩ　ㄑㄧㄣ。山勢高峻的樣子。

58初景革緒風　初春的日光，代替了殘餘的冬風。景，日光。革，代替。緒風，餘風。此指初春時殘餘的冬風。

59 新陽改故陰　初春的陽氣，改變了去冬的陰氣。

60 變鳴禽　鳴禽換了種類。

61 祁祁傷豳歌　「采蘩祁祁」這首豳詩，使我傷悲。詩經豳風七月二章：「春日遲遲，采蘩祁祁。女心傷悲，殆及公子同歸。」祁祁，音ㄑㄧˊ ㄑㄧˊ。眾多的樣子。豳，音ㄅㄧㄣ。古國名。在今陝西省彬縣西。

62 萋萋感楚吟　「春草生兮萋萋」這首楚歌使我感傷。楚辭招隱士：「王孫遊兮不歸，春草生兮萋萋。」

63 索居　獨居；散居。索，分；離。

64 永久　長久。

65 處心　安心。

66 持操　堅持節操。

67 無悶徵在今　所謂「遯世無悶」，在我身上已經驗證實踐了。無悶，指易乾文言：「遯世無悶。」孔穎達正義：「謂逃遯避世，雖逢無道，心無所悶。」

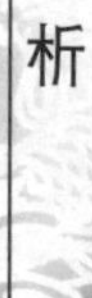

研析

有所思

本詩以第一人稱敘事觀點，透過女子的口吻、動作和思緒，表現出她在愛恨糾纏中的矛盾和痛苦。全詩可分三段：首段五句，寫從前女子對「君」的情愛之深。女子朝思暮想著「君」，而準備送他一份珍貴的禮物，是這相思之情的具體動作。二段七句，寫現在女子對「君」的恨怨之切。在這秋天的夜晚，女子幾乎通宵不眠，她因為「聞君有他心」而思緒起伏。毀了禮物吧！斷了相思吧！毀物是對於從前種種的否定，斷思是對於將來種種的絕想，二者都起因於「聞君有他心」。三段寫女子的猶豫不決，而將決定期諸未來。其所以猶豫，表面上是怕兄嫂知悉，其實是因為「君有他心」一事，女子只是耳「聞」，更重要的是女子對於這一份感情的割捨不下，這又更進一步暗示了女子感情的專一和深刻。

值得注意的是：首兩段既對立對比，而又相襯相成。愛是如此地深，恨是如此地切，這是對立對比。因為有從前的愛之深，益發顯出如今的恨之切是合情合理的；因為如今的恨之切，更形映襯了從前的愛之深是真摯強烈的。又全詩句式長短變化，具有口語化的特質，富民歌色彩。敘事細膩而生動，層次井然，女子複雜的心理，可謂躍然紙上，引人同情。這是本詩寫作成功的地方。

飲馬長城窟行

本詩採第三人稱的觀點，透過以對話為主的形式來交代情節、表現主題；並由對答中展現出人物的身分、個性。詩中對話有二處：一是太原卒與長城吏的對話，一是太原卒與其妻的書信往來。從第一處對話可以看出太原卒的憤慨或不滿是由於築城工作的遙無期限，以致於有被「稽留」邊地，甚至於客死他鄉的可能。從第二處對話可以看出太原卒和他的妻子是恩愛而相互體貼的，所以太原卒在目睹長城下相撐拄的骸骨，意識到生還的不易時，便要妻子另嫁；而妻子接信後的反應是「君今出語一何鄙」、「賤妾何能久自全」。這樣的男兒、這樣的女性、這樣的夫妻、這樣的遭遇，歸根究柢都因修築長城。為什麼要修築長城？只因邊地存在著漢胡之間的矛盾，時有戰爭發生。因此，詩中太原卒與其妻的悲慘遭遇，乃由戰爭而來，作者非戰、批判戰爭的詩旨，雖未明言，卻也不言可喻了。

歸園田居

本詩凡二十句，每四句為一段，可分成五段：前二段追敘由仕而隱的心路歷程。以出仕為「誤落塵網」，追悔之意，溢於言表；以歸田為「守拙」，慶幸其順應本性，自得之意，宛然可見。中二段鋪敘居家之環境，前四句寫近景，後四句寫遠景，不論遠近或目之所見、耳之所聞，是一片寧靜安詳，與「塵網中」有著截然不同的面貌。末段總結，寫歸田以來閒適、自由的生活。

篇中以「樊籠」、「塵網」比喻官場生活的束縛，以「羈鳥」、「池魚」比喻自己的不得自由，既生動又貼切。三、四段描寫田園生活的情景，由近景寫到遠景，其間包括前、後，高、下，深、淺等不同角度的刻劃，空間感十分真切，具有立體的效果；而「依依墟里煙」、「狗吠深巷中」、「雞鳴桑樹顛」，似亦暗示著由傍晚、深夜、至天明的時間流程。「狗吠」、「雞鳴」兩句，以動顯靜，以聲襯寂，藉聲響襯托出村里的寧靜，尤具特色。時、空交錯，聲、色相映，構成和諧優美的鄉居田園圖；其中亦寄寓著詩人追求自然淳樸、清靜自在生活的理想。

登池上樓

全詩二十二句，可分為三段：首段八句，寫宦途失意的牢騷。以飛鴻象徵騰達，以潛虬象徵退隱。虬因深潛而保其本真，鴻以奮飛而揚其德音；但我既拙於智而不能進德如雲浮之飛鴻，力又不足以退耕而有愧於淵沉之潛虬。在這樣進退維谷的情況下，作者惟有「徇祿」以求生存了。二段八句寫臥病初起，登樓眺望。滿園春色，萬象更新。三段六句，觸景傷情，有意退隱。首句化用詩經豳風七月，二句化用楚辭招隱士，一表傷春、一寓退隱之意。次二句說明一般人難處孤獨，末二句以「遯世無悶」表示自己的決心，與前二句形成對比。

全詩以潛虬、飛鴻起興，托興深遠；通篇對偶工整、音韻和諧。其中「池塘生春草，園柳變鳴禽」一聯，筆觸敏銳，造語天然，故為千古所傳誦。

問題與討論

一、古詩常用頂真格，以收迴環往復的效果，本課也加以使用，試將它列舉出來。

二、元好問稱陶淵明詩「一語天然萬古新，豪華落盡見真淳」，意謂陶詩出語自然，不假修飾；縱有修飾，亦不露痕跡。本課歸園田居即是顯例。試熟讀之，然後檢出其中所使用之文學技巧。

三、陶淵明與謝靈運齊名，號稱「陶謝」，但二人詩風不同，讀者亦各有偏好。請問你比較喜歡誰的詩？為什麼？

一三　為徐敬業討武曌檄

駱賓王

題解

本篇為應用文，選自唐文粹。旨在聲討武氏，號召諸大臣勤王。

武曌（西元六二四——七〇五年。曌，音ㄓㄠˋ），并州文水（今山西省文水縣東）人。年十四，入宮，為唐太宗才人。太宗崩，依制削髮為尼。高宗時，復召入宮；不久，立為皇后。高宗晚年，武氏逐漸攬權，專決政事。及高宗崩，中宗即位，武氏以皇太后臨朝稱制；不久，廢中宗為盧陵王，立睿宗，仍臨朝聽政，改元光宅。至天授元年（西元六九〇年），改國號為周，號則天皇帝。神龍元年（西元七〇五年），中宗復位；同年，曌歿。

光宅元年（西元六八四年）武氏臨朝時，眉州（治今四川省眉山縣）刺史徐敬業因事貶柳州（今廣西省柳州市）司馬，遂以匡復盧陵王為名，舉兵於揚州（今江蘇省揚州市），以駱賓王為記室，傳檄天下，聲討武氏之罪，武氏遣李孝逸率兵三十萬征討，後敬業被其部將王那相所殺。

檄，一種對外發布的官方文書，多用於軍旅討伐；遇急件則加插羽毛，稱羽檄。

作者

駱賓王，唐婺州義烏（今浙江省義烏市）人。生卒年不詳。自幼穎慧，七歲能賦詩。初為道王府屬，歷任武功、長安主簿，均未受重用。後除臨海縣縣丞，亦因不得志，棄官而去。光宅元年，徐敬業舉兵討武氏，賓王為徐敬業掌理文書。敬業兵敗，賓王亡命，不知所之（新唐書二〇一本傳）；一說：伏誅（舊唐書一九〇上本傳）。

偽①臨朝②武氏者，性非和順，地實寒微③。昔充太宗下陳④，曾以更衣入侍。洎乎晚節⑤，穢亂春宮⑥，潛隱先帝之私⑦，陰圖後房之嬖⑧。入門見嫉，蛾眉⑨不肯讓人；掩袖工讒，狐媚偏能惑主。踐元后於翬翟⑩，陷吾君於聚麀⑪。加以虺蜴⑫為心，豺狼成性，近狎邪僻⑬，殘害忠良。殺姊屠兄⑭，弒君鴆母⑮。人神之所同嫉，天地之所不容。猶復包藏禍心，窺竊神器⑯。君之愛子⑰，幽⑱之於別宮；賊之宗盟⑲，委之以重任。

嗚呼！霍子孟⑳之不作，朱虛侯㉑之已亡。鷰啄皇孫㉒，知漢祚之將盡；龍漦帝后㉓，識夏庭之遽衰。敬業㉔皇唐舊臣，公侯冢子㉕，奉先君之成業，荷本朝之厚恩。宋微子之興悲㉖，良有以也；袁君山㉗之流涕，豈徒然哉！是用氣憤風雲，志安社稷，因天下之失望，順宇內㉘之推心，爰舉義旗，以清妖孽。

南連百越㉙，北盡三河㉚。鐵騎㉛成群，玉軸㉜相接。海陵紅粟㉝，倉儲之積靡窮；江浦黃旗㉞，匡復之功何遠！班聲動而北風起㉟，劍氣衝而南斗平㊱。喑嗚㊲則山岳崩頹，叱咤㊳則風雲變色。以此制敵，何敵不摧？以此圖功，何功不克㊴？

公等或居漢地㊵，或叶周親㊶，或膺重寄於話言㊷，或受顧命於宣室㊸；言猶在耳，忠豈忘心！一抔之土未乾㊹，六尺之孤㊺何託？儻能轉禍為福，送往事居㊻，共立勤王㊼之勳，無廢大君㊽之命；凡諸爵賞，同指山河㊾。若其眷戀窮城㊿，徘徊歧路，坐昧先幾之兆(51)，必貽後至之誅！請看今日之域中，竟是誰家之天下！

注釋

①偽　對僭竊者的貶稱。
②臨朝　指治理朝政。
③地實寒微　指出身微賤。地，門地，同「門第」。家族世系。
④下陳　下列；後列。古代貴族相見必有禮物，陳列禮物之處在堂下，故稱下陳。後引申指後宮中的侍妾。此指武氏曾為太宗才人。才人為掌嬿寢更衣的女官，故下文云「以更衣入侍」。
⑤晚節　指後來、以後。
⑥穢亂春宮　指武氏和太子有不倫的行為。穢亂，淫亂。春宮，東宮。太子所居，因以借指太子。此指高宗。高宗為太子時，入宮探問太宗疾病，見到武氏而與暗通款曲。
⑦潛隱先帝之私　隱瞞為太宗才人而見幸的事。指武氏削髮為尼。
⑧陰圖後房之嬖　暗中圖謀高宗的嬖幸。指武氏蓄髮回宮。嬖，音ㄅㄧˋ。寵愛。
⑨蛾眉　形容女子姿色美好。蛾，通「娥」。美好。

⑩踐元后於翬翟　指武氏登上后位。元后，皇后。翬翟，音ㄏㄨㄟ ㄉㄧˊ。雉羽。古代皇后車服，用以為飾。

⑪陷吾君於聚麀　使國君背負亂倫的醜名。吾君，指高宗。聚麀，指父子共妻。聚，共。麀，音ㄧㄡ。牝鹿。

⑫虺蜴　音ㄏㄨㄟˇ ㄧˋ。兩種毒蟲。虺，蛇類，體長兩尺多。蜴，蜥蜴。

⑬近狎邪僻　親近小人。狎，親近。邪僻，奸邪不正的人。此指李義府、許敬宗等人。

⑭殺姊屠兄　殺害姐兄。姊，指韓國夫人。兄，指武元爽、武元慶。

⑮弒君鴆母　殺害國君和皇后。君，指高宗。鴆，毒鳥。此作動詞，毒害。母，國母。指王皇后。高宗患頭眩病，御醫張文仲想用針砭醫治，武后生氣說：「帝體寧刺血處邪？」不久，高宗駕崩。王皇后與蕭淑妃被武氏投鴆酒，中毒而死。

⑯神器　指帝位。

⑰愛子　指中宗。

⑱幽　囚禁。

⑲賊之宗盟　賊的親屬、同黨。指武承嗣、武三思等人。賊，此指武氏。

⑳霍子孟　霍光，字子孟。漢平陽（今山西省臨汾市西南）人。霍去病異母弟。武帝時，任奉車都尉。昭帝立，拜大司馬大將軍。昭帝崩，迎立昌邑王賀，賀淫亂，廢之，改立宣帝，前後執政二十年。

㉑朱虛侯　即劉章，漢沛郡豐（今江蘇省豐縣東）人。漢高祖之孫。入宿衛，呂后封為朱虛侯。呂后崩，與周勃、陳平等老臣聯合，誅殺諸呂，以安定王室。

㉒鷰啄皇孫　漢成帝后趙飛燕，性奇妒，凡後宮嬪妃有孕皆加以殺害，當時有「燕啄皇孫」之謠。鷰，同「燕」。

㉓龍漦帝后　相傳夏朝末年，有神龍止於帝庭，帝藏龍涎於櫝。傳至周厲王，開櫝而觀之，涎化為玄黿（ㄩㄢˊ），以入後宮，有童妾遇之，受孕而生女，即褒姒。後周幽王迷戀褒姒，終至亡國。漦，音ㄌㄧˊ。龍所吐涎沫。

㉔敬業　徐敬業，唐離狐（今山東省菏澤市西北）人。開國名將徐世勣（賜姓李）之孫，從小跟隨祖父征伐，襲封英國公。

㉕冢子　長子。

㉖宋微子之興悲　微子，殷紂之兄，名啟。武王滅殷，封微子於宋，以代殷後。尚書大傳二記載微子朝周，過殷故墟，見宮室毀壞，生長禾麥，不禁感慨悲傷，而作麥秀歌。史記宋微子世家作箕子。

㉗袁君山　此當指袁安。袁安，字邵公，東漢汝南汝陽（今河南省商水縣西北）人。官至司徒。時漢和帝年少，外戚專權，安每朝會進見，及與公卿言國事，未嘗不喑嗚流涕。其子京曾隱居汝陽之五里山，後世稱之為袁山。此處事屬袁安，而稱之為袁君山，恐為作者誤記。

㉘宇內　指天下。

㉙百越　指江浙閩粵一帶地方。古代皆越人所居，故稱。

㉚三河　指黃河、淮河、洛河。又漢時稱河東、河內、河南三郡曰三河。即今河南省洛陽市黃河南北一帶。

㉛鐵騎　指強悍的騎兵。

㉜玉軸　玉飾的車軸。此借代為兵車的美稱。

㉝海陵紅粟　海陵所儲積的粟米，多得吃不完而變紅腐爛。海陵，今江蘇省泰州市。紅粟，指米粟變紅腐爛。

㉞江浦黃旗　江邊的黃旗。古以黃色為正色，故黃旗為象徵正義的旗幟，即上文所言義旗。

㉟班聲動而北風起　戰馬發出嘶鳴之聲震動大地，凜然如北風之起。班聲，指戰馬之聲。

㊱劍氣衝而南斗平　寶劍發出的光氣上衝，與南斗星相齊平。南斗，星名，指南斗六星。

㊲喑嗚　音ㄧㄣ　ㄨˋ。懷怒氣。

㊳叱咤　音ㄔˋ　ㄓㄚˋ。發怒聲。

㊴克　成功。

㊵居漢地　指異姓功臣。漢行郡國制，以異姓功臣為州郡牧守。

㊶叶周親　指同姓宗親。周行封建制，封王室近親為方國侯伯。叶，同「協」。和合。一說：周親，至親。

㊷膺重寄於話言　承受先君臨終口頭的重託。膺，承受。重寄，重託。話言，語言。指託孤之言。

㊸受顧命於宣室　拜受先君的遺命於正寢。顧命，遺命。宣室，天子的正室。

㊹一抔之土未乾　墳土未乾。一抔之土，指墳墓。抔，音ㄆㄡˊ。用雙手捧物。未乾，指高宗下葬未久。

㊺六尺之孤　幼小的君主。指中宗。

㊻送往事居　送過往的高宗，侍奉現在的中宗。往，指死者。居，指生者。

㊼勤王　起兵救援王室之難。

㊽大君　天子。

㊾同指山河　一同指著山河發誓。古時分封功臣，常指山河立誓，以示信用。

㊿眷戀窮城　留戀區區一隅的封地。窮城，指狹小困陋之地。

(51)坐昧先幾之兆　坐失事前參預其事的良機。坐，空；徒然。昧，看不清楚。先幾，事前的跡象。兆，徵兆。

研析

本篇是駱賓王為徐敬業所作以聲討武曌罪狀，號召天下諸王侯大臣勤王的一篇文章。全文共分四段：首段歷敘武氏出身之低賤、心性之狠毒，以及淫亂王室、弒逆君王等大罪，預為下段討賊作張本。次段先慨歎國家將亡而討賊無人，順勢敘明徐敬業之身世與功勳及舍我其誰的胸懷，興師之大義於是成立。三段承上段討賊義舉，極寫義師之強大，軍容之壯盛，以安定人心、鼓舞士氣。末段昭告天下諸王侯重臣，曉以大義，懸以賞罰，然後示以大勢之所趨，應共起匡復，指明將來天下必歸之於唐，以收束全文。

全篇以精切靈動的四六對句展開，並善用典故。第二段中即藉著霍光、劉章、趙飛燕、褒姒、微子、袁安六個典故（前四個一組，後兩個一組），敘明徐敬業舉足輕重、不得不挺身而出的苦心。此外，兼用夸飾手法為其壯大聲色。如第三段中「班聲動而北風起，劍氣衝而南斗平。喑嗚則山岳崩頹，叱吒則風雲變色」，極其形容己方的赫赫軍威，讀來頗能動人心志。末段說之以理，動之以情，餌之以利，怵之以罰，寫得鞭辟入裡，深入人心。

駱賓王一生坎坷，與徐敬業原無很深的交情。他之所以參與起事，可以說是長期鬱積下憤懣情緒的爆發，是對社會的一種抗議，因此他寫這篇檄文，詞鋒也就自然的趨於警利，而氣勢也格外的雄壯。史載武氏見此檄而大為歎賞，認為讓如此賢才淪落在外，是宰相的過失。作者跟隨徐敬業起事雖然失敗，卻得到這樣的讚美，也差可告慰於地下了。

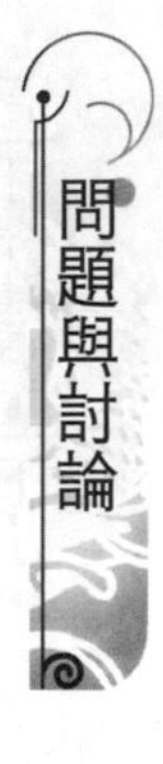

一、駱賓王控訴武則天的罪過有哪幾項？

二、文中所用的典故有幾？目的何在？

三、文中何處出現夸飾的修辭技巧？其作用如何？

一四　送李愿歸盤谷序

韓　愈

題解

本文為應用文，選自韓昌黎集。全文藉李愿隱居盤谷一事，諷刺高官之奢欲與士人競逐富貴的醜態，並讚美隱居者之高潔，以寄託其內心的不平。序，文體的一種，用於贈人者是為贈序，本文屬之。李愿，韓愈友人，生平不詳，舊注以為乃唐功臣西平王李晟之子。

作者

韓愈，字退之。唐河南河陽（今河南省孟縣南）人。昌黎（今河北省通縣東）為韓氏郡望，故愈撰文每自稱昌黎韓愈。生於代宗大曆三年（西元七六八年），卒於穆宗長慶四年（西元八二四年），年五十七。

愈三歲而孤，由長兄會、嫂鄭氏撫育成人。從小自知刻苦讀書，盡通六經百家之學。德宗貞元八年（西元七九二年）中進士，累官至吏部侍郎。卒諡文，世稱韓文公；宋神宗時追封昌黎伯，故亦稱韓昌黎。

愈才高敢直言，憲宗遣使者迎佛骨入宮，曾上書切諫而被貶斥。平生以繼承儒家道統自居，弘揚聖學，排拒佛、老；又以提倡古文為己任，反對駢儷唯美，主張質樸、載道，影響甚鉅。所以蘇軾潮州韓文公廟碑稱讚他「文起八代之衰，而道濟天下之溺」；明茅坤選錄唐宋八大家文鈔，亦以愈為首。門人李漢輯有昌黎先生集行世。

太行①之陽②有盤谷③。盤谷之閒④，泉甘而土肥，草木藂茂⑤，居民鮮少。或曰：「謂其環兩山之閒，故曰盤。」或曰：「是谷也，宅幽⑥而勢阻，隱者之所盤旋⑦。」友人李愿居之。

愿之言曰：「人之稱大丈夫者，我知之矣。利澤⑧施於人，名聲昭⑨於時。坐於廟朝⑩，進退百官⑪，而佐天子出令。其在外，則樹旗旄，羅弓矢⑫，武夫前呵⑬，從者塞途，供給之人，各執其物，夾道而疾馳。喜有賞，怒有刑。才畯⑭滿前，道古今而譽盛德⑮，入耳而不煩。曲眉豐頰⑯，清聲而便體⑰，秀外而惠中⑱，飄輕裾⑲，翳⑳長袖，粉白黛綠㉑者，列屋而閒居㉒，妒寵而負恃㉓，爭妍而取憐㉔。大丈夫之遇知於天子，用力㉕於當世者之所為也。吾非惡此而逃之，是有命焉，不可幸㉖而致也。

「窮居而野處，升高而望遠，坐茂樹以終日㉗，濯清泉以自潔。採於山，美可茹㉘；釣於水，鮮可食。起居無時，惟適之安。與其有譽於前，孰若無毀於其後㉙；與其有樂於身，孰若無憂於其心。車服不維㉚，刀鋸不加㉛。理亂㉜不知，黜陟不聞㉝。大丈夫不遇於時者之所為也，我則行之。

「伺候於公卿之門，奔走於形勢㉞之途。足將進而趦趄㉟，口將言而囁嚅㊱，處穢污而不羞，觸刑辟㊲而誅戮，徼倖㊳於萬一，老死而後止者，其於為人賢不肖何如也！」

昌黎韓愈聞其言而壯之。與之酒，而為之歌曰：「盤之中，維子之宮㊴。盤之土，可以稼㊵。

盤之泉，可濯可沿㊶。盤之阻㊷，誰爭子所㊸？窈㊹而深，廓其有容㊺。繚而曲㊻，如往而復。嗟盤之樂兮，樂且無央㊼。虎豹遠跡兮，蛟龍遁藏。鬼神守護兮，呵禁㊽不祥。飲且食兮壽而康，無不足兮奚所望？膏吾車兮秣吾馬㊾，從子於盤兮，終吾生以徜徉㊿！」

注釋

①太行　山名，綿亙河南、山西、河北三省，主峰在山西省晉城縣南。

②陽　山的南面。

③盤谷　地名，在今河南省濟源縣北二十里。

④閒　同「間」。

⑤藂茂　草木叢生而茂盛。藂，音ㄘㄨㄥˊ。同「叢」。

⑥宅幽　位置幽靜。宅，本義為居，在此指所居的位置。

⑦盤旋　盤桓；流連。

⑧澤　恩惠。

⑨昭　顯揚。

⑩廟朝　即朝廷。廟，本指國家之宗廟。

⑪進退百官　對眾官員的任免、升降。

⑫樹旗旄二句　形容大官出巡的排場，隨從高高豎起旗幟，擺列著弓箭。樹、羅二字為動詞。旄，音ㄇㄠˊ。旗

竿頂上以犛牛尾裝飾，用於儀仗之列。

⑬武夫前呵　古代大官出巡，武士在車馬前吆喝開道，使行人讓路。呵，吆喝；呵斥。

⑭畯　一本作俊，指才俊之士。

⑮譽盛德　稱讚高官德行之崇隆。這句有嘲諷之意，暗指高官之部屬對長官之阿諛奉承。

⑯曲眉豐頰　形容女子眉毛彎曲，臉頰豐腴。從本句起至「爭妍而取憐」，是形容高官家中的妻妾。

⑰清聲而便體　聲音清脆而體態輕盈。便體，指體態輕盈。

⑱秀外而惠中　形容女子外表美麗，內在聰慧。

⑲裾　音ㄐㄩ。衣服的後襟。

⑳翳　通「曳」字。拖曳。

㉑粉白黛綠　形容女子濃妝豔抹。粉白，臉上擦白粉。黛綠，眉上畫青黛。黛，青黑色的顏料，古代女子用以畫眉。

㉒列屋而閒居　住在成列的屋子裡，整日無所事事。

㉓妒寵而負恃　恃寵而驕，爭風吃醋。

㉔爭妍而取憐　競比美麗以博取憐愛。

㉕用力　掌握權力。

㉖幸　僥倖。

㉗坐茂樹以終日　坐在茂密的大樹下，可以消磨一整天。

㉘茹　音ㄖㄨˊ。吃。

㉙與其有譽於前二句　意思是說在生前（或人前）受盡阿諛，不如死後（或人後）免於受批評。「與其……孰若……」相當於「與其……不如……」。前後，指生前、死後，或人前、人後，二解皆可通。

㉚車服不維　指華貴的車服無法吸引我，而對我造成束縛。車服，高官的車馬服飾。維，束縛。

㉛刀鋸不加　刀鋸的酷刑，不會加在我身上。

㉜理亂　即治亂，唐人避高宗李治名諱，故以「理」代「治」。

㉝黜陟不聞　官職升降的消息，我不加聞問。黜，音ㄔㄨˋ。罷免。陟，音ㄓˋ。進用；升職。

㉞形勢　指權勢地位強弱盛衰的情況。

㉟趦趄　音ㄗ ㄐㄩ。徘徊不進的樣子。

㊱囁嚅　音ㄋㄧㄝˋ ㄖㄨˊ。欲言又止的樣子。

㊲刑辟　刑法。辟，音ㄅㄧˋ。法。

㊳徼倖　亦作「徼幸」或「僥倖」。意外得到幸福或免除災禍。

㊴維子之宮　就是您的住所。維，是；乃。宮，屋室。

㊵稼　耕種。

㊶沿　順水下行。

㊷阻　險要之地。

㊸誰爭子所　誰來與您爭奪這個處所。

㊹窈　深遠。

㊺廓其有容　廣大而寬容，能容納眾多。

㊻繚而曲　環繞而彎曲。繚，環繞。

㊼央　盡。

㊽呵禁　呵斥而禁止。

㊾膏吾車兮秣吾馬　指做好出遠門的準備。膏吾車，以油脂塗抹車軸，使車子行走順暢。膏，油脂，在此用為動詞。秣，音ㄇㄛˋ。用草料餵食。

㊿徜徉　音ㄔㄤˊ　ㄧㄤˊ。逍遙自得的樣子。

研析

本文結構井然，理論明晰，全文可分成三大部分：起筆是對盤谷的簡要描述，並帶出李愿其人。中間為全文主體，作者藉李愿之口大發議論，其中又可分為三小節：一是極力鋪寫高官權貴之威勢顯赫、氣燄高張、妻妾成群，二是讚美隱居者之高潔及自在自足，三則轉而譏刺趨炎附勢者之可鄙情狀。末了呼應「送歸盤谷」的主題，以讚頌之歌作結。

就寫作形式而言，本文讀來聲調嘹亮而特別容易琅琅上口。究其因，在於作者的形式設計，大量運用對仗與排比技巧，穿插長短不一的散行句，使全文讀來兼具和諧統一的美感，和頓挫舒緩的韻致。以對句而論，又有句中對、單句對、偶句對的變化。句中對如：「泉甘而土肥」、「宅幽而勢阻」、「道古今而譽盛德」、「曲眉豐頰」、「粉白黛綠」、「清聲而便體」、「秀外而惠中」等。單句對如：「利澤施於人，名聲昭於時」、「樹旗旄，羅弓矢」、「坐茂樹以終日，濯清泉以自潔」、「足將進而趦趄，口將言而囁嚅」、「虎豹遠跡兮，蛟龍遁藏」等。偶句對如：「採於山，美可茹；釣於水，鮮可食」、「與其有譽於前，孰若無毀於其後；與其有樂於身，孰若無憂於其心」。而排比句也不乏其例，如：「列屋而閒居，妒寵而負恃，爭妍而取憐」、「車服不維，刀鋸不加。理亂不知，黜陟不聞」、「盤之中，維子之宮。盤之土，可以稼。盤之泉，可濯可沿。盤之阻，誰爭子所？」等皆是。至於散行句，則穿插其間，隨處可見，不待舉例。

就本文思想內涵而言，文中看似以謳歌隱居者之寄情山水、遠離是非而自在逍遙為嚮往追求的生命境界，而對奔走倖進之徒極為蔑視。但值得玩味的是：作者以相當多的篇幅，詳實生動地描述掌權者之炙手可熱，權傾一時，排場盛大，妻妾成群。語氣在嘲諷之外，似乎不無忻羨之意。這種思想傾向，與陶潛的歸去來辭顯然是大有差別的。

中國傳統儒家的濟世情懷，和道家的避世逍遙，各有其可敬可愛之處。而古代士人的出處，在「用之則行，舍之則藏」的理念下，常徘徊於「仕」與「隱」之間。平實言之，所謂「鐘鼎山林，人各有志」，本無關乎人格高下之分判。但居高位者之掌大權，是為便於其推行政令所需，享厚祿則是對其職責重大之肯定與報償，若是不能為民謀利，而徒以權勢炫人耳目，甚或驕縱自逸、勞民傷民，則理應受全民的唾棄。

另一方面，在現代講究分工合作、互助互惠的社會結構下，遠離塵世而自足自得的生活型態，對大多數人而言是遙不可及的。但文中對隱居生活的描述所提示的：親近自然、減輕物質欲望、追求心靈的自足等，凡是因忙碌於現實生活而常感迷失自我的現代人，皆可引為參考，是不是一定要等到「不遇於時」才這樣做呢？這是我們讀本文時，值得多加思考的問題。

至於因過度熱中名利追求，而奔走鑽營、醜態百出者，這是人性的墮落，不分古今，其為可鄙則一。

問題與討論

一、韓愈寫作本文，從字裡行間推測，你認為有何心理動機？他是否真心想要隱居？

二、試比較本文與陶潛歸去來辭在思想內涵上，有何「異」、「同」。

三、請指出本文中的三種對偶句型：「句中對」、「單句對」、「偶句對」，各有哪些例句。並舉本文之外的其他例句相互印證。

一五　答韋中立論師道書

柳宗元

題解

本篇為應用文，選自柳河東集卷三十四。韋中立，潭州刺史韋彪之孫，元和十四年（西元八一九年）進士。誠篤能文，柳宗元稱他「文懿且高，行愿以恆」（送韋七秀才下第求益友序）。元和八年，中立有意師事宗元，宗元乃答以此信。信中謙稱不敢為師，並對當時不願從師之世風痛加批評，文末則詳細剖陳個人閱讀及寫作經驗，以供中立參考，頗見長者提攜後進之熱誠。

作者

柳宗元，字子厚。唐河東解（今山西省解虞縣。解，音ㄒㄧㄝˋ）人。生於代宗大曆八年（西元七七三年），卒於憲宗元和十四年（西元八一九年），年四十七。

宗元少敏慧，德宗貞元九年（西元七九三年）登進士第。十四年，中博學鴻辭科。順宗永貞元年（西元八〇五年），王叔文、韋執誼執政，奇其才，以禮部員外郎擢用。憲宗即位，王、韋得罪，宗元坐貶邵州刺史，未至，改貶永州司馬。在永州十年，寄情山水詩文，所作永州八記，尤膾炙人口。元和九年，奉召回京，明年春，徙柳州刺史。卒於任。

宗元天才高曠，兼通儒佛道。其文雄深雅健，似司馬子長；與韓愈並稱「韓柳」，為唐宋古文八大家之一。有柳河東集傳世。

二十一日，宗元白：辱書①云欲相師。僕道不篤②，業甚淺近，環顧其中③，未見可師者。雖常好言論，為文章，甚不自是也。不意吾子自京師來蠻夷間④，乃幸見取。僕自卜⑤固無取，假令有取，亦不敢為人師。為眾人⑥師且不敢，況敢為吾子師乎？

孟子稱：「人之患，在好為人師⑦。」由魏晉氏以下，人益⑧不事師。今之世，不聞有師；有，輒譁笑之，以為狂人。獨韓愈奮不顧流俗，犯笑侮，收召後學，作師說，因抗顏⑨而為師。世果群怪聚罵，指目牽引⑩，而增與為言詞⑪。愈以是得狂名；居長安，炊不暇熟⑫，又挈挈而東⑬，如是者數⑭矣。

屈子賦曰：「邑犬群吠，吠所怪也⑮。」僕往聞庸⑯蜀之南，恆雨，少日，日出則犬吠。余以為過言。前六七年，僕來南。二年冬⑰，幸大雪踰嶺⑱，被南越⑲中數州；數州之犬，皆蒼黃吠噬狂走⑳者累日，至無雪乃已。然後始信前所聞者。今韓愈既自以為蜀之日，而吾子又欲使吾為越之雪，不以㉑病乎？非獨見病，亦以病吾子。然雪與日豈有過哉？顧吠者犬耳。度今天下不吠者幾人？而誰敢衒怪㉒於群目，以召鬧取怒乎？

僕自謫過㉓以來，益少志慮。居南中九年㉔，增腳氣病，漸不喜鬧，豈可使呶呶㉕者早暮咈㉖吾耳、騷吾心？則固僵仆煩憒㉗，愈不可過㉘矣。平居，望外遭齒舌不少㉙，獨欠為人師耳。

抑又聞之，古者重冠禮[30]，將以責成人之道，是聖人所尤用心者也。數百年來，人不復行。近有孫昌胤者，獨發憤行之。既成禮，明日造[31]朝，至外廷，薦笏[32]，言於卿士[33]曰：「某[34]子冠畢。」應之者咸憮然[35]。京兆尹[36]鄭叔則怫然[37]曳笏[38]卻立[39]，曰：「何預[40]我耶？」廷中皆大笑。天下不以非鄭尹而快[41]孫子，何哉？獨為所不為也。今之命師[42]者大類此。

吾子行厚而辭深，凡所作，皆恢恢然[43]有古人形貌，雖僕敢為師，亦何所增加也？假而[44]以僕年先吾子，聞道著書之日不後，誠欲往來言所聞，則僕固願悉陳中所得者。吾子苟[45]自擇之，取某事，去某事，則可矣；若定是非以教吾子，僕材不足，而又畏前所陳者，其為不敢也決矣。

吾子前所欲見吾文，既悉以陳之，非以耀明於子，聊欲以觀子氣色[46]，誠好惡如何也。今書來，言者皆大過[47]。吾子誠非佞譽誣諛[48]之徒，直[49]見愛甚故然耳。

始吾幼且少，為文章，以辭為工。及長，乃知文者以明道，是固不苟為炳炳烺烺[50]、務采色[51]、夸聲音而以為能也。凡吾所陳，皆自謂近道，而不知道之果近乎？遠乎？吾子好道而可[52]吾文，或者其於道不遠矣。

故吾每為文章，未嘗敢以輕心掉之[53]，懼其剽而不留[54]也；未嘗敢以怠心易之[55]，懼其弛而不嚴[56]也；未嘗敢以昏氣出之[57]，懼其昧沒而雜[58]也；未嘗敢以矜氣作之[59]，懼其偃蹇而驕[60]也。抑之欲其奧[61]，揚之欲其明[62]，疏之欲其通[63]，廉之欲其節[64]；激而發之欲其清[65]，固而存之欲其重[66]，此吾所以羽翼[67]夫道也。本之書以求其質[68]，本之詩以求其恆[69]，本之禮以求其宜[70]，本之春秋以求其斷[71]，本之易以求其動[72]，此吾所以取道之原也。參之穀梁氏以厲其氣[73]，參之孟、荀以暢其支⑭，參之莊、老以肆其端⑮，參之國語以博其趣⑯，參之離騷以致其幽⑰，參之太史公以著其潔⑱，此吾所以旁推交通⑲，而以為之文也。

凡若此者，果是耶？非耶？有取乎？抑其無取乎？吾子幸觀焉，擇焉，有餘⑳以告焉。苟亟來以廣是道，子不有得焉，則我得矣，又何以師云爾哉？取其實而去其名，無招越蜀吠怪，而為外廷所笑，則幸矣。宗元白。

注釋

①辱書　承蒙來信。稱人書信的敬辭。

②僕道不篤　我的道德學問不深厚。僕，自稱謙詞。

③中　內在；內心。

④蠻夷間　指永州。今湖南省零陵縣，唐時仍屬蠻荒。

⑤自卜　自己衡量。

⑥眾人　一般人。

⑦人之患二句　人的毛病在於喜歡做別人的老師。語見孟子離婁上。

⑧益　更加。

⑨抗顏　容色嚴正。抗，高尚；嚴正。

⑩指目牽引　指指點點，互遞眼色，相互拉扯。世人見到韓愈時所表現出的輕視非議的小動作。

⑪增與為言詞　說一些加油添醋的話。
⑫炊不暇熟　飯都來不及煮熟。比喻十分匆忙。
⑬挈挈而東　匆忙東去。挈挈，音ㄑㄧㄝˋ ㄑㄧㄝˋ。匆忙的樣子。東，指韓愈元和初年以國子博士任教東都洛陽。
⑭數　音ㄕㄨㄛˋ。屢次；多次。
⑮邑犬群吠二句　語見屈原九章懷沙。
⑯庸　商時國名。故城在今湖北省竹山縣東南。
⑰二年冬　元和二年冬天。
⑱嶺　指大庾、騎田、都龐、萌渚、越城五嶺。
⑲南越　泛指五嶺以南，包括永州。
⑳蒼黃吠噬狂走　驚慌地又叫又咬、到處亂跑。蒼黃，同「倉皇」。
㉑以　通「已」。甚。
㉒衒怪　標新立異。衒，音ㄒㄩㄢˋ。顯露。
㉓謫過　因罪貶謫。謫，音ㄓㄜˊ。
㉔居南中九年　在南方九年。柳宗元於永貞元年（西元八〇五年）貶永州司馬，至元和八年（西元八一三年），前後九年。
㉕呶呶　音ㄋㄠˊ ㄋㄠˊ。嘮叨不止。
㉖咈　音ㄈㄨˊ。通「拂」。干擾。

㉗煩憒　煩憂心亂。憒，音ㄎㄨㄟˋ。

㉘不可過　不好過。

㉙望外遭齒舌不少　遭到不少意外的批評。望外，預料之外。齒舌，口舌。指別人的誹謗批評。

㉚冠禮　男子成年所行的加冠之禮。

㉛造　至。

㉜薦笏　將笏板插入紳帶。薦，或作「搢」。插。笏，音ㄏㄨˋ。官吏上朝時所執的手板，用以記事備忘。

㉝卿士　指眾官員。

㉞某　孫昌胤自稱。

㉟憮然　詫異的樣子。憮，音ㄨˇ。

㊱京兆尹　官名。京師所在州之行政長官。唐以雍州（今陝西省長安縣西北一帶）為京兆。

㊲怫然　生氣的樣子。怫，音ㄈㄨˊ。

㊳曳笏　垂下手中笏。曳，拖。

㊴卻立　退立。

㊵預　關係。

㊶快　快意；以……為快。在此指眾官員以嘲笑孫昌胤為樂。

㊷命師　自命為師。

㊸恢恢然　廣大的樣子。

㊹假而　假如。

㊺苟　姑且。

㊻氣色　態度；反應。

㊼大過　太過分。

㊽佞譽誣諛　巧言稱譽，虛言諂媚。

㊾直　只是。

㊿炳炳烺烺　鮮明光亮。烺烺，音ㄌㄤˇㄌㄤˇ。

51采色　指辭藻。

52可　肯定；推崇。

53以輕心掉之　以輕忽隨便的態度作文章。掉，搖動。此引申為放縱。之，指文章。下文「易之」、「出之」、「作之」各「之」字同。

54剽而不留　輕率而無餘韻。剽，輕疾。留，餘留。

55以怠心易之　以鬆懈草率的態度作文章。易，草率。

56弛而不嚴　鬆散而不謹嚴。

57以昏氣出之　以不清醒的思路作文章。

58昧沒而雜　不明晰而又雜亂。昧，昏暗。

59以矜氣作之　以驕矜之心作文章。矜，驕傲自大。

⑥⓪偃蹇而驕　高傲而又驕慢。偃蹇，音ㄧㄢˇ ㄐㄧㄢˇ。驕傲。
⑥①抑之欲其奧　收斂是要文章含蓄。抑，抑制。此指收斂。奧，深。此指含蓄。
⑥②揚之欲其明　發揮是要文章明晰。
⑥③疏之欲其通　疏通是要文章暢達。
⑥④廉之欲其節　剪裁是要文章簡潔。廉，有所分辨而不苟取。此指剪裁。節，有所約束。此指簡潔。
⑥⑤激而發之欲其清　激揚是要文章輕清。
⑥⑥固而存之欲其重　凝聚是要文章穩重。
⑥⑦羽翼　輔佐衛護。
⑥⑧本之書以求其質　根源尚書，以求質樸。尚書文辭質樸，故云。
⑥⑨本之詩以求其恆　根源詩經，以求恆久。詩經吟詠情性，可通古今，故云。
⑦⓪本之禮以求其宜　根源禮書，以求合宜。禮記節文，規範人生，故云。禮，指周禮、儀禮、禮記。
⑦①本之春秋以求其斷　根源春秋，以求明斷。春秋一字褒貶，明斷是非，故云。
⑦②本之易以求其動　根源易經，以求變化。易經言陰陽變動，故云。
⑦③參之穀梁氏以厲其氣　參酌穀梁傳，以磨礪文氣。穀梁氏，穀梁赤。此指赤所作穀梁傳，為春秋三傳之一。
⑦④參之孟荀以暢其支　參酌孟子、荀子，以暢達條理。支，通「枝」。此指文之條理。
⑦⑤參之莊老以肆其端　參酌莊子、老子，以活潑思路。肆，縱放。端，端緒。此指思想之理路。
⑦⑥參之國語以博其趣　參酌國語，以擴大情味。國語，相傳左丘明撰，二十一卷。記周、魯、齊、晉、鄭、

楚、吳、越八國事。

⑰參之離騷以致其幽　參酌離騷，以窮盡幽隱。離騷，戰國楚屈原作，以香草美人為喻，寫其忠君愛國之深情。

⑱參之太史公以著其潔　參酌史記，以顯精鍊。太史公，漢太史令司馬遷。此指其史記。

⑲旁推交通　多方推求，融會貫通。

⑳餘　閒暇。

研析

全文分十段，共有兩個主題，第一、說明自己不敢為人師的理由，第二、分析作文的方法。一方面勸韋中立去師弟的虛名，以避免當世的誹笑，另一方面反覆說明自己為文的態度與方法，旨在使問道者有實際的收穫。

在本文前半部，作者用極多的篇幅，反覆強調自己不願為人師的原因，實有不得已的苦衷。從語氣和內容，都可看出柳宗元對當時不重師道又顛倒黑白的世風，有強烈的不滿。文章後半部，作者以懇切的態度，詳細剖陳個人的寫作經驗，在自述「文以明道」的觀點後，作者分別就個人的寫作態度（敬謹從事）、寫作方法（不拘一格）、學習典範（本諸五經）和參酌書目（博通群籍）等四個角度，毫無保留地現身說法。全文之末，又以謙虛而親切的語氣告訴韋中立，可以和他有師生之實相互研究，而不願有師生之名。讀來既無說教意味，且回應前半部的意旨，章法嚴謹。

本文開闔起伏，極盡變化的能事。前段以雪、日、冠禮諸事譬喻，嬉笑怒罵，兼而有之，而結尾諸段，立論詞氣，均極嚴正，行文輕重緩急，似早有定奪，其筆力酣暢，結構綿密，為歷代古文家所肯定，確實值得細心揣摩學習。

從柳宗元自述，可知他對寫作的敬謹從事，方法多變，而這又奠基於深厚的學問基礎，終成一代文宗。人未必以寫作為志業，但或可由此得知：凡事要有所成就，不可缺少的是謙謹敬業的態度、多方求變的精神，和專精、廣博兼顧的閱讀習慣。單以閱讀一端而言，有一部分是必須專研的經典著作，其他則是須博覽參考相關著述，這是任何學術領域都相通的道理。

問題與討論

一、作者為什麼一再推辭，不願擔任韋中立的老師？

二、本文第三段舉「邑犬群吠」、第五段舉「孫氏為子行冠禮」之例，各有何作用？

三、作者分別從寫作態度、寫作方法、學習典範、參酌書目等四個角度自述創作經驗，對此你有何看法？

一六　唐詩選

題解

詩發展到唐代，可謂奇葩競放，登峰造極。六朝的古詩，到此轉開新局；南朝的四聲八病說，到此促成嶄新的絕句和律體，即所謂近體詩。

過香積寺選自王右丞集卷四。寫走訪香積寺所見景物及心境。過，訪問。香積寺，唐建，宋改為開利寺，在今陝西省西安市南神禾原上。

宣州謝朓（ㄊㄧㄠˋ）樓餞別校書叔雲選自李太白全集卷十八。作者因餞別叔父李雲而興發懷才不遇的感慨。宣州，舊治在今安徽省宣城縣。謝朓樓，南齊謝朓為宣城太守時所建，一名北樓，後人因稱為謝公樓。

登樓選自杜工部集卷十三。此詩於唐代宗廣德二年（西元七六四年）春作於成都。元年正月，官軍收復河南河北，安史之亂平定；十月，吐蕃陷長安，代宗奔陝州，賴郭子儀收復京師，王駕才能重返長安；年底，吐蕃又破松、維、保等州，繼而再陷劍南、西山諸州。杜甫目睹國家擾攘不安，君民流離辛苦，於登樓遠眺之際，百感交集，故有此作。

賣炭翁選自白氏長慶集卷四。是白居易所寫的「新樂府詩」之一。作者藉賣炭翁謀生之不易及遭遇之悲慘，反映統治階層之蠻橫與百姓被壓迫之痛苦。血淚斑斑，足為統治者之戒。

作者

王維，字摩詰。原籍太原祁（今山西省祁縣），其父遷居蒲州，遂為河東（今山西省永濟縣）人。生於武則天大足元年（西元七〇一年），卒於唐肅宗上元二年（西元七六一年），年六十一。玄宗開元九年（西元七二一年）中進士，累官尚書右丞。工詩，精通音樂和繪畫，蘇軾稱其「詩中有畫，畫中有詩」。詩與孟浩然齊名，稱為王孟。晚年隱居藍田輞川（今陝西省藍田縣輞谷川口），寄心佛理，詩中時有禪趣和禪境，故有「詩佛」之稱。著有王右丞集。

李白，字太白，號青蓮居士。祖籍隴西成紀（今甘肅省泰安縣附近）。隋末其先人流寓碎葉（今中亞細亞之巴爾喀什湖西），李白即生於此；幼年隨父遷居綿州昌明縣（今四川省江油市）青蓮鄉。生於武則天大足元年（西元七〇一年），卒於唐肅宗寶應元年（西元七六二年），年六十二。生性慷慨好施，具俠義精神。年二十五離蜀，漫遊各地。天寶初，與道士吳筠（ㄩㄣˊ）入京，賀知章讀其詩，歎為天上謫仙人，薦之玄宗，召為翰林供奉，然為權貴所謗，僅一年餘便離開長安。安史之亂，避居廬山，曾為永王李璘幕僚，因璘敗牽累，流放夜郎（今貴州省正安縣西北）。中途遇赦還。晚年飄泊困苦，卒於當塗（今安徽省當塗縣）。李白才情橫溢，其詩雄奇豪放，善於從民歌、神話中攝取素材，構成特有的瑰麗色彩，世稱「詩仙」。著有李太白全集。

杜甫，字子美。唐襄州襄陽（今湖北省襄樊市）人。生於玄宗先天元年（西元七一二年），卒於代宗大曆五年（西元七七〇年），年五十九。早歲考進士，不第。天寶中，獻「三大禮賦」，帝奇之，使待制集賢院，然而為宰相李林甫所抑，終不得官。天寶末，安祿山陷長安，肅宗在鳳翔（今陝西省鳳翔縣），杜甫往謁，拜左拾遺。因上疏救宰相房琯（ㄍㄨㄢˇ），觸怒肅宗，出為華州（今陝西省華縣）司功參軍。時關中大饑，甫展轉入蜀，流寓成都，依劍南節度使嚴武，武薦為節度參謀、檢校工部員外郎。武卒，出蜀入湘，病歿於途中。杜甫一生歷經玄宗、肅宗、代宗三朝，身遭安史之亂，詩中多述離亂之情，因有「詩史」之稱。其詩沉鬱雄渾，博大凝鍊，具悲天憫人之胸懷，故有「詩聖」之譽。著有杜工部集。

白居易，字樂天。原籍太原（今山西省太原市），後徙下邽（今陝西省渭南市北）。生於唐代宗大曆七年（西元七七二年），卒於武宗會昌六年（西元八四六年），年七十五。幼穎悟，生六、七月，乳母抱立於屏下，指「之」、「無」二字教他辨認，百試不差。稍長，讀書至勤，至口舌成瘡、手肘生胝（ㄓ）而不休。德宗貞元十六年（西元八〇〇年）舉進士，累遷至左拾遺。憲宗元和十年貶為江州司馬。其後歷任杭州、蘇州刺史，祕書監、太子少傅等職。武宗會昌二年以刑部尚書致仕。晚年好佛，居洛陽，往來龍門山香山寺，自號香山居士，又因放意詩酒，號醉吟先生，卒於洛陽。居易文章精切，尤工詩歌。其詩以反映人生、諷諭時事為本，文詞清新平易，婦孺能解，是一偉大的社會詩人。元和長慶間，與元稹唱和，世稱元白，後又與劉禹錫齊名，號劉白。著有白氏長慶集。

過香積寺　　王維

不知香積寺，數里入雲峰①。古木無人徑②，深山何處鐘？泉聲咽危石③，日色冷青松④。薄暮⑤空潭曲，安禪制毒龍⑥。

宣州謝朓樓餞別校書叔雲

李白

棄我去者昨日之日不可留，亂我心者今日之日多煩憂。長風萬里送秋雁，對此可以酣⑦高樓。蓬萊文章建安骨⑧，中間小謝又清發⑨。俱懷逸興壯思飛，欲上青天攬明月。抽刀斷水水更流，舉杯銷愁愁更愁。人生在世不稱意⑩，明朝散髮⑪弄扁舟⑫。

登樓

杜甫

花近高樓傷客心，萬方多難此登臨。錦江⑬春色來天地，玉壘⑭浮雲變古今。北極朝廷終不改⑮，西山寇盜⑯莫相侵。可憐後主還祠廟⑰，日暮聊為梁甫吟⑱。

賣炭翁

白居易

賣炭翁，伐薪燒炭南山⑲中。滿面塵灰煙火色，兩鬢蒼蒼十指黑。賣炭得錢何所營⑳？身上衣裳口中食。可憐身上衣正單，心憂炭賤願天寒。夜來城外一尺雪，曉駕炭車輾冰轍；牛困人飢日已高，市南門外泥中歇。翩翩㉑兩騎來是誰？黃衣使者白衫兒㉒。手把文書口稱勅㉓，迴車叱牛牽向北。一車炭，千餘斤，宮使驅將惜不得㉔。半疋紅紗一丈綾㉕，繫向牛頭充炭直㉖。

注釋

①雲峰　雲氣瀰漫的山峰。

②古木無人徑　古樹參天的叢林中，小徑上杳無行人。

③泉聲咽危石　泉水流過嶙峋高聳的岩石間，發出幽咽的聲響。危，高聳。

④日色冷青松　日光落在青翠的松樹上，散發著一股寒冷的氣息。

⑤薄暮　黃昏。薄，通「迫」。迫近。

⑥安禪制毒龍　身心安然入於禪定，而能調伏世俗的一切妄想。安禪，即安靜地打坐。毒龍，此處用以比喻欲望妄念。

⑦酣　音ㄏㄢ。暢飲。

⑧蓬萊文章建安骨　指叔雲的詩文有建安剛健的風骨。蓬萊，傳說中的海上仙山，藏有大量的道教典籍。因唐人多以蓬山、蓬閣稱祕書省，故此以「蓬萊」指時任祕書省校書部之叔雲。文章，指詩文。建安（西元一九六——二一九年），東漢獻帝年號。建安末年，曹操、曹丕、曹植父子三人，與建安七子：孔融、王粲、陳琳、徐幹、劉楨、應瑒、阮瑀，所作詩歌，風格剛健富有古意，世稱「建安風骨」。此句李白稱美叔雲的詩歌成就。

⑨中間小謝又清發　座中的我，也有著清新俊發的詩風。中間，座中。小謝，指南朝宋謝朓。朓為謝靈運的同族，後世並稱大、小謝。此李白借以自比。

⑩稱意　合意；順心。稱，音ㄔㄥˋ。

⑪散髮　披散頭髮。指放棄功名。散，音ㄙㄢˋ。

⑫扁舟　小船。扁，音ㄆㄧㄢ。
⑬錦江　岷江支流。源自四川省郫（ㄆㄧˊ）縣，流經成都西南。
⑭玉壘　玉壘山。在四川省灌縣西北。為蜀中通吐蕃的要道。
⑮北極朝廷終不改　大唐朝廷正如北極星，是永不會滅亡的。北極，北極星。此喻唐室。
⑯西山寇盜　指吐蕃。唐代宗廣德元年年底，吐蕃陷松、維、保、劍南、西山諸州。
⑰可憐後主還祠廟　蜀漢後主至今仍享祭祀，但終究是個可憐的亡國之君。還，仍然。
⑱梁甫吟　古輓歌名。也作梁父吟。三國志蜀書諸葛亮傳：「亮躬耕隴畝，好為梁父吟。」梁父，山名。泰山支脈，在今山東省新泰縣西。
⑲南山　即終南山，在長安之南。
⑳何所營　作什麼用。營，謀求。
㉑翩翩　輕快的樣子。
㉒黃衣使者白衫兒　指太監和他們的爪牙。
㉓手把文書口稱勅　手裡拿著公文，口口聲聲說是皇帝的命令。把，持。勅，皇帝的命令。
㉔宮使驅將惜不得　太監趕著炭車而行，愛惜不得。宮使，皇宮來的使者。指太監。驅將，驅行；逼著走。
㉕綾　音ㄌㄧㄥˊ。薄而有綵紋的織品。
㉖直　值；價錢。

研析

過香積寺

王維晚年好佛，因而本詩含蘊著一片空明寧靜的幽趣與禪意，有情有景，有色有聲，充分表現他淡遠閒靜的風格。

首聯由「不知」說起，因為「不知」，所以詩人步入茫茫的山中尋找。走了數里，就進入白雲繚繞的山峰之中。此聯正面寫詩人步入雲峰，實則映襯香積寺的深藏幽邃。

頷聯和頸聯寫詩人在深山密林中的目見和耳聞，古木、鐘聲、泉聲、危石、日色、青松，構成幽山寧靜的畫面，顯得格外安靜寧謐。「何處」二字，既與上句「無人」相應，又暗承首句「不知」，相當巧妙。而以「咽」形容泉聲，以「冷」形容日色，更是神來之筆。

末聯寫詩人一路流連品賞，黃昏時分才到香積寺，佇立潭邊，見潭水澄定，照澈凡心，一切塵心妄念都拋到九霄雲外。「安禪制毒龍」正是詩人心跡的自然流露。

宣州謝朓樓餞別校書叔雲

本詩以「煩憂」為基調，首四句是對時光流逝、無法挽留以及離別所生的「煩憂」，末四句是因理想不得實現而生的「煩憂」。中間四句氣勢昂揚，相對於首四句，似乎拔空而起、直上青天，但是「攬明月」的壯思，卻在現實中不得實踐，故此四句實為「煩憂」之所以形成的內在原因。如此壯思、如此人生（時光難留）、如此現實（人生在世不稱意），形成極大的矛盾，產生不可化解的「煩憂」，最後只有「散髮弄扁舟」一途了。

但是，李白終究是豪邁瀟灑的，所以即使是餞別，他依然將場景安排得壯闊而明朗（三、四句）；即使是絕望苦悶，「抽刀斷水」一句，依然有著倔強不屈的英雄氣概。排空而來的首二句、直上青天的中四句以及波瀾迭起、斷續無跡的結構，更使這首詩雖苦悶而不消沉，雖煩憂而不陰鬱。

登樓

首聯總領全篇。身在高樓，繁花滿眼，本當是賞心悅目，而今竟為之傷心，豈非反常？首句起勢突兀，遂予讀者以詫異懸疑的感受；而「傷心」則是全詩的基本心情。二句承上點明傷心之由乃因「萬方多難」，而此四字即全詩情景的出發點。

頷聯寫登樓所見山河之壯觀。錦江洶湧，自天地之際帶來春色；玉壘山上，浮雲生滅變幻，正如古今迭代，世局興衰。上句將視線作平面的開展，使詩的空間無限遼闊；下句將視線作垂直的提升，再馳騁聯想，使詩的時間無限延伸。於是天高地遠、古往今來，形成一極度悠遠遼闊的境界，蘊含著詩人對於山河、歷史的讚頌和關懷。

頸聯憂心時局。自來無「不改」的政權，即以唐室而言，安史之亂方平，隨即有吐蕃攻陷長安、代宗奔陝州之事；所以上句的「終不改」，其實是憂心和期待夾雜的。所謂「莫相侵」，則又有著在吐蕃連連侵逼的事實下，焦慮和警告並存的心理。

尾聯借古諷今並寄託個人懷抱。蜀漢後主劉禪寵信宦官黃皓而亡國；唐代宗亦重用宦官程元振、魚朝恩，以致國事日非，此所謂借古諷今。作者空懷濟世之志，而無進身之階，僅能賦詩自遣，有如出山之前的諸葛亮，此所謂寄託懷抱。可是諸葛亮年二十七即得劉備重用，立三分之事功，而作者年已五十四卻仍迍邅困頓，流落異鄉，其言外之悲，也就可知了。

全詩結合對國事的關懷和個人遭遇的感慨，透過時空、遠近、今昔、情景的配合運用，達到相當傑出的文學水平。

賣炭翁

白居易曾自述他的文學主張說：「文章合為時而著，詩歌合為事而作。」於是，他特地寫了一百七十二首諷諭詩，以諷刺時政；並且把它放在詩集的最前頭，以表示重視。

賣炭翁就是諷諭詩中的一首。作者在題目之下又自注說：「苦宮市也。」所謂「宮市」，就是皇帝派太監向民間直接採購日用品，以供宮廷使用。但那些太監和爪牙們往往多至數百人，巡行街上，個個惡形惡狀，作威作福，對於百姓的貨物，不是強買，就是硬奪，所以韓愈在順宗實錄裡說：「名為宮市，其實奪之。」

詩的開頭四句，寫的是賣炭翁燒炭的辛苦。次兩句「賣炭得錢何所營？身上衣裳口中食」，一方面回頭說明為什麼賣炭翁要那樣勤苦地燒炭——因為那是一家老小生活之所寄；一方面探下說明為什麼賣炭翁會有「願天寒」的強烈願望——因為唯有天寒，炭價不惡，一家老小才有生存的保障！

老天似乎沒有辜負賣炭翁的願望，天氣果然轉寒了！一夜之間，城上積了一尺多深的雪。這一車炭，應該可以賣得很好的價錢了吧！可是到頭來，「一車炭，千餘斤」只換得「半疋紅紗一丈綾」！於是，作者所要「諷諭」的宗旨顯出來了，而「詩歌合為事而作」的理念也實踐了。

這首詩中最警策的名句是「可憐身上衣正單，心憂炭賤願天寒」。作者以「衣正單」和「願天寒」的矛盾，來凸顯賣炭翁出於生活所逼的無奈。它含著多重的意義：第一，燒炭所付出的辛勞，沒有合理的代價。任你勞苦得「滿面塵灰煙火色，兩鬢蒼蒼十指黑」，也還要在寒天裡忍受「衣單」的煎熬；衣著如此，飲食可知；其他一切物質條件亦可知。其次，它反映賣炭翁一家人都正陷入飢寒交迫之中，為了家人能免於飢寒，他寧願自己忍受更大的折磨，充分顯露他對家人的親情。第三，它具有反襯下文的作用，下文說「一車炭，千餘斤，宮使驅將惜不得。半疋紅紗一丈綾，繫向牛頭充炭直」，賣炭翁之心憂炭賤，原憂的是市場價格的便宜，他實在怎麼料也料不到會便宜到這種地步！更怎麼料也料不到居然會遭遇這種來自宮中的強盜行為！

問題與討論

一、王維過香積寺一詩，在形式和內容上有何特色？

二、從宣州謝朓樓餞別校書叔雲中可以看出李白心中充滿煩憂愁悶，其憂愁因何而來？如何化解？

三、杜甫登樓一詩，藉時空、遠近、今昔、情景的配合運用，表現感時憂懷之心情，請加以分析。

四、賣炭翁「可憐身上衣正單，心憂炭賤願天寒」的矛盾心情，隱含哪些寓意？

一七　唐五代詞選

題解

詞是韻文文體之一。興起於中唐，發揚於五代，而盛行於兩宋。因其由詩歌發展而來，故又稱詩餘；先有曲調，然後按調填詞，也稱曲子詞；句式長短不一，又稱長短句。每首詞皆有調名，稱詞調，也稱詞牌；每調的片（闋）數、句數、字數、平仄、用韻，都有一定的格式。它的調子，御製詞譜與詞律所收者共有八百多種。通常依據其字數而分，大別為小令（五十八字以內）、中調（五十九字至九十字）、長調（九十一字以上）等三種；依其片數而分，有單調、雙調、三疊、四疊等四類。

更漏子，詞調名。雙調，有四十五、四十六及一百零四字等體，本課所選為四十六字體，上片二仄韻、二平韻，下片三仄韻、二平韻。溫庭筠此作，描寫一位女子面對室內外淒涼夜景所觸生的無限相思之情。

菩薩蠻，詞調名。原為唐教坊曲名。又稱子夜歌、重疊金或巫山一片雲。雙調，四十四字，上下片各四句，各二仄韻、二平韻。韋莊此作，藉追憶夜別的情景，抒發自己歸期無日的痛苦。

鵲踏枝，詞調名。原為唐教坊曲名。又稱蝶戀花、黃金縷、捲珠簾或鳳棲梧。雙調，六十字。上下片各五句、四仄韻。馮延巳此作，以思婦口吻描寫春殘的景象，以襯托思婦的深濃怨情。

虞美人，詞調名。原為唐教坊曲名。又稱玉壺冰、憶柳曲或一江春水。雙調，有五十六與五十八字兩體，本課所選為五十六字體，上下片各四句，各二仄韻、二平韻。李煜此作，透過追思，抒寫自己深沉的亡國之恨。

作者

溫庭筠，本名岐，字飛卿。唐太原（今山西省太原市）人。約生於憲宗元和末年，卒於僖宗廣明年間，年約六十。曾屢應進士試，皆不第。徐商鎮守襄陽，擢拔為巡官。後貶方城（今河南省方城縣）尉，再遷隨縣（今湖北省隨州市）。庭筠精於音律，善作豔詞，兼工詩文，與李商隱並稱「溫李」。其詞集有金荃、握蘭，今已亡佚。王國維輯有金荃詞。

韋莊，字端己。五代京兆杜陵（今陝西省西安市）人。生於唐文宗開成元年（西元八三六年），卒於前蜀高祖王建武成三年（西元九一〇年），年七十五。莊年少時，孤苦貧窮，但仍勤奮向學。中年逢黃巢之亂，輾轉流浪於江湖間。唐昭宗乾寧元年（西元八九四年）成進士，年已五十九。昭宗以為左補闕。數奉使入蜀，終為王建所留，為掌書記。及朱全忠篡唐自立，勸建稱帝，國號蜀（即前蜀），累官至吏部侍郎同平章事。開國制度皆出其手，為相三年，卒於位，諡文靖。莊詞多仕蜀所作，不施脂粉，秀媚天然。雖為言情之作，然亦頗寄故國之思，與溫庭筠並稱「溫韋」。詞集浣花詞不傳，今有王國維輯本。

馮延巳，一名延嗣，字正中。五代廣陵（今江蘇省揚州市）人。生於唐昭宗天復三年（西元九〇三年），卒於宋太祖建隆元年（西元九六〇年），年五十八。南唐中主時，累官翰林學士承旨，進中書侍郎，出知撫州。任期屆滿還朝，拜左僕射，同平章事，改太子太傅，卒。延巳工詩，又值金陵盛時，內外無事，君臣親舊，歲時讌集，多各逞藻思為樂府新詞，使歌者倚絲竹而歌之；而延巳之作，尤清新婉麗，時有感愴之音。影響北宋詞家甚大。其詞集有陽春集行世。

李煜，初名從嘉，字重光，號鍾隱。五代南唐中主璟第六子。生於南唐烈祖昇元元年（西元九三七年），卒於宋太宗太平興國三年（西元九七八年），年四十二。煜性仁孝，少聰穎，喜讀書，工書畫，精音律。中主十九年，年二十五，立為太子。中主畏宋之逼，徙都南昌（今江西省南昌市），煜留金陵監國。同年，中主卒，煜嗣位於金陵，是為後主。在位十五年，後降宋太祖，封違命侯。太宗即位，改封隴西公。後主詞前期溫馨華豔，縱情享樂，亡國後，直抒胸臆，沉痛悲涼，世推為千古絕唱，有「詞聖」之稱。王國維輯有南唐二主詞。

更漏子

溫庭筠

柳絲長，春雨細。花外漏聲迢遞①。驚塞雁②，起城烏③。畫屏金鷓鴣④。　香霧薄，透簾幕。惆悵謝家⑤池閣。紅燭背⑥，繡簾垂。夢長君不知。

菩薩蠻

韋莊

紅樓⑦別夜堪惆悵，香燈半捲流蘇帳⑧。殘月出門時，美人和淚辭。　琵琶金翠羽⑨，弦上黃鶯語。勸我早歸家，綠窗人似花。

鵲踏枝

馮延巳

幾日行雲⑩何處去？忘卻歸來，不道⑪春將暮。百草千花寒食⑫路，香車⑬繫在誰家樹？　淚眼倚樓頻獨語，雙燕來時，陌上⑭相逢否？撩亂⑮春愁如柳絮，依依夢裡無尋處。

虞美人

李煜

春花秋月⑯何時了⑰，往事知多少？小樓昨夜又東風，故國不堪回首月明中。　雕闌玉砌⑱應猶在，只是朱顏⑲改。問君能有幾多愁？恰似一江春水向東流。

注釋

①漏聲迢遞　刻漏的聲音悠長邈遠。漏，刻漏，古代的計時器。在銅壺內裝水，壺底穿一孔，壺中插一支刻有度數的箭，水因下漏而水位漸低，即可視箭上刻度而知時間。通常冬至晝漏四十刻，夜漏六十刻；夏至則相反。春分秋分晝夜各五十刻。迢遞，音ㄊㄧㄠˊ ㄉㄧˋ。綿邈悠長的樣子。

②驚塞雁　驚動那飛往塞外的鴻雁。塞，邊塞。

③起城烏　驚起城上的烏鳥。

④畫屏金鷓鴣　屏風上畫著金色的鷓鴣。畫屏，飾以彩畫的屏風。鷓鴣，鳥名。形似母雞，頭頂紫紅色，嘴尖，腳短，皆紅色，體灰褐色，腹黃褐色，翅長約十七公分，群棲於原野草叢間，捕食昆蟲及蚯蚓等。俗

擬其鳴聲為「行不得也哥哥！」

⑤謝家　妓館的別名。唐李德裕悼亡妓謝秋娘，用隋煬帝所作望江南詞，撰謝秋娘曲。其後詞人遂以謝娘為歌妓的代稱，謝家為妓館的別名。

⑥紅燭背　遮住紅燭。背，指不滅燭而以物遮蔽使暗，或轉移燭臺方向，使光不直射。

⑦紅樓　本指豪門富家的住所。後轉為婦女居處的通稱。

⑧流蘇帳　用流蘇裝飾的帷帳。流蘇，以五采羽毛或絲線製成的穗子。

⑨金翠羽　琵琶的飾物，在捍撥上。

⑩行雲　本喻指神女。此指冶遊的男子。

⑪不道　不知；不理會。

⑫寒食　節令名。在農曆清明節前一或二日。此日禁火，故稱寒食節。

⑬香車　指華貴的車子。

⑭陌上　路上。

⑮撩亂　紛擾雜亂。

⑯春花秋月　春日百花盛開，秋月最見皎潔，故以春花秋月合稱代表美好的事物或時光。

⑰了　結束。

⑱雕闌玉砌　雕有紋飾的欄杆，玉石砌成的階梯。砌，音ㄑㄧˋ。階梯。

⑲朱顏　紅顏；紅潤的容顏。指青春年華。

研析

更漏子

更漏子是歌詠本意的作品。上片首三句，即由更漏之聲為此詞拉開序幕，而特地襯以柳絲之長與春雨之細，使漏聲變得更綿邈，以含蘊綿長的相思之情。「驚塞雁」三句，由漏聲，直接訴諸聽覺，牽引出塞雁、城烏的淒清鳴聲；並關涉視覺，拈連出「畫屏金鷓鴣」一句，而引出屏上鷓鴣「行不得也」無聲悲啼的聯想，將相思之情，又往深處推進一層。到了下片，則承上片末句，由室外渡到室內，先以「香霧薄，透簾幕」烘托一片靜寂的氣氛，而引出「惆悵」情懷，其中的「透」字給人緩慢推移的纖柔美感。接著，「紅燭背，繡簾垂」再以室內之景物，反襯其獨守空閨之憾恨，終以「悠悠相思之夢而君竟不知」作收。本篇「金鷓鴣」、「香霧」、「紅燭」、「繡簾」用詞綺豔，空間的描摹由室外而室內，層次分明；詞中融合了視覺和聽覺的摹寫，情景交融，是溫詞的代表作。

菩薩蠻

菩薩蠻是抒寫離情別恨的作品。這是韋莊一組五首菩薩蠻詞的首闋。它的主旨「別夜惆悵」（即別恨），在起句即直接點明。接著先以「香燈半捲流蘇帳」句，承上句的「紅樓」加以細寫，為夜別安排一個旖旎的環境；再以「殘月出門時」兩句，藉「殘月」與「淚」，具體地抒寫夜別時內心的「惆悵」。下片承「香燈」

句，追敘在樓上夜別的情景，經由美人之琵琶聲與言語，將「別夜惆悵」更具體地從中帶出來。末二句追憶臨行前美人之叮嚀，由「早歸」可見期盼之殷切，也反映而今歸不得的無奈。「人似花」既是對伊人形象的美麗追憶，更暗藏「青春如花，匆匆易謝」的警示意味。

鵲踏枝

鵲踏枝是寫閨中怨婦心聲的作品。詞中摹擬婦人口吻，描述對男子浪蕩不歸的怨責。上片起筆三句，首句指男子已浪蕩多日，「何處去」更暗藏懸念對方之鬱悶，「春將暮」則加深了女子對韶光易逝的焦慮感。「百草」二句，「百草千花」既呼應「春」字，也暗喻煙花女子；「香車繫在誰家樹」是對首句「何處去」的進一步揣想，將期盼與怨嗟之情，表現得委婉動人。下片首句的「淚眼倚樓」是盼望對方歸來的具體行動，而「頻獨語」則側重主角癡心神情的描寫，「雙燕來時」二句，即是「獨語」的內容，所謂「移情作用」是也。最後兩句，觸景生情，即以眼前所見之景為喻，言我心撩亂恰如滿天狂舞之柳絮，而良人行蹤杳然，即使夢中亦無處可尋。從篇首的「何處去」到篇末的「無尋處」，情感脈絡由期盼至失望的遞嬗痕跡，清晰可見。

虞美人

虞美人是感懷故國的作品。首句「春花秋月何時了」凌空劈下，質問離奇，而引人好奇，接著以「往事知多少」暗暗帶出過往「春花秋月」的匆匆易度，以反襯出眼前「春花秋月」的悠悠難耐。這種難耐之情，採激問的技巧來表達，更加深了作者的悲苦。「小樓昨夜又東風」二句，寫他在汴京對月、感懷故國的情景，將其悲苦之情又作進一步的敘寫；「東風」、「月明」又分別呼應「春花」、「秋月」。而下片，則先以開頭兩句，承「故國不堪回首」句，將空間由汴京移到金陵的故宮裡，藉想像之筆虛寫「物是人非」的淒涼境況；最後兩句，自問自答，將空間又由金陵拉回汴京，採設問與譬喻的修辭技巧，把心中的萬斛悲苦之情傾洩而出，末句長達九字，一氣貫注而字字血淚。據載由於詞中兩用「東」字，有圖謀收復故土之嫌，又由於後主在七月七日生日晚上，於住所令故妓作樂，唱此詞，聲聞於外，宋太宗接獲報告，非常生氣，便賜下牽機藥將他毒死。一代帝王、詞人，而遭遇如此，真可叫人同聲一哭！

問題與討論

一、以更漏子一詞中女子所處的時空來觀察，詞中所描寫的事物，何者為耳聞？為目見？為心想？

二、菩薩蠻一詞最末句：「綠窗人似花」有何深意？

三、鵲踏枝一詞中的女子何以將所思念的人比喻為行雲？「百草千花」的涵義為何？

四、虞美人一詞以「恰似一江春水向東流」比喻愁苦之多，作者另有「自是人生長恨水長東」（相見歡）、「流水落花春去也」（浪淘沙）等名句，三句中的「水」涵義有何異同？

一八　朋黨論

歐陽脩

題解

本篇為論說文，選自歐陽文忠公集卷十七。旨在說明唯君子方有真朋，人君用之，則天下大治。宋仁宗天聖末年，范仲淹獻百官圖，並上疏譏刺時政，得罪宰相呂夷簡，罷知饒州，余靖、尹洙和歐陽脩，亦被指為同黨，全遭貶謫。慶曆三年（西元一〇四三年），杜衍、富弼、韓琦、范仲淹等在朝執政，歐陽脩被擢知諫院。每次進見，多所建言，致為小人所忌，朋黨之論又起。歐陽脩遂作此篇以呈仁宗，仁宗獎其直言，擢知制誥，黨論乃稍止息。

作者

歐陽脩，字永叔，自號醉翁，晚號六一居士。宋廬陵（今江西省吉安市）人。生於真宗景德四年（西元一〇〇七年），卒於神宗熙寧五年（西元一〇七二年），年六十六。

脩四歲而孤，母鄭氏親自授讀，家貧，無紙筆，以荻稈畫地教之。稍長，借書於鄰里，所學漸博。初擅辭賦及駢儷文，後得韓愈文集殘本，大為喜好，遂改習古文。

仁宗天聖八年（西元一〇三〇年），中進士。慶曆三年，知諫院。五年，韓琦、富弼、范仲淹等以直言相繼罷去，脩上疏切諫，貶知滁州。在滁日以詩酒自娛，因自號醉翁。至和元年（西元一〇五四年），任翰林學士，奉命重修唐書。嘉祐二年（西元一〇五七年），知貢舉。時士子競尚綺麗之文，脩極力排抑，拔取蘇軾、曾鞏等，文風為之一變。五年，新唐書成，轉禮部侍郎，旋拜樞密副使。六年，拜參知政事，與韓琦同心輔政。神宗即位，脩因讒求退，遂出知亳州。復因與王安石政見不合，終於熙寧四年以太子少師致仕，歸隱於潁州。次年卒。謚文忠。

脩博極群書，文以明道致用為本，不用故事陳言，而情韻天成。詩詞則清妍婉約。著有詩本義、新五代史、集古錄、歐陽文忠公集等。

臣聞朋黨之說，自古有之，惟幸人君辨其君子小人而已。大凡君子與君子，以同道①為朋；小人與小人，以同利為朋，此自然之理也。

然臣謂小人無朋，惟君子則有之。其故何哉？小人所好者祿利也，所貪者財貨也。當其同利之時，暫相黨引以為朋者，偽也。及其見利而爭先，或利盡而交疏，則反相賊害②，雖其兄弟親戚，不能相保。故臣謂小人無朋，其暫為朋者，偽也。君子則不然。所守者道義，所行者忠信，所惜者名節③；以之修身則同道而相益，以之事國則同心而共濟，終始如一。此君子之朋也。故為人君者，但當退小人之偽朋，用君子之真朋，則天下治矣。

堯之時，小人共工驩兜等四人④為一朋，君子八元八凱十六人⑤為一朋。舜佐堯，退四凶小人之朋，而進元凱君子之朋，堯之天下大治。及舜自為天子，而皋陶夔稷契等二十二人⑥，並列於朝，更相⑦稱美，更相推讓，凡二十二人為一朋；而舜皆用之，天下亦大治。書⑧曰：「紂有臣億萬，惟億萬心；周有臣三千，惟一心。」紂之時，億萬人各異心，可謂不為朋矣，然紂以亡國。周武王之臣，三千人為一大朋，而周用以興。後漢獻帝時，盡取天下名士囚禁之，目為黨人⑨；及黃巾賊起⑩，漢室大亂，後方悔悟，盡解黨人而釋之⑪，然已無救矣。唐之晚年，漸起朋黨之論⑫，及昭宗時，盡殺朝之名士，咸投之黃河，曰：「此輩清流，可投濁流⑬。」而唐遂亡矣。

夫前世之主，能使人人異心不為朋，莫如紂；能禁絕善人為朋，莫如漢獻帝；能誅戮清流之朋，莫如唐昭宗之世，然皆亂亡其國。更相稱美推讓而不自疑，莫如舜之二十二臣；舜亦不疑而皆用之。然而後世不誚⑭舜為二十二人朋黨所欺，而稱舜為聰明之聖者，以能辨君子與小人也。周武之世，舉其國之臣三千人共為一朋，自古為朋之多且大莫如周，然周用此以興者，善人雖多而不厭⑮也。

夫興亡治亂之迹，為人君者可以鑒矣。

注釋

①同道　共同的道義。

②賊害　傷害。賊，傷害。

③名節　名譽節操。

④共工驩兜等四人　指堯時的共工、驩兜、三苗、鯀。

⑤八元八凱十六人　指堯的十六位賢臣。八元，高辛氏的後裔伯奮、仲堪、叔獻、季仲、伯虎、仲熊、叔豹、季貍；八凱，高陽氏的後裔蒼舒、隤敳（ㄊㄨㄟˊ　ㄞˊ）、檮戭（ㄊㄠˊ　ㄧㄢˇ）、大臨、尨降（ㄆㄤˊ　ㄐㄧㄤˋ）、庭堅、仲容、叔達。相傳堯舉舜攝政，舜即進用八元八凱，使天下大治。見左傳文公十八年。元，善良。凱，和樂。

⑥皋陶夔稷契等二十二人　皆舜臣。皋陶掌司法，夔掌音樂，稷掌農業，契掌教育，外加平水土的禹、掌百工的垂以及四岳、十二牧，共二十二人。

⑦更相　互相。更，音ㄍㄥ。

⑧書　指偽古文尚書泰誓上。

⑨盡取天下名士囚禁之二句　東漢桓帝延熹九年（西元一六六年）十二月，以司隸校尉李膺等二百餘人為黨人，逮捕下獄。至靈帝建寧二年（西元一六九年）十月，復殺杜密、李膺等百餘人，並頒布制書於州郡，下令大舉拘捕黨人。見後漢書桓帝紀、靈帝紀。按：本文以為事起獻帝時，誤。

⑩黃巾賊起　後漢靈帝中平元年（西元一八四年）二月，鉅鹿（今河北省鉅鹿縣）人張角，自稱「黃天」，聚眾三十六萬造反，因全著黃巾，故稱黃巾賊。

⑪後方悔悟二句　後漢靈帝中平元年三月，靈帝採納皇甫嵩之議，下令大赦天下黨人，以舒眾怨。見資治通鑑漢紀五十。

⑫唐之晚年二句　唐末穆宗、敬宗、文宗、武宗之世，以牛僧孺、李宗閔為首的牛黨，與以李德裕父子為首

的李黨，互相爭鬥排擠，前後將近四十年。見新唐書李德裕傳。訟，爭。

⑬此輩清流二句　唐昭宣帝天祐二年（西元九〇五年）六月，朱全忠殺裴樞等三十餘人於白馬驛。時李振因屢舉進士不中，深恨在朝為官的士大夫，便對朱全忠說：「此輩嘗自謂清流，宜投之黃河，使為濁流。」遂將三十餘人投進河裡，見資治通鑑唐紀八十一。按：昭宣帝為昭宗之子，本文以為事在昭宗時，誤。

⑭誚　音ㄑㄧㄠˋ。責怪。

⑮不厭　不足；不嫌多。

研析

本文凡分五段：首、二段立論，以為君子之朋，同道而利國；小人之朋，爭利而為己，人君當辨其君子、小人，以為進退用人考量，不當僅以朋黨為猜疑。三、四段舉證，以歷代治亂興亡為例，證明用真朋以興治，用偽朋必亂亡；故君子之朋，惟恐其不多。末段指明人君應以古為鑑作結。

小人善於結黨營私，排斥異己，而君子往往基於「道不同，不相為謀」（論語衛靈公），而遠離是非，消極走避，於是小人氣燄日熾，是非混淆，往往導致人心的陷溺，國家的淪亡。此固小人之奸邪有以致之，而君子之不能堅持正義，發揮道德勇氣，亦難辭其咎。本文之可貴，即在於正確指出君子之朋對國家的益處，以積極的態度為之辯誣。所謂「天下興亡，匹夫有責」，任何一個關心國家前途的人，都有責任、也有權利發表言論，集合公意，匯聚力量，不做沉默大眾，不盲從附和，共同為全民福祉而奉獻心力。

這篇文章也頗能體現歐陽脩的散文風格，亦即以「明道致用」為本，行文平易近人。而所引用之古代史事，常採正反對比手法，以君子為正，小人為反；以堯、舜、周武為正，以紂、漢獻帝、唐昭宗為反；相提並列，援事證理，頗具說服力。再加上奇句偶用參差並行，文筆流暢無阻，讀來確實親切自然。

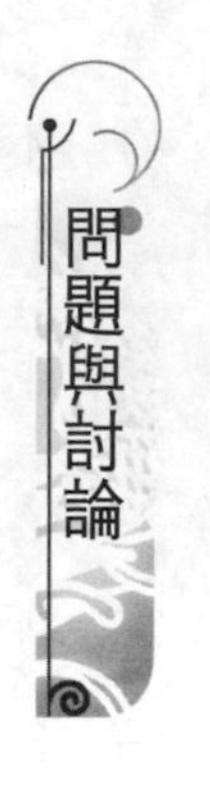

問題與討論

一、作者指出朋黨須「辨其君子小人」，你認為他的識見怎樣？

二、試舉二、三古今事例說明「小人無朋」的道理。

三、本文在作法上，有什麼特異之處？

一九　超然臺記

蘇軾

題解

本篇為記敘文，選自東坡全集。宋神宗熙寧七年（西元一〇七四年）秋，蘇軾自杭州通判調任密州（今山東省諸城市）知州，次年修復北城高臺，其弟蘇轍作超然臺賦，據老子「雖有榮觀，燕處超然」命名，軾作此文以記其事，並闡發遊心物外，無往不樂之理。

作者

蘇軾，字子瞻。宋眉州眉山（今四川省眉山縣）人。生於仁宗景祐三年（西元一〇三六年），卒於徽宗建中靖國元年（西元一一〇一年），年六十六。

蘇軾幼聰慧，父洵遊學四方，由其母程氏親授經史。仁宗嘉祐二年（西元一〇五七年），試禮部，主考歐陽脩擢置第二，復以春秋對策，列第一，名滿天下。神宗熙寧四年，軾上書反對新政，與王安石不合，調任杭州通判，改知密州等州，又因作詩譏評時政，貶為黃州團練副使，築室於東坡，自號東坡居士。哲宗即位，召為禮部郎中、翰林學士，出知杭州、潁州、揚州，後貶官英州等州。徽宗時，遇赦召還，死於常州。諡文忠。

宋代古文作家輩出，以歐陽脩為領導中心的古文運動，蓬勃開展。軾與父洵、弟轍，文章各具高格，並列於唐宋八大家之中，世稱三蘇。蘇軾才氣橫溢，所作文章，汪洋宏肆，如行雲流水，嘗自評其文云：「吾文如萬斛泉源，不擇地而出，……常行於所當行，常止於不可不止。」（文說）又工詩詞、書法、繪畫。有東坡全集傳於世。

凡物皆有可觀；苟有可觀，皆有可樂；非必怪奇瑋麗者也。餔糟啜醨①，皆可以醉；果蔬草木，皆可以飽，推此類也，吾安往而不樂。

夫所為②求福而辭禍者，以福可喜而禍可悲也。人之所欲無窮，而物之可以足吾欲者有盡，美惡之辨戰乎中③，而去取之擇交乎前；則可樂者常少，而可悲者常多，是謂求禍而辭福④。夫求禍而辭福，豈人之情也哉？物有以蓋之矣⑤。彼遊於物之內⑥，而不遊於物之外，物非有大小也；自其內而觀之，未有不高且大者也⑦。彼挾其高大以臨我，則我常眩亂反覆⑧，如隙中之觀鬬⑨，又烏知勝負之所在；是以美惡橫生而憂樂出焉，可不大哀乎？

予自錢塘⑩移守膠西⑪，釋⑫舟楫之安⑬，而服⑭車馬之勞；去雕墻之美⑮，而庇⑯采椽之居⑰，背⑱湖山之觀，而行桑麻之野。始至之日，歲比不登⑲，盜賊滿野；獄訟充斥；而齋廚索然⑳，日食杞菊㉑，人固疑余之不樂也。處之期年㉒而貌加豐，髮之白者日以反黑；予既樂其風俗之淳，而其吏民亦安予之拙也。於是治其園囿，潔其庭宇，伐安丘㉓、高密㉔之木，以修補破敗，為苟完之計；而園之北，因㉕城以為臺者舊矣，稍葺㉖而新之。時相與登覽，放意肆志㉗焉。南望馬耳、常山㉘，出沒隱見㉙，若近若遠，庶幾有隱君子乎？而其東則廬山㉚，秦人盧敖㉛之所從遁也；西望穆陵㉜，隱然如城郭，師尚父㉝、齊桓公㉞之遺烈，猶有存者；北俯濰水㉟，慨然太息㊱，思淮陰之功㊲，而弔其不終㊳。

臺高而安，深而明，夏涼而冬溫，雨雪㊴之朝，風月之夕，予未嘗不在，客未嘗不從；擷㊵園蔬，取池魚，釀秫酒㊶，瀹脫粟㊷而食之。曰：「樂哉遊乎！」方是時，余弟子由適在濟南㊸，聞而賦之，且名其臺曰超然㊹，以見余之無所往而不樂者，蓋遊於物之外也。

注釋

①餔糟啜醨　吃酒渣，飲薄酒。餔，音ㄅㄨ。吃；食。糟，酒渣；濾酒後剩下的渣滓。啜，音ㄔㄨㄛˋ。飲；喝。醨，音ㄌㄧˊ。薄酒；淡酒。

②所為　所以。

③美惡之辨戰乎中　美與醜的區別在內心交戰。中，指內心。

④是謂求禍而辭福　老子五十八章：「禍兮福之所倚，福兮禍之所伏。孰知其極。」莊子則陽：「禍福相生。」東坡取義於此。

⑤物有以蓋之矣　指物欲能蒙蔽性情。蓋，遮蔽；蒙蔽。

⑥遊於物之內　指人思想活動的範圍限於物之內，而不能奔放於主觀認定事物之外。遊，遊心；涉想。是一種心靈活動。物指物質世界而言，與精神世界相對。

⑦未有不高且大者也　莊子秋水：「因其所大而大之，則萬物莫不大。」東坡取義於此。指高低大小的觀念，往往取決於看事情的主觀角度。

⑧眩亂反覆　迷亂徬徨。

⑨隙中之觀鬭　通過小小的縫隙觀看打鬥，所見的必定只是一小部分，而非全局。隙，壁孔；空隙。

⑩錢塘　舊縣名。宋屬杭州，在今浙江省杭州市境內。此代指杭州。神宗熙寧四年至七年（西元一〇七一——一〇七四年），蘇軾任杭州通判。

⑪膠西　這裡指密州，在今山東省膠河以西、高密以北地區。密州在漢朝為膠西郡。

⑫釋　放棄；捨棄。

⑬舟楫之安　乘舟船的安逸舒適。江南多水，以船為交通工具，水行較陸行舒適。舟楫，船隻。楫，音ㄐㄧˊ。

⑭服　駕御。易繫辭下：「服牛乘馬。」

⑮雕墻之美　形容屋舍之美。雕墻，彩繪的牆。墻，同「牆」。

⑯庇　音ㄅㄧˋ。遮蔽。引申為居住。

⑰采椽之居　以采為屋椽，形容住屋簡陋粗樸。采，柞木。一說同「棌」，櫟木。椽，音ㄔㄨㄢˊ。屋梁圓木。

⑱背　離開。

⑲歲比不登　連年饑荒，農作物欠收。比，音ㄅㄧˋ。接連。不登，穀物不熟。

⑳齋廚索然　廚房空蕩蕩的。齋，指郡齋。太守所居官舍。索然，空蕩的樣子。

㉑杞菊　枸杞和菊花。指菜蔬。蘇軾後杞菊賦序云：「余仕宦十有九年，家日益貧，衣食之奉，殆不如昔者，

及移守膠西，意且一飽，而齋廚索然，不堪其憂。日與通守劉君廷式循古城廢圃，求杞菊食之，捫腹而笑。」

㉒期年　滿一年。期，音ㄐㄧ。同「朞」。

㉓安丘　舊縣名。宋屬密州，在今山東省濰坊市南。

㉔高密　舊縣名。宋屬密州，在今山東省膠縣西北。

㉕因　沿著。

㉖葺　音ㄑㄧˋ。修補；修整。

㉗放意肆志　縱意任情。列子楊朱篇：「放意所好。」史記韓世家：「肆志于秦。」

㉘馬耳常山　密州城南二山名，皆在今山東省諸城市南境。馬耳山在縣西南三十公里，雙峰聳峙，形如馬耳，故名。常山在縣西南十五公里。宋張淏雲谷雜記卷三云：「按北臺在密州之北，因城為臺；馬耳與常山在其南。東坡為守日，葺而新之，子由因請名之曰超然臺。」

㉙見　音ㄒㄧㄢˋ。同「現」。

㉚盧山　在今山東省諸城市東南。因秦時盧敖而得名，上有盧敖洞。

㉛盧敖　淮南子道應訓：「盧敖游乎北海」句，許慎注：「盧敖，燕人，秦始皇召以為博士，使求神仙，亡而不返也。」所說與蘇軾稍異。蘇軾盧山五詠盧敖洞詩自注：「圖經云：敖，秦博士，避難此山，遂得道。」

㉜穆陵　關名。故址在今山東省臨朐縣東南大峴山上。

㉝師尚父　呂尚，俗稱姜太公，字子牙。曾輔佐周武王滅商，封於齊。周武王尊之為師尚父。師，西周統兵官「師氏」的簡稱。尚父，可尊尚的父輩。

㉞齊桓公　名小白，春秋五霸之一。

㉟濰水　水名。今名濰河。源出山東省五蓮縣西南之箕屋山，流經諸城、高密、安丘，納浯水、汶水，又經濰坊市，至昌邑縣入萊州灣。

㊱太息　歎息。

㊲淮陰之功　韓信的功勳。淮陰，指淮陰侯韓信，曾伐齊破楚將龍且（ㄐㄩ）於濰水，立為齊王。史記淮陰侯列傳：「信因襲齊歷下軍，遂至臨淄。齊王田廣……走高密，使使之楚請救。韓信已定臨淄，遂東追廣至高密西。」其後，「楚使龍且將，號稱二十萬，救齊」，「與信夾濰水為陳」，韓信先以沙袋堵住江水，然後誘敵渡江，趁機決囊引大水殲滅敵軍。

㊳弔其不終　憐憫他不得善終。弔，悲憫；痛惜。史記淮陰侯列傳：韓信後竟因謀叛罪嫌，「被呂后斬之長樂鐘室。」

㊴雨雪　下雪。雨，音ㄩˋ。當動詞用。

㊵擷　採摘。

㊶秫酒　糯米釀成之酒。也指高粱酒。秫，音ㄕㄨˊ。黏高粱。

㊷瀹脫粟　煮糙米飯。瀹，音ㄩㄝˋ。以湯煮物。脫粟，只去皮殼，不加精製的糙米。

㊸余弟子由適在濟南　我弟弟子由正好在濟南。蘇軾的弟弟蘇轍，字子由，當時任齊州掌書記。濟南，郡名。宋時為齊州，治所在今山東省濟南市。

㊹聞而賦之二句　蘇轍超然臺賦序：「老子曰：雖有榮觀，燕處超然。嘗試以『超然』命之，可乎？因為賦

以告之。」

研析

本篇敘寫的主體是超然臺，卻也由此表述蘇軾灑脫的生活態度和開曠的胸懷。全文分四段：首段泛論超然之樂。先從物皆有可觀、皆有可樂，推衍出「無往而不樂」，為全文立下綱領。次段再從物我關係上，申說憂樂之所由來。人之物欲無窮，物所能給予的滿足卻有限，這就產生矛盾。不善於役物，不能超然於物外，則辭福求禍，哀莫大焉。以上兩段論抽象之理，而逐步走向自己。三段進而敘述自己到密州後的生活情形，突出修臺、登覽，反映了蘇軾淡泊自適、隨遇而安的生活態度。而登臺所見，引出許多古人，或仕或隱，或成或敗，最後總歸於空留勝跡，供人憑弔，隱隱襯出自己「超然物外」的襟懷。末段點出臺名的由來，點題作收。

全文鎔議論、敘事、描寫於一爐，手法超妙，縱心如意。作者吸取道家超然於物外的思想精義，因而無往而不樂。寫移守膠西時，連用排句對比；寫修園建臺，簡潔了當；無愁苦之辭，卻有隨物而化，與萬物相處的和樂心思，這正是東坡生命情調的完整呈現。正如文中作者所言，不能超然物外，則樂少悲多；能超然物外，則可「無往而不樂」，其中隱約可見蘇軾的人生觀與處世哲學。

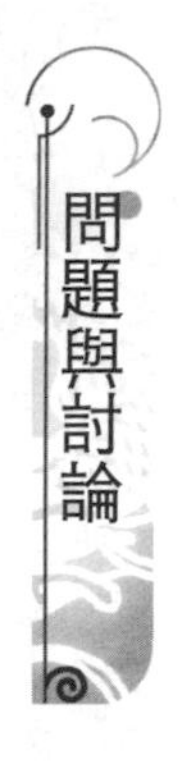

問題與討論

一、求福而辭禍乃人之常情，何以結果卻求禍而辭福？

二、如何心遊物外，不為形役？如何能避開大小、美惡之相對概念，看出物之另一番層面？

三、試說明蘇軾生平經歷與本文寫作之關連。

二〇　六國論

蘇　轍

題解

本篇為論說文，選自欒城集。旨在補充蘇洵六國之不足。蘇洵以為六國亡於賂秦，此則言六國之亡在於不能團結互救，致為敵人各個擊破。

作者

蘇轍，字子由。宋眉州眉山（今四川省眉山縣）人。生於仁宗寶元二年（西元一〇三九年），卒於徽宗政和二年（西元一一一二年），年七十四。

轍於仁宗嘉祐二年（西元一〇五七年），與兄軾同榜登進士；歷仕仁宗、神宗、哲宗、徽宗四朝。哲宗元祐元年（西元一〇八六年）入京為司諫，累官至門下侍郎，參與機要，多所貢獻。先後因反對王安石新法、為新黨排斥，屢被遷謫。晚年隱居許州（今河南省許昌市），築室潁水之濱，自號潁濱遺老，讀書學禪，吟嘯自得。

轍自幼聰敏，性敦厚沉靜。其古文氣勢汪洋，辭語簡潔，與父洵、兄軾合稱「三蘇」；其詩則早年所作才情俊逸，晚年歸於平澹。自編詩文為欒城集，共八十四卷。其他著作有：詩集傳、春秋集解、道德經解、古史等。

愚讀六國世家①，竊怪天下之諸侯，以五倍之地，十倍之眾，發憤西向，以攻山西②千里之秦，而不免於滅亡。常為之深思遠慮，以為必有可以自安之計。蓋未嘗不咎③其當時之士，慮患之疏，而見利之淺，且不知天下之勢也。

夫秦之所與諸侯爭天下者，不在齊楚燕趙也，而在韓魏；秦之有韓魏，譬如人之有腹心之疾也。韓魏塞秦之衝④，而蔽⑤山東之諸侯；故夫天下之所重者，莫如韓魏也。

昔者范雎用於秦而收韓⑥，商鞅用於秦而收魏⑦；昭王⑧未得韓魏之心，而出兵以攻齊之剛壽，而范雎以為憂⑨，然則秦之所忌者可以見矣。秦之用兵於燕趙，秦之危事也。越韓過魏而攻人之國都，燕趙拒之於前，而韓魏乘之於後，此危道也。而秦之攻燕趙，未嘗有韓魏之憂，則韓魏之附秦故也。夫韓魏，諸侯之障，而使秦人得出入於其間，此豈知天下之勢耶？委⑩區區之韓魏，以當強虎狼之秦，彼安得不折⑪而入於秦哉？韓魏折而入於秦，然後秦人得通其兵於東諸侯，而使天下遍受其禍。

夫韓魏不能獨當秦，而天下之諸侯，藉之以蔽其西，故莫如厚韓親魏以擯⑫秦。秦人不敢逾韓魏以窺齊楚燕趙之國，而齊楚燕趙之國，因得以自安於其間矣。以四無事之國，佐當寇之韓魏，使韓魏無東顧之憂，而為天下出身⑬以當秦兵。以二國委秦⑭，而四國休息於內，以陰助其急。若此，可以應夫無窮，彼秦者將何為哉？不知出此，而乃貪疆埸⑮尺寸之利，背盟敗約⑯，以自相屠滅⑰；秦兵未出，而天下諸侯已自困矣；至使秦人得間⑱其隙，以取其國，可不悲哉！

注釋

①世家　史記體例之一，記封建諸侯之世系歷史。

②山西　指崤山以西。

③咎　歸罪。

④衝　要道。

⑤蔽　屏障；掩護。

⑥范雎用於秦而收韓　范雎為秦昭王所用，而攻取韓之少曲、高平等地。

⑦商鞅用於秦而收魏　商鞅為秦孝公所用，而攻取魏河西之地。

⑧昭王　秦君，名則，周赧王九年（西元前三〇六年）即位，在位五十六年。

⑨攻齊之剛壽二句　秦昭王三十六年（西元前二七一年），客卿竈（ㄗㄠˋ）率軍攻齊，取剛壽。范雎以為跨越韓魏兩國攻齊，少出師不足以傷齊，多出師又有害於秦，故以為失計。

⑩委　拋棄。

⑪折　屈服。

⑫擯　拒斥。

⑬出身　挺身；獻身。

⑭以二國委秦 以抵抗秦之任務託付韓魏。委，託付。

⑮疆埸 邊界；邊境。埸，音一ˋ。

⑯背盟敗約 背棄盟約。六國於周顯王三十六年（西元前三三三年）結成合縱盟約，至周赧王二年楚齊絕交，盟約遂告破裂。

⑰屠滅 殘殺。

⑱間 音ㄐ一ㄢˋ。伺候；察探。

研析

本文凡四段：首段直指六國之士不能深慮天下形勢之利害，遂無「自安之計」而致滅亡。二段言天下形勢，關鍵在於韓魏。三段言山東諸侯不助韓魏，遂令其屈服於秦，使秦得用兵於東。四段假想諸侯助韓魏之互利局面，深惜當時各國不能互助，反而互相屠滅，秦遂得乘隙，輕取六國。

全文以「天下之勢」四字為眼目。所謂「天下之勢」，並非指土地廣狹、兵馬多寡、或各國勢力消長而言；而是就六國與秦國間的地理形勢立論。韓、魏介於秦與齊楚燕趙之間，位居秦國向東發展的要衝，具有重要之戰略地位。本文乃以此作為立論核心，言秦能體察天下形勢，故主政者每以收服韓、魏為要務；反之，齊楚燕趙則昧於天下之勢，拋棄韓、魏，坐使歸附於秦。優劣勝敗之數於此已定，六國終亦不免於敗亡。通篇立意明確，行文簡潔扼要，上下文之聯絡關照，脈絡亦清晰。

當然六國敗亡，既成事實，後人之論評，即使剴切中肯，亦無可挽回。然而察往知來，古之興亡成敗，正可作為後人的借鏡。秦併天下，原非無功，後人論評，往往同情六國，而以秦為暴虐，公正與否，姑且不論，但由此可知人心之唾棄暴力，崇尚和平。

生存之道無他，互助而已。小自個人，大至國家，本身力量固然是生存發展的基本條件，但「二人同心，其利斷金」，志同道合、休戚相關者的團結一致，當更能保障其生存。

問題與討論

一、六國敗亡的原因，蘇洵以為是在於「賂秦」，而蘇轍則以為是由於不明「天下之勢」，你認為哪一說較為正確？

二、團結是生存的重要保障，能否列舉史實略作說明？

三、試以圖示方式說明戰國七雄形勢，並據以闡明本文觀點。

二一　宋詩選

題解

在文學史上，講到詩，一定首推唐朝為代表；但宋詩也有重要的地位。它繼唐而起，改變風貌，開闢出另一片天空；作品總量也遠比唐代為多。本課所選四家，都是宋代詩壇的巨擘。

王安石的書湖陰先生壁是一首七言絕句，旨在描寫湖陰先生的住家環境，藉以反映他的志趣和人品。湖陰先生，姓楊，名德逢，曾經是王安石的鄰居。

蘇軾的六月二十七日望湖樓醉書也是一首七言絕句，旨在描繪西湖夏季氣候的瞬息變化、夏雨的驟來速去，並寄寓作者對世事難料的體悟。望湖樓，五代時吳越王錢俶所建，在西湖邊昭慶寺前，詩題「醉書」，是為了加強詩的磅礡氣勢。

黃庭堅的清明是一首七言律詩，為晚年被誣以「幸災謗國」而貶至宜州（今廣西省宜山縣）時所作，旨在寫清明時節郊野的景象，並寄寓其進退出處的感慨。

陸游的感憤，也是一首七言律詩。孝宗淳熙十年（西元一一八三年）冬，家居山陰時作。游壯歲足跡遍邊隅，胸懷恢復中原之大志。晚年家居，眼見偏安之局已定，北伐之願莫伸，常在詩中傾吐其心中的悲憤，本篇堪為代表。

作者

王安石，字介甫，號半山。宋撫州臨川（今江西省臨川縣）人。生於真宗天禧五年（西元一〇二一年），卒於哲宗元祐元年（西元一〇八六年），年六十六。少聰慧，好讀書，文思敏捷，運筆如飛，初若不經意，既成，見者服其精妙。仁宗慶曆二年（西元一〇四二年）進士，歷官鄞縣縣令、舒州通判。嘉祐三年（西元一〇五八年），任三司度支判官，上萬言書，主張變法。神宗熙寧二年（西元一〇六九年），拜參知政事；三年，拜同中書門下平章事，登相位，陸續施行新法。以用人不當，操之過急，且逢連年乾旱，終於失敗。九年，罷相，出判江寧府。元豐元年（西元一〇七八年），封舒國公，三年，改封荊國公。安石忠正清廉，剛愎（ㄅㄧˋ）自信。曾曰：「天變不足畏，祖宗不足法，人言不足恤。」其議論高奇，長於雄辯。文章以六經為根柢，思慮縝密，簡勁鋒利，為唐宋八大家之一。詩亦清峭嚴謹，自創風格。他的著作很多，範圍很廣，但多亡佚。今有臨川先生文集一百卷、王荊公詩五十卷、周官新義十六卷等書傳世。

蘇軾，見本書第十九課作者欄。

黃庭堅，字魯直，號涪翁，又號山谷道人。宋分寧（今江西省修水縣）人。生於仁宗慶曆五年（西元一〇四五年），卒於徽宗崇寧四年（西元一一〇五年），年六十一。英宗治平四年（西元一〇六七年）進士。神宗朝，仕至起居舍人，國史編修官。哲宗、徽宗朝，因為新黨所惡，屢貶；卒於貶所宜州（今廣西省宜山縣）。庭堅自幼警悟，讀書數過即成誦。工詩文，受知於蘇軾，與秦觀、張耒、晁補之合稱蘇門四學士；詩與蘇軾齊名，世稱蘇黃。著有山谷集。

陸游，字務觀，晚年自號放翁。宋越州山陰（今浙江省紹興市）人。生於徽宗宣和七年（西元一一二五年），卒於寧宗嘉定三年（西元一二一〇年），年八十六。早年應試，因兩度名列秦塤（秦檜之孫）之前而居第一，為秦檜所忌而被黜。檜死，始仕為福州寧德縣主簿。孝宗即位，遷樞密院編修官。因大臣薦，賜進士出身。又以言語忤權貴，先後通判建康府、隆興府及夔州。王炎宣撫川陝，辟為幹辦公事。游為陳進取中原之策。范成大為四川制置使，薦游為參議官。後知嚴州，遷禮部郎中，以寶章閣待制致仕。平生作詩達萬餘首，為詩作最豐富的作家。著有劍南詩稿、渭南文集、南唐書、入蜀記等。

書湖陰先生壁

王安石

茆簷①長掃靜無苔，花木成畦②手自栽。一水護田將③綠繞，兩山排闥④送青來。

六月二十七日望湖樓醉書

蘇軾

黑雲翻墨⑤未遮山，白雨跳珠亂入船。捲地風來忽吹散，望湖樓下水如天⑥。

清明

黃庭堅

佳節清明桃李笑，野田荒塚⑦只生愁。雷驚天地龍蛇蟄⑧，雨足郊原草木柔⑨。人乞祭餘驕妾婦⑩，士甘焚死不公侯⑪。賢愚千載知誰是？滿眼蓬蒿⑫共一坵⑬。

感憤

陸游

今皇神武是周宣⑭，誰賦南征北伐篇⑮？四海一家天歷數⑯，兩河百郡宋山川⑰。諸公尚守和親策⑱，志士虛捐⑲少壯年。京洛⑳雪消春又動，永昌陵㉑上草芊芊㉒。

注釋

①茆簷　茅屋。茆，音ㄇㄠˊ。通「茅」。茅草。簷，音ㄧㄢˊ。屋頂延伸至室外的邊緣部分；此借代為房屋。

②畦　音ㄒㄧ。長方形的田塊。

③將　音ㄐㄧㄤ。把。

④排闥　推開大門。排，推。闥，音ㄊㄚˋ。門。

⑤黑雲翻墨　黑雲像打翻的墨水。形容烏雲的濃密厚實。

⑥水如天　雨過天晴，水天一色。湖水像天空一樣清明平靜。

⑦荒塚　無人祭掃的墳墓。

⑧雷驚天地龍蛇蟄　春天來了，春雷驚醒天地久蟄的龍蛇。蟄，冬蟄；藏蟄。

⑨雨足郊原草木柔　春日雨水充足，郊外的原野上草木滋生。柔，始生；幼嫩。

⑩人乞祭餘驕妾婦　是說齊國有一戶人家，家有一妻一妾，丈夫每次到墳地去乞討人家奠祭後殘餘的酒肉，然後回家來還得意洋洋地欺騙他的妻妾，說是富貴人家請他吃飯。見孟子離婁下齊人有一妻一妾章。

⑪士甘焚死不公侯　晉文公多次召辟介之推出仕，可是之推無心做官，晉文公於是放火焚燒綿山，想逼他出來，結果介之推寧可被燒死在山中，也不願出仕就公侯位。見左傳僖公二十四年、異苑卷十足下之稱、史記晉世家。

⑫蓬蒿　蓬草和蒿草。即野草。

⑬坵　「丘」的俗字。即墳墓。

⑭今皇神武是周宣　當今皇上英明威武，好比周宣王。今皇，指宋孝宗趙昚（ㄕㄣˋ）。周宣，周宣王姬靜（西元前八二七——前七八二年在位）。曾命師北伐玁狁（ㄒㄧㄢˇ ㄩㄣˇ），南征荊蠻，東平淮夷、徐戎等部落，武功烜赫，被譽為東周中興之主。

⑮誰賦南征北伐篇　誰來寫作像歌頌周宣王南征北伐那樣的詩篇。賦，鋪敘事實。此指作詩。南征北伐篇，指詩經小雅六月、采芑及大雅江漢、常武等篇。此數篇皆歌詠宣王南征北伐之功業。

⑯四海一家天歷數　四海之內統一於大宋一家，這是天命的安排。四海一家，指天下統一。天歷數，天道；天命。

⑰兩河百郡宋山川　兩河以北的所有郡縣原都是宋朝的領土。兩河，指黃河和淮河。南宋與金人對峙，東以淮河、西以大散關為界。百郡，形容廣大的郡縣。百，形容其多。

⑱諸公尚守和親策　各位大臣還堅持屈辱求和的政策。諸公，指當時在朝當權的大臣。和親策，以皇帝的公主嫁給外族君主以求和好的政策。始於西漢初年婁敬的建議，以公主嫁給匈奴單于。此指南宋對金人歷次的和議。

⑲虛捐　白白地拋棄。捐，棄。

⑳京洛　指汴京（今河南省開封市）和洛陽。

㉑永昌陵　宋太祖趙匡胤的陵墓。在洛陽。

㉒芊芊　草茂盛的樣子。

研析

書湖陰先生壁

詩是精緻的文學語言，絕句又是詩中最精緻的語言。因為它篇幅短，字數少，不得稍有冗濫，否則全詩就為之減色。是以創作絕句，莫不在鍊意、鍊句、鍊詞、鍊字上下工夫，本篇就是著例。

作者在表面上只寫湖陰先生的居家環境，其實深刻地反映出他的生活、志趣和人品。寫法是從住家開始落筆，然後由近而遠，依次寫庭園、田野和遠山。首句「茆簷長掃靜無苔」很快地在讀者眼中呈現一座潔淨、寧謐而又安詳的住家，和一個淳樸、勤勞而又澹泊的主人。接著映入眼簾的是成畦的花木，清麗而明媚。這些花木都是主人親手所栽，可見這位主人還是個懂得庭園藝術、注重生活品味的雅士呢！三、四兩句刻意地對偶，精心地雕琢，顯得格外的清新。第三句的綠水，第四句的青山，原是從茅屋向外看，依次展開的遠景——一彎綠水蜿蜒地流過田野，平野的盡頭，矗立著兩座青山。可是經過作者的匠心獨運，這一幅靜態的畫面動起來了。作者採用擬人法，使綠水和青山變得那樣的親切熱情，執意地要護著田野，要把滿山的青翠送到廳堂！整體來看，茅屋、庭園、田野、遠山，一幕接一幕，構成一片寧靜祥和的人間淨土，而茅屋裡與世無爭、恬淡自得的主人，也隱然若現了。

安石作詩，喜歡獨闢蹊徑，力避凡俗，即如此篇，用茆不用茅，用靜不用淨，用長不用常，都意在避俗；至於一水護田、兩山排闥之句，雕琢的痕跡至為明顯，但無可否認，經過這般修辭，綠水、青山都有了鮮明的性格，顯得生氣盎然，確實呈現了「清新」的面貌。

六月二十七日望湖樓醉書

宋神宗熙寧四年（西元一〇七一年），蘇軾因為對當時變法持不同意見，而被排擠出京，任杭州通判。這首詩作於他來杭州的第二年夏天。全詩運用誇張的筆法、生動的寫景、淺白的語句，大筆揮灑西湖夏日濃雲驟雨的漫天而來捲地而去，讀來令人覺得意興飛動，酣暢淋漓。

全詩四句分別描寫夏雨前後四種密切相關的景象，結構、佈局條理井然。首句寫雲，詩人將濃密的烏雲比喻為翻倒的墨汁，這片烏雲「未遮山」，說明它面積不大而湧動迅速，也預示雨勢必來急去得快；次句寫雨，雨又大又急，詩人用「白雨跳珠亂入船」作了顏色鮮明、形象生動的描繪。白色的雨點像圓潤的珍珠，不斷地濺落迸跳，雜亂地彈射進船裡，充分捕捉住暴雨的急速感和動態感；第三句寫風，正當烏雲蓋頂、暴雨傾注之際，突然吹來一陣捲地的狂風，頓時雲散雨收，風的迅猛不言可喻；末句寫水，當狂風吹過，雲散雨歇，天空和湖水一樣，恢復清朗平靜，就像什麼也沒發生過一樣。末句呈現水天空闊的靜態，襯托出前三句所寫多變而飛動的氣勢，這樣動靜相承，更透顯出西湖夏季風雲變幻千姿萬態的豪宕美。

這首詩看似寫杭州望湖樓前的一片雨景，實際上卻蘊涵詩人對人生世事哲理性的認識。在寫此詩的前一年，東坡因兩度上書神宗反對新法而受讒，對當時政治局勢不免失望。但無論是國家或個人生命中的暴風雨，都必然是暫時的，都會有雨過天青的一天，這就是詩人在望湖樓前所受到自然界的啟發。

清明

清明一詩，是吟詠節日之作。

前四句，寫清明時節眼前所見的景象，可謂寫景在目，又具有畫趣。詩中的首聯，寫清明佳節時桃李盛開的「笑」，與荒塚無人祭掃而生的「愁」，造成對比的畫面。頷聯寫春雷驚動久蟄的龍蛇，春雨染綠郊原上的草木。他用「清明」、「桃李」、「荒塚」、「雷驚」、「雨足」、「龍蛇蟄」、「草木柔」等景象，勾劃出清明，使詩句與詩題切合。

後四句，引述與清明節有關的典故，然後引來感慨，作為收結。頸聯兩句，各用一典，上句引孟子中「齊人有一妻一妾」的故事，下句引用傳說中有關介之推的故事。尾聯引來感慨：千年之後，滿眼蓬蒿，觸目盡是黃土堆的墳場，誰能辨別哪一座是賢者的墳、哪一座是愚者的墳？句句都能切中詩題清明，卻又飽含作者對仕途賢愚混雜、是非不分的憤慨。

黃庭堅為江西詩派的創導人，既講究鍛字鍊句，又喜用典故，如詩中第三聯「人乞祭餘驕妾婦，士甘焚死不公侯」便是屬於用典處，但尚稱切當自然。末聯其實也是用典故，漢代無名氏的薤露、蒿里詩云：「蒿里誰家地？聚斂魂魄無賢愚。」如今被黃庭堅改寫成：「賢愚千載知誰是？滿眼蓬蒿共一坵。」也可算是脫胎換骨、點鐵成金了。

感憤

每個人在他的一生中，或多或少，總有些憾事。放翁一生最大的憾事，則是「但悲不見九州同」。這個遺憾，直到他生命的盡頭，還掛在心上。基於這樣的情懷，我們不難體會這首詩中發自內心深處的感慨和激憤。

作者在前四句中，勉勵孝宗皇帝要做周宣王那樣的中興之主，勉勵朝廷諸公要戮力同心，完成足以讓人歌頌的偉大事業。他相信兩河百郡的失土，終將在天意的默助下，統一在大宋一家。

可是長年的等待，結果卻是希望的落空；而希望的落空，只因為「諸公尚守和親策」的緣故。這對一生懷抱著統一情結的放翁來說，當然抑不住「虛捐少壯年」的憤慨。

最後，作者又由眼前的景物，引生另一種感傷：春天又到了，舊都開封和西京洛陽的積雪，想必已經開始融化了。在江南，這正是家家戶戶上墳掃墓的季節，可是，那座落在洛陽淪陷區內的開國皇帝的墳陵，誰去祭掃呢？想來一定雜草叢生、荒涼一片吧！祖先艱難創造的基業，如今泰半淪入異族之手，豈非子孫不肖！到何年何月，方能收復河山，告慰於永昌陵下的太祖皇帝？就在這樣激越的感愧和懺悔中，這首詩結束了，讓我們永遠感受著放翁那無盡的悲涼。

問題與討論

一、蘇軾六月二十七日望湖樓醉書中哪一句寫雨景？詩人如何描寫？寫出了夏雨的何種特色？

二、陸游感憤詩所「感」所「憤」的是什麼？

三、本課詩作中，使用「擬人法」技巧的是哪些詩句？其效果如何？

四、你對用典有何看法？本課所選詩中，有哪些詩句用了典？

二二　宋詞選

題解

本課選自全宋詞。雨霖鈴、少年遊、摸魚兒、揚州慢，皆詞調名。

雨霖鈴，本唐教坊曲名，又稱雨霖鈴慢。雙調，一〇三字。上片十句，五仄韻；下片八句，五仄韻。柳永此作，以秋月寥落的風光為背景，寫送別的愁緒。

少年遊，又名小欄干或玉蠟梅枝。有四十九、五十、五十一、五十二字等體。本課所選，為五十一字體。上片六句，二平韻；下片五句，二仄韻。周邦彥此作，藉閨中景物與人的動作、言語，寫男女狎暱之情。

摸魚兒，本唐教坊曲名，又稱摸魚子、買陂塘或山鬼謠。有一〇四、一〇六、一〇七字等體；本課所選，為一〇六字體。上片十句，七仄韻；下片十一句，七仄韻。辛棄疾此作，託名賦別；以宣洩自身受謗、不被重用的悲憤。

揚州慢，宋姜夔自度曲，屬中呂宮。雙調，九十八字。前片十句，四平韻；後片九句，四平韻。詞律僅姜夔一體，應以此為正體。姜夔此作，寫兵亂後之風景，淒音激楚，悲情動人。

作者

柳永，字耆卿，原名三變。宋崇安（今福建省崇安縣）人。約生於後周世宗顯德五年（西元九五八年），卒於北宋仁宗皇祐五年（西元一〇五三年），年約六十九。景祐元年（西元一〇三四年）進士，官屯田員外郎，世稱柳屯田。為人放浪不羈，長年留連煙花巷陌，故所寫多城市風光與歌妓生活，而羈旅行役、長亭泣別之作，亦復不少，且多佳構。由於首用大量長調來填詞，又造語通俗，富於音樂性，因此流傳甚廣，以至於「凡有井水處，皆能歌柳詞」（吹劍錄），對宋詞的發展有重大的影響。著有樂章集。

周邦彥，字美成，自號清真居士。宋錢塘（今浙江省杭州市）人。生於仁宗嘉祐二年（西元一〇五七年），卒於徽宗宣和三年（西元一一二一年），年六十五。元豐初，任太學正，後出為溧水令。徽宗時，以精通音律，提舉大晟府。不久，出知順昌府，徙知處州，晚居明州。一生自創不少詞調，所寫作品，章法細密，修辭謹嚴，而內容則以寫閨情、羈旅或詠物為主。著有清真詞，又名片玉詞。

辛棄疾，字幼安，號稼軒。宋歷城（今山東省濟南市）人。生於高宗紹興十年（西元一一四〇年），卒於寧宗開禧三年（西元一二〇七年），年六十八。棄疾出生時，歷城陷金已十餘年，既目睹異族之氣燄，故常懷報國之熱忱。紹興三十二年，率領上萬義軍由山東歸南宋，授承務郎。孝宗時，歷任江西、湖北、湖南等路安撫使，治軍有聲，雄鎮一方。仕至龍圖閣待制，進樞密都承旨，未受命而卒。棄疾資兼文武，慷慨有大略，一生力主抗金。其詞，悲壯激烈，雄渾豪放，與蘇軾齊名，並稱蘇辛。著有稼軒長短句。

姜夔，字堯章，號白石道人，又號石帚。宋鄱陽（今江西省鄱陽縣）人。約生於高宗紹興二十五年（西元一一五五年），卒於寧宗嘉定十四年（西元一二二一年）之後，年約六十七。因不滿秦檜當政，隱居不仕。稟性恬澹，氣貌深雅，與范成大、吳潛相友善。擅長詩詞，精通音律，能自度曲。其詞以句琢字鍊、清麗婉約見勝。著有白石道人詩集、白石道人歌曲、續書譜及大樂議、琴瑟考等。

雨霖鈴

柳　永

寒蟬①淒切，對長亭②晚，驟雨初歇。都門帳飲③無緒，方留戀處，蘭舟催發。執手相看淚眼，竟無語凝噎④。念去去⑤、千里煙波，暮靄沈沈楚天⑥闊。　多情自古傷離別，更那堪、冷落清秋節！今宵酒醒何處？楊柳岸、曉風殘月。此去經年，應是良辰，好景虛設。便縱有、千種風情⑦，更與何人說？

少年遊

周邦彥

并刀⑧如水，吳鹽⑨勝雪，纖手破新橙。錦幄初溫，獸香⑩不斷，相對坐調笙⑪。　低聲問向誰行⑫宿，城上已三更。馬滑霜濃，不如休去，直是⑬少人行。

摸魚兒

淳熙己亥⑭，自湖北漕移⑮湖南，同官王正之⑯置酒小山亭⑰，為賦。

辛棄疾

更能消⑱、幾番風雨，匆匆春又歸去。惜春長怕花開早，何況落紅無數。春且住！見說道、天涯芳草無歸路。怨春不語，算只有殷勤，畫簷蛛網，盡日惹飛絮。　長門事，準擬佳期又誤，蛾眉曾有人妒。千金縱買相如賦，脈脈此情誰訴⑲？君莫舞⑳！君不見、玉環飛燕㉑皆塵土。閒愁最苦，休去倚危闌，斜陽正在，煙柳斷腸處。

揚州慢

姜夔

淳熙丙申㉒至日㉓，余過維揚㉔。夜雪初霽㉕，薺麥彌望㉖。入其城，則四顧蕭條，寒水自碧，暮色漸起，戍角㉗悲吟。余懷愴然，感慨今昔，因自度此曲。千巖老人㉘以為有黍離㉙之悲也。

淮左名都㉚，竹西㉛佳處，解鞍少駐㉜初程㉝。過春風十里㉞，盡薺麥青青。自胡馬、窺江㉟去後，廢池喬木，猶厭言兵。漸黃昏、清角㊱吹寒，都在空城。杜郎俊賞㊲，算而今、重到須驚。縱豆蔻詞工㊳，青樓夢好㊴，難賦深情。二十四橋㊵仍在，波心蕩、冷月無聲。念橋邊紅藥㊶，年年知為誰生？

注釋

①寒蟬　蟬的一種。也稱寒蜩。

②長亭　古時設在官道旁供旅客餞別或休息的地方。通常每隔十里設一長亭、五里設一短亭。

③都門帳飲　指在城郊設帳餞行。

④凝噎　指悲苦氣結，不能出聲。噎，一作咽。

⑤去去　離開以後。

⑥楚天　指江南的天空。江南一帶，皆楚故地，故稱。

⑦風情　風月情懷。

⑧并刀　指并州（今山西省太原市）所產的刀。以鋒利出名。
⑨吳鹽　指吳地（今江蘇一帶）所產的鹽。即淮鹽。以精細潔白著稱。
⑩獸香　獸形香爐所散出的香氣。
⑪調笙　即吹笙。笙，吹奏樂器的一種，由排成馬蹄形的竹管和圓形的匏斗或銅斗所組成。形制今古不一，有管十四、十七、二十一、三十六等多種。
⑫誰行　何處；在誰那裡。
⑬直是　正是。
⑭淳熙己亥　即淳熙六年（西元一一七九年）。淳熙，宋孝宗年號。
⑮漕移　指仍以轉運使的官職他調。漕，轉運使的簡稱。
⑯王正之　名正己，宋鄞（今浙江省鄞縣）人。官至祕閣修撰。
⑰小山亭　在湖北轉運司衙門內。
⑱消　經受得起。
⑲長門事五句　相傳漢孝武帝陳皇后，因失寵被貶入長門宮，鎮日愁悶悲思，於是特以黃金百斤，請司馬相如作一篇賦，以感悟主上。見昭明文選長門賦序。
⑳舞　指得意忘形。
㉑玉環飛燕　泛指善妒的人。玉環，唐玄宗妃，即楊貴妃。在安祿山作亂時，被賜死於馬嵬坡。飛燕，漢成帝后。後被廢為庶人而自殺。

㉒淳熙丙申　即淳熙三年（西元一一七六年）。
㉓至日　此指冬至。
㉔維揚　揚州（今江蘇省揚州市）的代稱。梁谿漫志：「古今稱揚州為維揚，蓋取禹貢：『淮海惟揚州』之語，今則易惟為維矣。」
㉕霽　雨（雪）後放晴。
㉖薺麥彌望　薺菜和麥子滿目皆是。薺菜，冬生夏死，靡草之屬。彌望，滿眼。
㉗戍角　駐軍的號角聲。
㉘千巖老人　蕭德藻，字東夫，福建閩清人，晚居湖州弁山（今江蘇省吳興縣），該地千巖競秀，因以為號。以姪女妻白石。
㉙黍離　詩經王風之詩。周大夫閔王室顛覆，故園河山變色之作。
㉚淮左名都　指揚州。淮左，淮河下游。名都，著名的都會。此指揚州。
㉛竹西　亭名，在揚州城東禪智寺附近。一說在揚州城北五里。杜牧題禪智寺詩：「誰知竹西路，歌吹是揚州。」按杜牧官揚州，詠詩多首，白石引用之。
㉜少駐　稍歇。少，通「稍」。
㉝初程　作者初次到揚州，故云。
㉞春風十里　指昔日繁華的揚州。杜牧贈別：「娉娉嫋嫋十三餘，豆蔻梢頭二月初。春風十里揚州路，卷上珠簾總不如。」

㉟胡馬窺江　高宗建炎三年（西元一一二九年），金兵初犯揚州。紹興三十一年（西元一一六一年），金主完顏亮南侵，江淮軍敗，京師震動。亮不久為臣下弒於瓜州。孝宗隆興二年（西元一一六四年），金兵又渡淮南下。白石作此詞時，距離金兵南侵遠者四十餘年，近者十二年，揚州仍元氣未復，蕭條不堪，無怪白石愴然有感慨。

㊱清角　畫角。軍中樂器。然據鄭文焯校本謂「漸黃昏清角」句，對下片「念橋邊紅藥」，應於「角」字斷句，且「角」「藥」夾協，旁譜可證。

㊲杜郎俊賞　指晚唐杜牧曾在此快意遊賞。杜郎，杜牧，字牧之，號樊川。曾於揚州為官，著樊川集。俊賞，快意遊賞。一說杜牧好冶遊，以風流自賞，多所顧盼，故云俊賞。

㊳豆蔻詞工　用杜牧贈別詩句。參見㉞。

㊴青樓夢好　杜牧遣懷：「落魄江湖載酒行。楚腰纖細掌中輕。十年一覺揚州夢，贏得青樓薄倖名。」青樓，妓院。

㊵二十四橋　橋名，在今揚州市西郊。杜牧寄揚州韓綽判官：「青山隱隱水迢迢。秋盡江南草未凋。二十四橋明月夜，玉人何處教吹簫？」清李斗揚州畫舫錄：「二十四橋即吳家磚橋，一名紅藥橋，在熙春臺後，跨西門街東西兩岸。」

㊶紅藥　紅芍藥花。二十四橋又名紅藥橋，因其附近盛產紅芍藥花。

雨霖鈴

雨霖鈴寫秋日的別恨。採先實後虛的形式所寫成：實的部分，自篇首起至「竟無語凝噎」句止，寫秋暮寥落之景與主客「留戀」之情，兩兩相副，為下面進一層的敘寫鋪路。虛的部分，自「念去去」句起至篇末，透過設想，分三節依序寫「蘭舟」離開當時、當夜以及次日後漫長歲月的冷落情景，針對實的部分加以渲染，以增加它的情味力量，而特於一、二節間插入「多情自古傷離別」兩句，將主旨點明，以統括全詞的意思；布置得真是像行雲流水一般，了無連接的痕跡。唐圭璋以為「此首寫別情，盡情展衍，備足無餘，渾厚綿密，兼而有之」（唐宋詞簡釋），絕非溢美之辭。

少年遊

少年遊寫美人的柔情。上半闋首二句，先寫置於深閨裡的刀和鹽，並分別以「如水」、「勝雪」凸顯其鋒利、潔白，造形既美，對偶亦天成。而此乃特為款客之「橙」而設，於是緊接以「纖手破新橙」一句，由物及人，寫美人用橙款客之殷勤。然後以「錦幄初溫」三句，牽出作者自己，寫兩人對坐吹笙的情景，而以初溫之錦幄與不斷的獸香作陪襯，平添出無限的旖旎情調與氣氛來，為下半闋的留客預作鋪墊。下半闋則別出匠心，專用以敘美人深夜留客之暱語，且由問而勸而期待，將纏綿依偎之情，表達得恰到好處。周濟說此詞「亦本色佳製也。本色至此便足，再過一分，便入山谷惡道矣」（宋四家詞選），可謂深得詩心之論。

摸魚兒

摸魚兒寫遭讒的怨憤。上片先寫春殘之景，而由於景中有我，所以在起二句，作者以破空之勢敘明春天匆匆歸去後，即激切地由惜春寫到留春，再由留春寫到怨春，將情寓於景，作充分的描寫。到了下片，則採陳皇后、趙飛燕與楊貴妃的典故，以陳皇后喻己，趙、楊喻專事毀謗的小人，將自身受到小人阻撓破壞，以致不能位躋通顯、行所當行的悲憤，作了相當露骨的宣洩，從而逼出「閒愁最苦」一句，用以總束上文的意思，並領出「休去倚危闌」三句，以「斜陽」喻昏君，隱隱對朝廷表示不滿作結。這樣一路縱筆寫來，其姿態之飛動、情思之激切，可謂千古罕見。作者所以如此，是有其近因的。原來他在填這闋詞的前後不久曾上論盜賊劄子云：「生平剛拙自信，年來不為眾人所容，恐言未脫口，而禍不旋踵。」（辛稼軒先生詩文抄存）以磊落英多之姿，卻不容於眾人，以致這一次依然不能被重用，而漕移湖南，無怪他面對淒涼的春殘景象要為之「怨而怒」（陳廷焯白雨齋詞話）了。

揚州慢

揚州慢寫山河破碎之感。揚州為唐代名都，自金兵南侵，江淮頻遭戰亂，遂有景物蕭條、「廢池喬木」的景象。此詞上片，即以揚州今昔景物的轉變為描摹對象。「春風」二句，想起唐代繁華；而胡馬去後，只剩「廢池喬木」，大有杜甫春望「國破山河在」的淒涼，而「池木」豈知兵禍？真正「厭言兵」的是多少無辜的百姓。來此地時，暮靄黃昏，軍樂吹寒，這片視覺、聽覺交織成的肅穆悲涼景象，盡在此一空城！「空城」與首句「名都」對比，古今蒼涼感覺油然而生。下片扣緊晚唐杜牧名句，感歎縱有才情，也寫不盡眼前萬般國恨。而結處以冷月、紅藥之靜寂與昔日繁華對比，雖春光依舊，而人事已非，使姜夔的悲音更為之激越，令人聞之淚下。

一、請摘錄本課各詞的佳句，並闡發其佳處。
二、「畫簷蛛網，盡日惹飛絮」透露出作者怎樣的心境？
三、辛棄疾摸魚兒一詞，借長門事表現怎樣的心情？
四、姜夔揚州慢一詞多處引用杜牧詩句典故，有何深義？

二三　杜環小傳

宋濂

題解

本篇為記敘文，選自宋學士文集。記杜環奉養故人母之義行，並對世態炎涼深致其感慨。

作者

宋濂，字景濂。金華浦江（今浙江省浦江縣）人。生於元武宗至大三年（西元一三一〇年），卒於明太祖洪武十四年（西元一三八一年），年七十二。

元末不仕，隱居龍門山著書。洪武初，任江南儒學提舉，授太子經書；官終翰林學士承旨，知制誥。洪武十三年，長孫慎坐胡惟庸黨處死，濂舉家充軍茂州（今四川省茂縣）；以疾卒於夔州（今四川省奉節縣）。正德間，追謚文憲。

濂幼時家貧，借書鄰里，手自抄錄以勤讀；嘗受業於吳萊、柳貫、黃溍，得其薪傳。及事明太祖，凡祭祀、朝會、詔諭、封賜之文，多出其手。其學識淵雅，文章雍容，當日推為文宗。有宋學士文集、宋文憲公全集。

杜環，字叔循，其先廬陵①人，侍父一元游宦②江東③，遂家金陵。一元固善士，所與交皆四方名士。環尤好學，工書；謹飭④，重然諾⑤，好周⑥人急。

父友兵部主事⑦常允恭死於九江⑧，家破。其母張氏，年六十餘，哭九江城下，無所歸。有識允恭者，憐其老，告之曰：「今安慶⑨守譚敬先，非允恭友乎？盍⑩往依之，彼見母，念允恭故，必不遺棄母。」母如其言，附舟⑪詣譚，譚謝不納⑫。母大困。念允恭嘗仕金陵，親戚交友或有存者，庶萬一可冀⑬，復哀泣從人至金陵。問一二人，無存者，因訪一元家所在，問：「一元今無恙否？」道上人對以：「一元死已久，惟子環存；其家直⑭鷺洲坊中，門內有雙橘可辨識。」

母服破衣，雨行至環家。環方對客坐，見母大驚，頗若嘗見其面者。因問曰：「母非常夫人乎？何為而至於此？」母泣告以故，環亦泣。扶就坐，拜之。復呼妻子出拜。妻馬氏解衣更母溼衣，奉糜⑮食⑯母，抱衾⑰寢母。母問其平生所親厚故人，及幼子伯章。環知故人無在者，不足付⑱，又不知伯章存亡，姑慰之曰：「天方雨，雨止，為母訪之；苟無人事母，環雖貧，獨不能奉母乎？且環父與允恭交好如兄弟，今母貧困，不歸他人而歸環家，此二父⑲導之也，願母無他思。」時兵後歲饑，民骨肉不相保。母見環家貧，雨止，堅欲出問他故人。環令媵女⑳從其行。至暮，果無所遇而返。坐乃定㉑。環購布帛，令妻為製衣衾。自環以下，皆以母事之。

母性褊急㉒，少不愜㉓意，輒詬怒㉔。環私戒其家人，順其所為，勿以困故，輕慢與較㉕。母有痰疾，環親為烹藥，進匕筯㉖；以母故，不敢大聲語。

越十年，環為太常贊禮郎㉗，奉詔祠會稽㉘。還道嘉興㉙，逢其子伯章。泣謂之曰：「太夫人在環家，日夜念少子成疾，不可不早往見。」伯章若無所聞，第㉚曰：「吾亦知之，但道遠不能至耳。」環歸半歲，伯章來。是日環初度㉛，母見少子，相持大哭。環家人以為不祥，止之。環曰：「此人情也，何不祥之有㉜？」既而伯章見母老，恐不能行，竟紿㉝以他事辭去，不復顧。環奉母彌謹㉞，然母愈念伯章，疾頓加，後三年遂卒。

將死，舉手向環曰：「吾累杜君！吾累杜君！願杜君生子孫，咸如杜君。」言終而氣絕。環具棺槨㉟斂殯㊱之禮，買地城南鍾家山葬之，歲時㊲常祭其墓云。

環後為晉王府㊳錄事㊴，有名，與余交。

史官㊵曰：「交友之道難矣！翟公㊶之言曰：『一死一生，乃知交情。』彼非過論也，實有見於人情而云也。人當意氣相得㊷時，以身相許，若無難事；至事變勢窮㊸，不能蹈㊹其所言而背去者多矣！況既死而能養其親乎？吾觀杜環事，雖古所稱義烈之士何以過，而世俗恆謂今人不逮古人，不亦誣㊺天下人哉！」

注釋

①盧陵　今江西省吉安縣。

②游宦　離家在外當官。轉遷不定，故云。游，通「遊」。

③江東　指安徽省蕪湖以東的長江南岸地區。

④謹飭　謹慎而有節制。

⑤然諾　承諾。
⑥周　通「賙」。救助。
⑦兵部主事　官名。明制兵部各司置主事，正六品。
⑧九江　今江西省九江市。
⑨安慶　明代府名。府治在今安徽省懷寧縣。
⑩盍　何不。
⑪附舟　搭船。
⑫譚謝不納　譚敬先謝絕不肯接納常母。
⑬冀　希望。
⑭直　當；在。
⑮糜　稀飯。
⑯食　音ㄙˋ。以食物與人。
⑰衾　音ㄑㄧㄣ。被子。
⑱付　託付。
⑲二父　兩位老人家。指環父一元及常允恭。父，對尊老者之敬稱。
⑳媵女　婢女。媵，音ㄧㄥˋ。陪嫁的女子。
㉑坐乃定　才定居下來。坐，止；居。

㉒褊急　性情急躁。褊，音ㄅㄧㄢˇ。狹隘。

㉓愜　音ㄑㄧㄝˋ。快意；滿足。

㉔詬怒　怒罵。詬，音ㄍㄡˋ。

㉕輕慢與較　輕視傲慢，和他計較。

㉖進匕筯　餵湯藥。匕，湯匙。筯，筷子。此處匕筯連用，實僅有「匕」意。

㉗太常贊禮郎　官名。太常，太常寺，掌宗廟禮儀的官署。贊禮郎，太常寺屬官，職司禮儀之助理。

㉘祠會稽　祭會稽山。祠，音ㄘˊ。祭祀。會稽，指會稽山，在今浙江省紹興市東南。古時天子祀名山大川，以祈祥瑞。

㉙嘉興　今浙江省嘉興市。

㉚第　僅；只是。

㉛初度　始生時。此用以指生日。

㉜何不祥之有　即「何有不祥」。哪有什麼不吉利呢。

㉝紿　音ㄉㄞˋ。欺騙；撒謊。

㉞彌謹　更加恭謹。

㉟棺槨　棺木。古人棺木雙層，內曰棺，外曰槨。槨，音ㄍㄨㄛˇ。

㊱斂殯　入斂安葬。斂有大小，為死者穿衣服為小斂，屍體入棺為大斂。殯，停棺及下葬均稱之。

㊲歲時　逢年過節。

㊳晉王府　晉恭王府邸。晉恭王朱棡為明太祖第三子，嘗學文於宋濂，學書於杜環。

㊴錄事　官名。掌文書。

㊵史官　宋濂自稱。濂曾任修元史總裁官。

㊶翟公　漢下邽（故城在今陝西省渭南市境）人。文帝時為廷尉，賓客盈門；及罷，門可羅雀。後復用，賓客欲往，翟公署其門曰：「一死一生，乃知交情；一貧一富，乃知交態；一貴一賤，交情乃見。」見史記汲鄭列傳贊。翟，音ㄓㄜˊ。

㊷意氣相得　指彼此的情意志氣相契合。相得，彼此契合。

㊸事變勢窮　世勢改變，處境困窘。

㊹蹈　履行。

㊺誣　枉屈。

研析

本篇凡八段：首段記杜環之家世、籍貫、性情。二段記常允恭死後，其母張氏之投靠無門。三段寫張氏投奔杜環之經過。四段寫張氏在杜家的生活，及杜環的厚道。五段以張氏少子伯章之棄母不養，襯出杜環的古道熱腸。六段記杜環以禮葬張氏。七段交代作者與環之關係，傳記部分至此畢。八段借翟公之言，慨歎友道之難，結出對杜環義行之稱頌。

本文重心在凸顯杜環的善心義行，全文有三點寫作特色值得稱述：

其一是對比鮮明突出。文章前半部以譚敬先的現實無情，對比杜環的古道熱腸，譚本為常允恭舊友，允恭去世便不念舊情，峻拒常母；反之，杜環與常母關係本甚疏遠，卻出乎至誠極力挽留，照顧常母，人情冷暖，高下立判。文章後半部，則以常伯章棄生母於不顧的不孝，對比杜環「奉母彌謹」、生死如一的義行可風。兩次對比，都使讀者產生強烈的感歎而益加敬重杜環其人。

其二是取材詳略得宜。文有主從，如何刪剪繁枝，強化主題，有賴作者匠心。本文中無關主旨之情節，作者一概以數語簡單帶過，以免橫生枝蔓。如常允恭亡故和家破的原因，未作說明。又如常母投奔譚敬先遭拒之經過，僅以「附舟詣譚，譚謝不納」一語交代。反之，常母投奔杜環的經過，及杜環和其家人接納並極力挽留常母的情形，則詳加描寫，目的正是為了強化主題。

其三是細節描寫感人。文中寫杜環之妻馬氏初見常母便「解衣更母溼衣，奉糜食母，抱衾寢母」，一連串的自然動作，不但溫馨，更可見杜環夫妻的宅心仁厚。又如杜環慰留常母的貼心語，以及親奉湯藥，叮嚀家人順其所為的寬厚，顯然已非常人所及。無怪乎常母臨終前有如此感激、慚愧又感慨的肺腑之言，本文之感人氣氛，也在此達到飽和點，這都是得力於文中細節描寫鋪陳所產生的效果。

「老吾老以及人之老，幼吾幼以及人之幼」是儒家仁道思想在人際關係的落實，但其實踐並不容易；文中如安慶守譚敬先就不能「及人之老」，常伯章甚至於連「老吾老」都做不到。這或許跟「時兵後歲饑，民骨肉不相保」有關，但人之所以異於禽獸，即在其具備道德意識；道德之可貴，在其能見諸行事而不尚空談。作者之所以記載此事，意義當在於此。

一、本文描寫杜環奉養常母的義行，哪些內容最讓你感動？為什麼？

二、你對文中的譚敬先和常伯章的作為有何感想？

三、請就所知舉出善行故事一則和同學分享。

二四　散曲選

題解

本課選自全元散曲。散曲是元代流行的歌曲，依照體製大小，分為小令與散套。小令是單支的歌曲，大多六十字以內；散套則聯合同一宮調的若干曲牌組成，篇幅較長。

本課選錄小令四首。四塊玉、壽陽曲、山坡羊、寨兒令都是曲牌名。所謂曲牌，就是一首歌曲的名稱。每一首歌曲都有它固定的句法、平仄、韻叶，任何人作這首歌曲，都要遵守這些格律。「閒適」、「漁村夕照」、「驪山懷古」、「西湖秋夜」則是各小令的題目，表示這首歌曲的內容。

作者

關漢卿，號己齋叟。元大都（今北京市）人。生卒年不詳。金末解元，入元不仕。與馬致遠、鄭光祖、白樸合稱元曲四大家。著有雜劇六十四本，今存竇娥冤等十七本，對元雜劇及後代戲曲有很大的影響。所作散曲，生動自然。全元散曲收其小令五十七、散套十三、殘套二。

馬致遠，字千里，號東籬。元大都人。生卒年不詳。曾任江浙行省務官，生逢亂世，所志不伸，乃隱居西湖。能詩詞，擅長戲曲，著有雜劇十五本，今存漢宮秋等七本。散曲有東籬樂府，豪放、閒逸，兼而有之。

全元散曲收其小令一百十五、散套十六、殘套七。

張養浩，字希孟，號雲莊。濟南（今山東省濟南市）人。生於宋度宗咸淳五年（西元一二六九年），卒於元文宗天曆二年（西元一三二九年），年六十一。曾任監察御史、禮部尚書，敢言直諫，為當權者所忌，遭構陷罷官，乃歸隱田園。文宗天曆二年，關中大旱，特拜陝西行臺中丞，賑濟災民，積勞成疾，卒於任上。著有雲莊休居自適小樂府，小令一百六十一，散套二，或描寫田園景物，或關心人民疾苦。另著有歸田類稿、三事忠告等。

張可久，字小山。一作名仲遠，字可久，號小山。元慶元（今浙江省慶元縣）人。生卒年不詳。曾任路吏轉首領官及桐廬典史。著有今樂府、蘇隄漁唱、吳鹽、新樂府等，民國任訥輯為小山樂府六卷。張氏擅長以詩境、詞境入曲，故其散曲清麗自然。全元散曲收其小令八百三十五、散套九，是元代散曲作品留存最多的作家。

四塊玉 閒適

關漢卿

南畝①耕，東山②臥。世態人情經歷多。閒將往事思量過，賢的是他，愚的是我，爭甚麼。

壽陽曲 漁村夕照

馬致遠

鳴榔③罷，閃暮光④。綠楊隄、數聲漁唱。掛柴門幾家閒曬網，都撮⑤在捕漁圖上。

山坡羊　驪山⑥懷古

張養浩

驪山四顧，阿房一炬⑦，當時奢侈今何處？只見草蕭疏⑧，水縈紆⑨，至今遺恨⑩迷煙樹。列國周齊秦漢楚，贏，都變做了土；輸，都變做了土。

寨兒令　西湖秋夜

張可久

九里松⑪，二高峰⑫，破白雲一聲煙寺鐘⑬。花外嘶驄⑭，柳下吟篷⑮，笑語散西東。舉頭夜色濛濛⑯，賞心歸興匆匆。青山銜好月，丹桂⑰吐香風。中，人在廣寒宮⑱。

注釋

①南畝　泛指農田。

②東山　在浙江省上虞縣西南，晉謝安早年隱居的地方。後人因以東山指隱居的地方。

③鳴榔　捕魚時用木條敲擊船舷，發出聲音，使魚受驚入網。

④暮光　傍晚的陽光。

⑤撮　收。

⑥驪山　在陝西省臨潼縣東南方，秦始皇葬於此地。

⑦阿房一炬　阿房宮被一把火燒了。阿房宮為秦始皇所築之宮殿，秦朝滅亡後被攻入咸陽城的項羽下令焚燬。

一炬，一把火。

⑧蕭疏　清冷稀疏。

⑨水縈紆　河流盤旋彎曲。

⑩遺恨　王朝被滅亡後所遺留的憾恨。

⑪九里松　地名。在浙江省杭州市西湖北。唐刺史袁仁敬守杭日，植松於左右，各三行，人稱九里松。

⑫二高峰　指南高峰和北高峰。西湖十景中的雙峰插雲，即指此。

⑬煙寺鐘　西湖十景有煙寺晚鐘。

⑭驄　青白雜毛的馬。

⑮篷　船。

⑯濛濛　迷茫不清的樣子。

⑰丹桂　桂的一種。皮為赤色。

⑱廣寒宮　即月宮。唐明皇遊月宮，見天府上掛一匾額，上寫「廣寒清虛之府」，事見開元天寶遺事。後世因稱月宮為廣寒宮。

研析

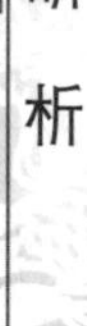

四塊玉

關漢卿的四塊玉，起筆「南畝耕，東山臥」，用對句將田園生活作簡要素描，「東山臥」用謝安隱居東山的典故，點出題目「閒適」之意。接著「世態人情經歷多」一句承上轉下：正是因為「經歷多」，才決定要過「東山臥」的自足生活，而所謂「經歷多」指的正是下一句中所「思量」的「往事」。「賢的是他，愚的是我」二句，以對比手法，藉自嘲語氣表達自得其樂，不願在紅塵中爭逐的決心。仔細玩味，可知這是對「世態人情」的嘲諷與不滿，作者既不願同流合汙，那麼遠離名利場，躬耕自得，無乃是自然的選擇吧！

壽陽曲

馬致遠的壽陽曲，借助視覺和聽覺意象，依時空秩序的自然推展，描繪出一幅生動的「漁村夕照」圖，令人悠然神往。這未必是真實漁村的描摹，而是作者主觀情感的映現。其中「鳴榔罷」、「數聲漁唱」都是扣緊「漁村」的聽覺意象，「閃暮光」、「綠楊隄」則是色彩繽紛的黃昏美景，而「掛柴門幾家閒曬網」，更是扣緊「漁村」和「夕照」的主題。末了總結以上各句，歸結到「都撮在捕漁圖上」，讀來自然產生怡然自得、漁村美景宛然在目的藝術效果。

山坡羊

張養浩的山坡羊是屬於懷古之作，起筆以「驪山四顧」扣緊「弔古」的主題，「阿房一炬」是想像的歷史場景，秦始皇所築、極盡奢侈的「阿房宮」，早已成為歷史的灰燼，無從追尋。而作者眼前所見，其實只是「草蕭疏，水縈紆」一片荒涼、煙樹迷離的景象。「當時奢侈今何處」一句，暗示在古蹟現場放眼四顧所產生的失落感，形式屬於反問句，內容則是進一步逼出作者對「人事無常，歷史虛幻」的喟歎，既是表達深沉的感慨，也隱藏了對歷代統治者權傾一時、殘民以逞的強烈反諷與批判。最後以「贏，都變做了土；輸，都變做了土。」收尾，清楚告訴讀者：歷史爭逐，一時的成敗得失，任他「周齊秦漢楚」旋起旋落，多少朝代興亡，都不能改變一個活生生的定律：任何王朝終究無法擁有永恆，最後都只成了一堆土罷了。「贏」、「輸」在字面上是鮮明的對比，但同樣歸結為「都變做了土」，整首作品的主題，至此乃完整呈現。

寨兒令

張可久的寨兒令描寫西湖秋夜的景色，詞句清麗，情致高雅，而對仗工整更是一大特色。全曲分別有三言：「九里松，二高峰」、四言：「花外嘶驄，柳下吟篷」、五言：「青山銜好月，丹桂吐香風」、六言：「舉頭夜色濛濛，賞心歸興匆匆」等四組對仗。而寫景由遠而近，再由近而遠，別有飄盪迷離的美感。曲中描寫聽覺的有煙寺鐘聲、馬嗚聲、人群吟唱聲和笑語聲，視覺方面則以濛濛夜色為背景，襯以仰視的高峰、白雲、青山、好月，和平視的花柳交映，再加上嗅覺的丹桂飄香，交織成一片秋夜湖景，結尾「中，人在廣寒宮」以神話宕開一筆，似真似幻，意境超曠。而「青山銜好月，丹桂吐香風」的「銜」、「吐」二字，不但鍊字靈巧，運用擬人手法，更蘊含「萬物皆有情」之佳趣，使景物著上生動的人文色彩，而不只是呆板的模山範水而已。

一、這四首作品，你最喜歡哪一首？為什麼？
二、本課作品，有哪些對偶句？試分析其佳妙何在。
三、四首作品中主題最沉重的是哪一首？其主旨為何？

二五 催科

江盈科

題解

本篇為論說文，選自雪濤閣集。旨在批判地方官吏催徵賦稅，但求盡職，不恤民生疾苦之弊，而寄望於明君之紓解民困。

作者

江盈科，字進之，號綠蘿山人。明桃源（今湖南省桃源縣）人。生於世宗嘉靖三十四年（西元一五五五年），卒於神宗萬曆三十三年（西元一六〇五年），年五十一。

萬曆二十年（西元一五九二年）進士，授長洲令，與吳縣縣令袁宏道有深厚交誼。後歷任吏部考功主簿、大理寺正，官至四川提學副使。著有雪濤閣集。

為令①之難，難於催科②。催科與撫字③，往往相妨，不能相濟④。陽城⑤以拙蒙賞，蓋猶古昔為然。今非其時矣。

國家之需賦⑥也，如枵腹⑦待食；窮民之輸將⑧也，如挖腦出髓。為有司⑨者，前迫於督促，後慴於黜罰⑩，心計⑪曰：「與其得罪於能陟⑫我能黜我之君王，不如忍怨於無若我何之百姓。」是故號令不完⑬，追呼繼之矣；箠楚⑭不完，而囹圄⑮、而桎梏⑯。民於是有稱貸⑰耳；稱貸不得，有賣新絲、糶⑱新穀耳；絲盡穀竭，有鬻⑲產耳；又其甚，有鬻妻、鬻子女耳。如是而後賦可完，賦完而民之死者十七八矣！

嗚呼！竭澤而漁⑳，明年無魚，可不痛哉！或有尤㉑之者，則應曰：「吾但使國家無逋賦㉒，吾職盡矣，不能復念爾民也。」余求其比擬，類駝醫然。

昔有醫人，自媒㉓能治背駝，曰：「如弓者，如蝦㉔者，如曲環者，延㉕吾治，可朝治而夕如矢㉖。」一人信焉，而使治駝。乃索板二片，以一置地下，臥駝者其上，又以一壓焉，又即躧㉗焉。駝者隨直，亦復隨死。其子欲鳴㉘諸官。醫人曰：「我業治駝，但管人直，那管人死。」

嗚呼！世之為令，但管錢糧完，不管百姓死，何以異於此醫也哉！雖然，非仗明君躬節損㉙之政，下寬恤㉚之詔，即欲有司不為駝醫，可得耶？

注釋

①令　指縣令。

②催科　催促人民納稅。科，法律條文。此指賦稅的條目。

③撫字　愛惜長養人民。撫，體恤。字，愛；養。

④相濟　相助；相成。

⑤陽城　字亢宗。唐德宗時曾為道州刺史，不貢賦稅。

⑥賦　稅。

⑦枵腹　空腹。枵，音ㄒㄧㄠ。空虛。

⑧輸將　指人民向政府納稅捐獻。將，音ㄐㄧㄤ。送，此指納稅。

⑨有司　官吏。職有所司，故稱。

⑩黜罰　降職懲罰。黜，音ㄔㄨˋ。斥退；降職。

⑪計　衡量；考慮。

⑫陟　音ㄓˋ。升官。

⑬完　交納租稅。

⑭箠楚　鞭打。箠，音ㄔㄨㄟˊ。杖。楚，荊木。二者皆古刑具，此用為動詞。

⑮囹圄　音ㄌㄧㄥˊ　ㄩˇ。監牢。此用為動詞，指拘禁人民。

⑯桎梏　音ㄓˋ　ㄍㄨˋ。用以拘繫人犯之刑具。在足曰桎，在手曰梏。此用為動詞，即以桎梏拘繫人民。

⑰稱貸　借貸；舉債。稱，音ㄔㄥ。舉。

⑱糶　音ㄊㄧㄠˋ。賣出穀物。

⑲鬻　音ㄩˋ。賣。

⑳竭澤而漁　排盡湖澤之水而捕魚。本指只顧眼前利益，不顧後果；此喻搜括不留餘地。

㉑尤　責備；埋怨。

㉒逋賦　拖欠賦稅。逋，音ㄅㄨ。拖欠。
㉓自媒　自我宣傳。媒，引介；介紹。
㉔鰕　音ㄒㄧㄚ。即蝦。
㉕延　聘；請。
㉖如矢　像箭一般直。
㉗躧　音ㄒㄧˇ。踩跳。
㉘鳴　控告。
㉙節損　節儉。
㉚寬恤　寬大憫恤。恤，音ㄒㄩˋ。救濟憂貧。

研析

本文可分五段：首段言為令之難，在於催科與撫字之不能相濟。次段言有司迫於督促黜罰，寧賦完民死而不顧。三段言有司以盡職自解。四段以醫人治駝者，人直而死，比擬有司之催科，賦完而民死。末段寄望明君寬減恤民，以紓民困。

在血淚控訴中，融入詼諧的故事，以「謔而不虐」的筆調，表達對官吏的諷刺、對朝政的不滿，形成本文的風格特色。文中說到百姓為了完賦而鬻產、鬻妻、鬻子女，本是極端悲慘，而作者卻筆鋒一轉，將官吏比擬為「但管人直，那管人死」的駝醫，這種令人笑中帶淚的諷諭，效果往往勝過直接的批判。文末指出國君應「躬節損之政，下寬恤之詔」，才能拯救百姓，可見作者具有言人所不敢言的膽識。

孟子曾謂：「或勞心，或勞力。勞心者治人，勞力者治於人；治於人者食人，治人者食於人。天下之通義也。」（孟子滕文公上）政府是由一群勞心者所組成的，其目的在於謀最大多數人的最大福利，由於勞心者必須殫精竭智於此，他們當然不可能從事直接的生產勞動，所以只好「食於人」。但這「食人」和「食於人」的區隔，是一種社會分工的互利行為，絕非與生俱來的身分之優劣差異，所以儒家者流認為「治人者」要「愛民如子」、「恫瘝在抱」，而不能「竭澤而漁」、「殘民以逞」。

本文的思想基礎即在於此。作者曾任長洲知縣，親歷其事，故能言之深切如此。

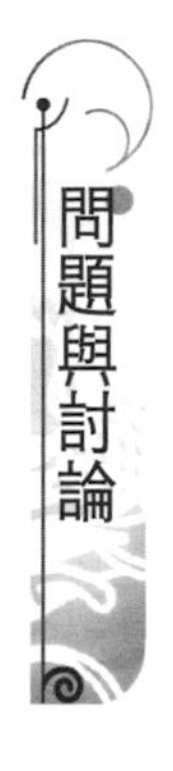

問題與討論

一、作者認為縣令難為的原因何在？

二、國家需賦，而窮人無法完賦，如果你是催科的官吏，該怎麼辦？作者認為應如何作根本之解決？

三、作者如何描述當時百姓苦於賦稅的情形？

二六　蛇虎告語

屠本畯

題解

本篇為記敘文，選自艾子外語。以寓言的方式記載憑虎而行的蛇，得意忘形，竟企圖對老虎不利，終於招致死亡命運。旨在告誡世俗小人，勿因一時之虛榮而浮誇託大，否則，必有後災。

作者

屠本畯，字田叔。明浙江鄞縣（今浙江省鄞縣）人。約生於世宗嘉靖十八年（西元一五三九年），年八十尚在世，卒年不詳。以父蔭授刑部檢校，官至辰州知府。著有憨子雜俎、艾子外語、山林經濟籍。

東蒙山①中人喧傳②虎來。艾子③采茗④，從壁上覷⑤。聞蛇告虎曰：「君出而人民辟易⑥，禽獸奔駭⑦，勢烜赫⑧哉！余出而免人踐踏，已為厚幸⑨。欲憑藉寵靈⑩，光輝山岳，何道⑪而可？」虎曰：「憑⑫余軀以行，可耳。」蛇於是憑虎行。

未數里，蛇性不馴。虎被緊纏，負隅⑬聳躍，蛇分二段。蛇怒曰：「憑得片時，害卻⑭一生，冤哉！」虎曰：「不如是，幾被纏殺⑮！」

艾子曰：「倚勢作威，榮施一時⑯，終獲後災，戒之！」

注釋

①東蒙山　即蒙山。在今山東省蒙陰縣南。

②喧傳　傳揚消息。喧，大聲說話。

③艾子　寓言中的虛構人物。

④采茗　採茶。采，「採」的本字。

⑤壁上觀　在旁邊觀看。史記項羽本紀：「諸將皆從壁上觀。」謂項羽軍擊秦，諸將皆袖手旁觀而不加幫助。壁，軍營圍牆或防禦工事。

⑥辟易　退避。辟，音ㄅㄧˋ。通「避」。

⑦奔駭　四散奔逃。駭，散。

⑧烜赫　聲威盛大。烜，音ㄒㄩㄢˇ。顯著。

⑨厚幸　大幸。厚，大。

⑩寵靈　賜以恩寵，使之威靈。此詞之主語為虎。

⑪道　方法。

⑫憑　依附。下「憑虎行」、「憑得片時」，同。

⑬負隅　憑藉險要地勢。

⑭害卻　害了。卻，助詞。用於動詞後，表示完成。

⑮纏殺　纏死。

⑯榮施一時　獲得短時間的榮耀。施，行。

研析

在戰國策楚策裡有一則「狐假虎威」的故事，說故事的人是楚宣王的臣子江乙，他的目的是要楚宣王肯定自己的「虎威」，對於假借虎威的狐狸，並沒有讚揚或諷刺的意思。但這個故事後來概括成「狐假虎威」這則成語時，狐狸成為小人的形象，牠的行為變成假借權勢、作威作福的同義詞。可見一個故事，由於觀察角度的不同，往往產生不同的詮釋。試想：當狐狸遇上飢餓的老虎，而能以計脫身，我們何嘗不可說牠是機智的？

相對於虎的威勢，本文的蛇呈現的是畏畏縮縮的形象。可以想見憑虎以行的蛇，必然免除平日遭人踐踏的卑賤，獲得了「光輝山岳」的榮耀。但牠忘卻這榮耀的根源，忘恩負義，至死不悟，可謂咎由自取。而這正是作者所要告誡於世俗小人的處世之道。

但是，作為讀者，我們仍擁有相當廣闊的空間，對這一個故事進行聯想性質的詮釋。當虎對蛇說：「憑余軀以行，可耳」時，虎充滿自信，將權威分享於蛇；當虎「負隅聳躍」將蛇摔死時，虎運用自己威力，很果斷的將依附在身上的禍害強力排除掉。

如果蛇能安於自己的生命形態，不企求分外的榮耀，又如果牠能珍惜這外加榮耀而不得意忘形，牠或許能安享其天年；如果虎不接納蛇而讓牠依附以行，就不會險遭被纏殺的後果。天生萬物，各有其一片天啊！同一故事，各人的聯想或詮釋，原本不同，不必強求一致。對於本文，你當然也可以有自己的領悟。

至於本篇寫作，旨在透過動物寓言，經由其擬人、問答的技巧，交代事件發展之經過；最後藉著艾子（虛構人物）之口，點出教訓寓意之所在。形式既完整，寓意亦深長。

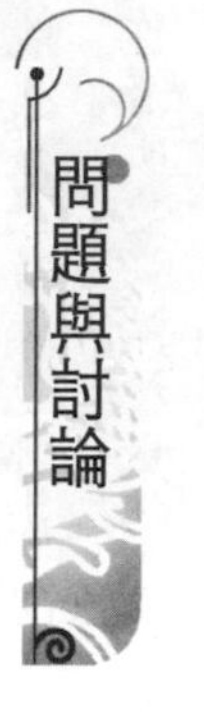

問題與討論

一、原本講好蛇憑虎而行，何以最後虎置蛇於死地？

二、這則寓言的寓意為何？

二七　滿井遊記

袁宏道

題解

本篇為記敘文，選自袁中郎全集。滿井，在北京安定門外，為明代京師仕女遊樂之處。明神宗萬曆二十六年（西元一五九八年）暮春，袁宏道至北京，任順天府教授。次年花朝節後遊滿井，故為此文以記所見所感。

作者

袁宏道，字中郎，號石公。明公安（今湖北省公安縣）人。生於穆宗隆慶二年（西元一五六八年），卒於神宗萬曆三十八年（西元一六一〇年），年四十三。萬曆二十年進士。選為吳縣（今江蘇省吳縣市）知縣，累官吏部稽勳郎中，卒於官。

宏道自幼聰慧，善詩文。與兄宗道、弟中道並有才名，時稱三袁。詩文主張獨抒性靈，反對摹擬，時人名為公安體。著有袁中郎全集。

燕①地寒，花朝節②後，餘寒猶厲③，凍風④時作。作則飛沙走礫⑤，局促⑥一室之內，欲出不得。每冒風馳行⑦，未百步輒返。

廿二日，天稍和，偕數友出東直⑧，至滿井。高柳夾堤，土膏微潤⑨，一望空闊，若脫籠之鵠⑩。於時冰皮⑪始解，波色乍明，鱗浪⑫層層，清澈見底，晶晶然如鏡之新開，而冷光之乍出於匣⑬也。山巒為晴雪所洗，娟然⑭如拭，鮮妍明媚，如倩女⑮之靧面⑯，而髻鬟⑰之始掠⑱也。柳條將舒⑲未舒，柔梢披風⑳，麥田淺鬣㉑寸許。遊人雖未盛，泉而茗者，罍㉒而歌者，紅裝而蹇者㉓，亦時時有。風力雖尚勁，然徒步則汗出浹背。凡曝沙㉔之鳥，呷浪㉕之魚，悠然自得，毛羽鱗鬣㉖之間，皆有喜氣。始知郊田㉗之外未始無春，而城居者未之知也。

夫能不以遊墮事㉘，而瀟然㉙於山石草木之間者，惟此官㉚也。而此地適與余近，余之遊將自此始，惡能無紀。己亥㉛之二月也。

注釋

①燕　指河北。為周時燕國地，故稱。

②花朝節　亦稱花朝、百花生日。或指農曆二月十二日，或指二月二日、二月十五日，各地不同。

③厲　猛烈。

④凍風　令人寒凍的冷風。

⑤礫　細石。

⑥局促　拘束。

⑦馳行　疾行；快走。

⑧東直　東直門。明代北京內城九門之一，在城東最北方。

⑨土膏微潤　肥沃的泥土，微有溼潤。

⑩鵠　音ㄏㄨˊ。鳥名。俗稱天鵝。

⑪冰皮　指水面之冰。冰覆水面，如水有皮，故稱。

⑫鱗浪　像魚鱗般的水波。形容水面微波，層層相續。

⑬匣　指鏡匣。

⑭娟然　美好的樣子。

⑮倩女　美女。

⑯靧面　洗臉。靧，音ㄏㄨㄟˋ。

⑰髻鬟　音ㄐㄧˋ　ㄏㄨㄢˊ。皆古代婦女髮型。束髮成結曰髻，梳成環形為鬟。

⑱掠　此指梳理。

⑲舒　此指柳條發芽。

⑳披風　被風吹拂。

㉑鬣　音ㄌㄧㄝˋ。獸類、鳥類之頸毛或首毛，有時也指魚類頷旁之觸鬚。此指麥苗。

㉒罍　音ㄌㄟˊ。酒甕。此用為動詞，飲酒。

㉓紅裝而蹇者　女子騎驢者。紅裝，指女子。蹇，「蹇驢」的省略。此用為動詞，騎驢。

㉔曝沙　在沙上曬太陽。
㉕呷浪　在浪頭上吸水。呷，音ㄒㄧㄚˊ。吸飲。
㉖鬣　此處指魚類頷旁小鰭。
㉗郊田　郊野田原。
㉘墮事　誤事。墮，音ㄏㄨㄟ。通「隳」。毀損；喪失。
㉙灑然　舒暢、輕快的樣子。
㉚此官　指順天府教授。
㉛己亥　指明神宗萬曆二十七年。

研析

本文可分三段：首段言北地初春，風寒猶厲，城居局促。次段寫滿井春色，生機蓬勃。末段言官閒事少，有心遊賞。

全文重心在次段，層次井然、動態飽滿。先寫在滿井所見的原野全景，再寫近景的水、遠景的山，而後是在這山水之間的柳、麥、遊人和沙上的鳥、水中的魚，構成一幅千姿萬態、繁複多變的初春圖畫。在這畫面上的一切，都呈現出春神眷顧之下欣欣的動態：「鱗浪層層」的水、「柔梢披風」的柳條、「淺鬣寸許」的麥苗、「曝沙」的鳥、「呷浪」的魚，以及形形色色的遊人，男的女的、品茗的、喝酒的、歌唱的、騎乘的，無一不動，各有神態，即使靜定的山，也呈現出清新的嫵媚姿態。其次，在這一幅圖畫中，不但人感覺有如

「脫籠之鵠」般的喜悅，就連魚鳥，在牠們的「毛羽鱗鬣之間」，也「皆有喜氣」，從人的感覺和魚鳥的動態，作者傳神的寫出了盎然春意下郊野中的一片愉悅。再次，和首段的「局促」相比，本段的空闊自在，也充分反映出滿井一帶的春色之可貴。

用具體景物的層次鋪寫、動態描繪，寫出滿井春色的千姿百態，並從中透露作者心情的舒暢，是本文極為成功的所在。

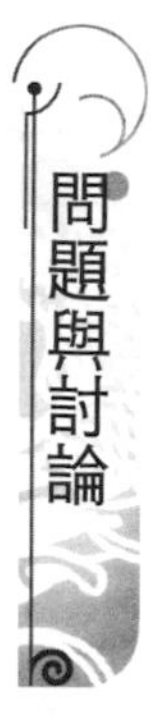

問題與討論

一、請找出本文中的譬喻句，並說明其喻體、喻依及喻意。

二、請找出本文中詞性活用的例子，並說明其詞性的變化。

三、請以「○○遊記」為題，作文一篇。

二八　遊園驚夢

湯顯祖

題解

本篇為戲曲，選自湯顯祖牡丹亭。牡丹亭共五十五齣，本篇為其中第十齣，原題作驚夢，內容包括遊花園、夢境兩部分；而後劇場演出，分別以遊園、驚夢為名，合稱遊園驚夢。本篇情節敘述南安太守獨生女杜麗娘春日遊園，回到閨房，昏昏入睡，夢與手持柳枝的書生園中相會，無限纏綿；然而卻被母親驚醒，回到現實，仍迷戀夢中情景；而此即牡丹亭故事的前半，凸顯了杜麗娘追求愛情的堅持與勇氣。

作者

湯顯祖，字義仍，號若士，又號海若，自稱清遠道人。明江西臨川（今江西省臨川市）人。生於世宗嘉靖二十九年（西元一五五〇年），卒於神宗萬曆四十四年（西元一六一六年），年六十七。

穆宗隆慶四年（西元一五七〇年）中江西第八名舉人，三十四歲考中進士，任南京太常博士，萬曆十七年遷為南京禮部主事。後因上疏言事，批評宰相，貶為廣東徐聞縣典史。萬曆二十一年，調為浙江遂昌知縣，由於縱情歌詠，釋囚返家過燈節，遭人非議；萬曆二十九年，年五十一，免職返鄉，居玉茗堂中，以度曲作劇為樂，成為當時劇壇上臨川派的領袖。

顯祖為泰州學派王艮三傳弟子，詩宗白居易、蘇軾，文學曾鞏、王安石。著有詩文：玉茗堂集、紅泉逸草、問棘郵草等。戲劇：牡丹亭（亦稱還魂記）、南柯記、邯鄲記、紫釵記、紫簫記等五種。前四種合稱臨川四夢或玉茗堂四夢，其中以牡丹亭最有名，堪稱為他的代表作。

【遶池遊】（旦上）夢回鶯囀，亂煞①年光遍。人立小庭深院。（貼）炷盡沈煙②，拋殘繡線，恁今春關情③似去年？〔烏夜啼〕「（旦）曉來望斷梅關④，宿妝⑤殘。（貼）你側著宜春髻子恰憑闌。（旦）翦不斷，理還亂，悶無端。（貼）已分付催花鶯燕借春看。」（旦）春香，可曾叫人掃除花徑？（貼）分付了。（旦）取鏡臺衣服來。（貼取鏡臺衣服上）「雲髻罷梳還對鏡，羅衣欲換更添香。」鏡臺衣服在此。

【步步嬌】（旦）裊晴絲⑥吹來閒庭院，搖漾春如線。停半晌、整花鈿。沒揣⑦菱花⑧，偷人半面，迤逗⑨的彩雲偏。（行介）步香閨怎便把全身現。（貼）今日穿插的好。

【醉扶歸】（旦）你道翠生生出落的裙衫兒茜⑩，豔晶晶花簪八寶填⑪，可知我常一生兒愛好是天然。恰三春⑫好處無人見。不提防沈魚落雁鳥驚諠，則怕的羞花閉月花愁顫。（貼）早茶時了，請行。（行介）你看：「畫廊金粉半零星，池館蒼苔一片青。踏草怕泥新繡襪，惜花疼煞小金鈴。」（旦）不到園林，怎知春色如許！

【皂羅袍】原來姹紫嫣紅⑬開遍，似這般都付與斷井頹垣⑭。良辰美景奈何天，賞心樂事誰家院！恁般景致，我老爺和奶奶再不提起。（合）朝飛暮捲⑮，雲霞翠軒⑯；雨絲風片，煙波畫船——錦屏人⑰忒看的這韶光賤！（貼）是花都放了，那牡丹還早。

【好姐姐】（旦）遍青山啼紅了杜鵑⑱，荼蘼外煙絲醉軟。春香呵，牡丹雖好，他春歸怎占的先！

（貼）成對兒鶯燕呵。（合）閒凝眄⑲，生生燕語明如翦，嚦嚦鶯歌溜的圓。（旦）去罷。（貼）這園子委是觀之不足也。（旦）提他怎的！（行介）

【隔尾】觀之不足由他繾，便賞遍了十二亭臺是枉然。到不如興盡回家閒過遣。（作到介）（貼）「開我西閣門，展我東閣床。瓶插映山紫，爐添沈水香。」小姐，你歇息片時，俺瞧老夫人去也。（下）（旦歎介）「默地遊春轉，小試宜春面。」春呵，得和你兩留連，春去如何遣？咳，恁般天氣，好困人也。春香那裡？（作左右瞧介）（又低首沈吟介）天呵，春色惱人，信有之乎！常觀詩詞樂府，古之女子，因春感情，遇秋成恨，誠不謬矣。吾今年已二八，未逢折桂⑳之夫；忽慕春情，怎得蟾宮㉑之客？昔日韓夫人得遇于郎，張生偶逢崔氏，曾有題紅記、崔徽傳二書。此佳人才子，前以密約偷期，後皆得成秦晉㉒。（長歎介）吾生於宦族，長在名門。年已及笄㉓，不得早成佳配，誠為虛度青春，光陰如過隙耳。（淚介）可惜妾身顏色如花，豈料命如一葉乎！

【山坡羊】沒亂裡春情難遣，驀地裡懷人幽怨。則為俺生小嬋娟㉔，揀名門一例、一例裡神仙眷。甚良緣，把青春拋的遠！俺的睡情誰見？則索㉕因循靦腆㉖。想幽夢誰邊，和春光暗流轉？遷延，這衷懷那處言！淹煎㉗，潑殘生㉘，除問天！身子困乏了，且自隱几而眠。（睡介）（夢生介）（生持柳枝上）「鶯逢日暖歌聲滑，人遇風情笑口開。一徑落花隨水入，今朝阮肇到天台㉙。」小生順路兒跟著杜小姐回來，怎生不見？（回看介）呀，小姐，小姐！（旦作驚起介）（相見介）（生）小生那一處不尋訪小姐來，卻在這裡！（旦作斜視不語介）（生）恰好花園內，折取垂柳半枝。姐姐，你既淹通書史，可作詩以賞此柳枝乎？（旦作驚喜，欲言又止介）（背想）這生素昧平生，何因到此？（生笑介）小姐，咱愛殺你哩！

【山桃紅】則為你如花美眷，似水流年，是答兒㉚閒尋遍。在幽閨自憐。小姐，和你那答兒講話去。

（旦作含笑不行）（生作牽衣介）（旦低問）那邊去？（生）轉過這芍藥欄前，緊靠著湖山石邊。（旦低問）秀才，去怎的？（生低答）和你把領扣鬆，衣帶寬，袖梢兒搵著牙兒苫㉛也，則待你忍耐溫存一晌㉜眠。（旦作羞）（生前抱）（旦推介）（合）是那處曾相見，相看儼然㉝，早難道這好處相逢無一言？（生強抱旦下）（末扮花神束髮冠，紅衣插花上）「催花御史惜花天，檢點春工又一年。蘸客傷心紅雨下㉞，勾人懸夢綵雲邊。」吾乃掌管南安府後花園花神是也。因杜知府小姐麗娘，與柳夢梅秀才，後日有姻緣之分。杜小姐遊春感傷，致使柳秀才入夢。咱花神專掌惜玉憐香，竟來保護他，要他雲雨十分歡幸也。

【鮑老催】（末）單則是混陽蒸變㉟，看他似蟲兒般蠢動把風情搧。一般兒嬌凝翠綻魂兒顫。這是景上緣，想內成，因中見㊱。呀，淫邪展污㊲了花臺殿。咱待拈片落花兒驚醒他。（向鬼門丟花介）他夢酣春透了怎留連？拈花閃碎的紅如片。秀才纔到的半夢兒；夢畢之時，好送杜小姐仍歸香閣。吾神去也。（下）

【山桃紅】（生、旦攜手上）（生）這一霎天留人便，草藉花眠。小姐可好？（旦低頭介）（生）則把雲鬟點，紅鬆翠偏。小姐休忘了呵，見了你緊相偎，慢廝連㊳，恨不得肉兒般團成片也，逗的箇日下胭脂雨上鮮。（旦）秀才，你可去呵？（合）是那處曾相見，相看儼然，早難道這好處相逢無一言？（生）姐姐，你身子乏了，將息㊴，將息。（送旦依前作睡介）（輕拍旦介）姐姐，俺去了。（作回顧介）姐姐，你可十分將息，我再來瞧你那。「行來春色三分雨，睡去巫山一片雲。」（下）（旦作驚醒，低叫介）秀才，秀才，你去了也？（又作癡睡介）（老旦上）「夫壻坐黃堂，嬌娃立繡窗。怪他裙衩上，花鳥繡雙雙。」孩兒，孩兒，你為甚瞌睡在此？（旦作醒，叫秀才介）咳也。（老旦）孩兒怎的來？（旦作驚起介）奶奶到此！（老旦）我兒，何不做些鍼指，或觀玩書史，舒展情懷？因何晝寢於此？（旦）孩兒適花園中閒玩，忽值春暄惱人，故此回房。無可消遣，不覺困倦少息。有失迎接，望母親恕兒之罪。（老旦）孩兒，這後花園中冷靜，少去閒行。（旦）領母親嚴命。（老旦）孩兒，學堂看書去。（旦）先生不在，且自消停。（老旦歎介）女孩兒長成，自有許多情態，且自由他。正是：「宛轉隨兒女，辛勤做老娘。」（下）（旦長歎介）（看老旦下介）哎也，天那，今日杜麗娘有些僥倖也。偶到後花園中，百花開遍，覩景傷情。沒興而回，晝眠香閣。忽見一生，年可弱冠，丰姿俊妍。於園中折得柳絲一枝，笑對奴家說：「姐姐既淹通書史，何不將柳枝題賞一篇？」那時待要應他一聲，心中自忖，素昧平生，不知名姓，何得輕與交言。正如此想間，只見那生向前說了幾句傷心話兒，將奴摟抱去牡丹亭畔，芍藥闌邊，共成雲雨之歡。兩情和合，真箇是千般愛惜，萬種溫存。歡畢之時，又送我睡眠，幾聲「將息」。正待自送那生出門，忽值母親來到，喚醒將來。我一身冷汗，乃是南柯一夢。忙身參禮母親，又被母親絮了許多閒話。奴家口雖無言答應，心內思想夢中之事，何曾放懷。行坐不寧，自覺如有所失。娘呵，你教我學堂看書去，知他看那一種書消悶也。（作掩淚介）

【綿搭絮】雨香雲片㊵，纔到夢兒邊。無奈高堂，喚醒紗窗睡不便。潑新鮮冷汗粘煎，閃的俺心悠步嚲㊶，意輭鬟偏。不爭多㊷費盡神情，坐起誰忺㊸？則待去眠。（貼上）「晚妝銷粉印，春潤費香篝㊹。」小姐，薰了被窩睡罷。

【尾聲】（旦）困春心遊賞倦，也不索香薰繡被眠。天呵，有心情那夢兒還去不遠。

春望逍遙出畫堂，張說㊺　間梅遮柳不勝芳。羅隱㊻

可知劉阮逢人處？許渾㊼　回首東風一斷腸。韋莊㊽

注釋

①亂煞　十分熱鬧。

②炷盡沈煙　燒光了沉水香。炷，點。當動詞。沈煙，即沉水香。

③關情　牽動情感。關，有所牽繫。

④梅關　大庾嶺又名梅關。大庾嶺的梅花先從南枝開放，而後依次向北綻放。後來以梅關借代春天的訊息。

⑤宿妝　昨夜的妝扮。

⑥裊晴絲　飄遊在晴光中的遊絲。裊，浮動；飄揚。晴絲，晴光中浮動的遊絲。「晴絲」二字又可與「情思」相諧音。

⑦沒揣　沒料到；非預期的。

⑧菱花　鏡子。

⑨迤逗　招惹；引起。

⑩茜　豔紅。

⑪八寶填　鑲嵌各種不同的珠寶。

⑫三春　春天的總稱，即孟春、仲春、季春。

⑬姹紫嫣紅　指花朵顏色十分嬌豔。

⑭斷井頹垣　比喻屋舍殘敗。

⑮朝飛暮捲　指早上浮雲如飛，晚上簾捲霞光暮色。語出王勃滕王閣序：「畫棟朝飛南浦雲，朱簾暮捲西山雨。」

⑯軒　音ㄒㄩㄢ。長廊的窗戶。

⑰錦屏人　錦繡屏風中的人兒。即杜麗娘自己。

⑱啼紅了杜鵑　指杜鵑花開。由春天時杜鵑鳥啼鳴，想到杜鵑花已開放。

⑲凝眄　凝神注視。眄，音ㄇㄧㄢˇ。

⑳折桂　喻登科。

㉑蟾宮　原指月宮，此喻科舉考試中第。

㉒秦晉　聯姻；結婚。

㉓及笄　到了加笄的年齡。古代女子十五歲而笄。笄，音ㄐㄧ。簪，用以繫持頭髮。

㉔生小嬋娟　從小就長得很好看。生小，從小時。嬋娟，美好。

㉕則索　只得；只好。

㉖腼腆　音ㄇㄧㄢˇ　ㄊㄧㄢˇ。害羞的樣子。

㉗淹煎　形容內心煩愁焦慮。

㉘潑殘生　猶言苦命兒。潑，罵人語詞。殘生，苦命；歹命。

㉙阮肇到天台　喻指如入仙境。典出劉義慶幽明錄：「漢永平五年，剡縣劉晨、阮肇共入天台山取穀皮，迷不得返。」

㉚是答兒　到處。

㉛苫　音ㄕㄢ。銜著；遮蓋。形容溫存的模樣。

㉜一晌　片刻；一會兒。

㉝儼然　端莊、整齊的樣子。

㉞蘸客傷心紅雨下　指如雨的落花沾在客身，使他傷感。蘸，音ㄓㄢˋ。沾；浸。傷心紅雨，令人傷感的落花。紅雨借指落花如雨。

㉟混陽蒸變　喻男女幽會情境。

㊱景上緣三句　用以指短暫姻緣。此為佛家說法，認為一切事件，均由「影」、「想」、「因」所造成，緣起緣滅。景，同「影」。

㊲展污　弄髒。

㊳廝連　相聚合。廝，相。

㊴將息　休息。

㊵雨香雲片　指雲雨之情，夢中幽會。

㊶步嚲　無法挪移腳步。嚲，音ㄉㄨㄛˇ。垂下，這裡指沉重。

㊷不爭多　幾乎；差不多。

㊸忺　音ㄒㄧㄢˊ。愜意。

㊹香篝　薰籠。用以薰香。

㊺張說　（西元六六七——七三〇年）唐洛陽人。官至中書令。詩風淒婉。卒謚文貞。有張燕公集。「春望逍遙出畫堂」句，出自奉和聖製春日出苑應制詩。

㊻羅隱　（？——西元九〇九年）唐餘杭人。累官鹽鐵發運史、著作郎。以詩名，長於詠史。有羅昭諫集。

「間梅遮柳不勝芳」句，出自桃花詩。

㊼許渾　唐丹陽人。生卒年不詳。曾任監察御史、睦郢二州刺史。工詩，文辭雅健。有丁卯集。「可知劉阮逢人處」句，出自早發天台中巖寺度關嶺次天姥岑詩。

㊽韋莊　（西元約八三六——九一〇年）唐杜陵人。在蜀事王建。擅長詩詞，詩豔麗、詞婉柔。以秦婦吟長詩著名於世。有浣花集。「回首東風一斷腸」句，出自春陌二首之一「腸斷東風各回首，一枝春雪凍梅花」。

研析

本篇共分七段：第一段（「遶池遊」），寫杜麗娘晨起，梳妝打扮，準備遊園。第二段（「步步嬌」「醉扶歸」），寫杜麗娘準備遊園的心情，及從閨房至花園的過程。第三段（「皂羅袍」「好姐姐」），寫杜麗娘至花園，見庭園荒蕪，雖春花錦簇，卻乏人欣賞，不禁感歎傷懷。第四段（「隔尾」），寫遊園結束。第五段（「山坡羊」），寫杜麗娘遊園歸來，自抒己感，流露對青春時光的珍視與對愛情的熱切期望。第六段（「山桃紅」「鮑老催」「山桃紅」），寫杜麗娘與手持柳枝的書生夢中相會，幽歡密合。第七段（「綿搭絮」「尾聲」），寫母親至閨房，驚醒杜麗娘美夢，而後杜麗娘精神恍惚，留戀夢境。

就藝術技巧而言，本篇最值得注意的是人物細膩的心理活動及文辭的優美，兩者相輔相成，凸顯追求愛情之浪漫唯美的主題。在人物細膩的心理活動上，藉由活生生春景的感興，杜麗娘一掃禮教束縛的枷鎖，釋放自己內在真摯的心聲：「可知我常一生兒愛好是天然。恰三春好處無人見」。接著，面對滿園姹紫嫣紅，繁花似錦，而自己竟長久以來埋沒於這荒廢園內，自生自滅，不禁深歎「良辰美景奈何天」，猶如她這般青春燦爛的容顏，也在這寂寞深閨中花開花落，悄悄流逝，無可奈何。至此，點出自己年輕美好歲月的空虛之感。於是在春心爭發、無由排遣之餘，只好寄託於夢中，讓自己的天然情愛得到宣洩的管道，獲得替代性的滿足。而後一場春夢被母親驚醒，仍如真似幻，猶戀戀不捨，終至感夢而亡；整個行徑，正是「情至痴而始真」的典型；以「生者可以死，死可以生」（牡丹亭題詞）的極度誇張與極度浪漫，呈顯追求愛情的勇銳強度。

在文辭優美上，尤其「原來姹紫嫣紅開遍，似這般都付與斷井頹垣。良辰美景奈何天，賞心樂事誰家院」這四句，既寫實景，又寫心情，在在呈顯生命常態竟是如此矛盾組合，令人感慨加深，徒呼負負，可說寫盡千古傷春的深層心理，無怪乎後來紅樓夢中林黛玉聽梨園子弟唱這四句，竟痴立梨香院牆外。其他像「如花美眷，似水流年」，亦屬鮮活佳句，道出生命的美感與無情，至今傳誦不已。至於春夢一場，文中採取婉曲間接的敘述，如：「袖梢兒揾著牙兒苫也」、「似蟲兒般蠢動把風情搧。一般兒嬌凝翠綻魂兒顫」、「雨香雲片」等，彷彿帶著柔焦的寫意畫面，意象流轉，交疊出無限的想像空間，令人心領神會。

如果說愛情是紅色，死亡是黑色；這紅與黑編織的故事所透顯的歌頌愛情與自我肯定，正是一把熊熊燃燒的火炬，照亮當時禮教僵化的陰影，照出青年男女嚮往愛情的共同心聲。

問題與討論

一、對於「原來姹紫嫣紅開遍，似這般都付與斷井頹垣」這樣的春景，你的感懷為何？

二、對於杜麗娘的夢境，文中指出為「景上緣，想內成，因中見」，你的看法如何？

二九　復菴記

顧炎武

題解

本篇為記敘文，選自亭林文集。敘述復菴主人范養民先生的遭遇和志節，兼以抒發個人對故國淪亡的悲痛。菴以「復」名，即表示志在恢復明朝之意。菴，圓形草屋，同「庵」。

作者

顧炎武，本名絳，字寧人。明亡，改名炎武，自號蔣山傭，學者稱為亭林先生。江蘇崑山（今江蘇省崑山縣）人。生於明萬曆四十一年（西元一六一三年），卒於清康熙二十一年（西元一六八二年），年七十。

炎武幼穎悟，性耿介絕俗。南明弘光元年（西元一六四五年），清兵陷南京，乃與同鄉吳其沆（ㄏㄤˋ）、歸莊等起兵抗清，事敗，其沆殉難，炎武與莊脫走。晚年來往魯、燕、晉、陝、豫各省，結交反清志士，勘察山川形勢，其間曾七謁明孝陵，耿耿以復國為念。最後以華陰地勢險要，可攻可守，又當四方交通要衝，易知天下之事，遂定居於此。清廷曾召以博學鴻辭，又薦修明史，炎武作書峻拒，說：「刀繩俱在，無速我死。」年七十，出遊，卒於山西曲沃（今山西省曲沃縣）。

炎武之學，重在經世致用。嘗說：「君子之為學，以明道也，以救世也；徒以詩文而已，所謂雕蟲篆刻，亦何益哉！」故凡經義、史學、吏治、財賦、軍事、地理、水利、金石、文字、音韻等，無不窮究原委，獨具創獲之見，開有清一代樸學之風。而平生志業，則在推翻滿清政府，發揚民族精神。清末革命志士，多受其精神感召。著有日知錄、天下郡國利病書、二十一史年表、音學五書、亭林詩文集等書。

舊中涓①范君養民，以②崇禎十七年③夏，自京師④徒步入華山⑤為黃冠⑥。數年，始克⑦結廬⑧於西峰⑨之左，名曰復菴。

華下⑩之賢士大夫多與之遊，環山之人皆信而禮之，而范君固非方士者流⑪也。幼而讀書，好楚辭⑫；諸子及經史多所涉獵。為東宮伴讀⑬。方李自成⑭之挾⑮東宮二王⑯以出也，范君知其必且西奔，於是棄其家，走之關中⑰，將盡厥⑱職焉。乃⑲東宮不知所之，而范君為黃冠矣。

太華之山⑳，懸崖之巔㉑，有松可蔭㉒，有地可蔬㉓，有泉可汲；不稅於官，不隸於宮觀之籍㉔。華下之人，或助之材，以翔㉕是菴而居之。有屋三楹㉖，東向以迎日出。

余嘗一宿其菴，開戶而望，大河㉗之東，雷首之山㉘，蒼然突兀㉙，伯夷叔齊㉚之所采薇㉛而餓者，若揖讓㉜乎其間，固范君之所慕而為之者也。自是而東，則汾之一曲㉝，綿上之山㉞，出沒於雲煙之表㉟，如將見之，介子推㊱之從晉公子㊲既反國㊳而隱焉，又范君之所有志而不遂㊴者也。又自是而東，太行碣石㊵之間，宮闕山陵㊶之所在，去之茫茫㊷，而極望㊸之不可見矣，相與泫然㊹。作此記，留之㊺山中，後之君子登斯山者，無忘范君之志也。

注釋

①舊中涓　明朝宦官。舊，舊時。此指明朝。中涓，宮中掃除之人。指宦官。中，指宮中。涓，潔；灑掃清潔。

②以　於。

③崇禎十七年　西元一六四四年。是年三月十九日崇禎帝（明思宗）自縊於紫禁城北煤山山麓，明朝亡國。

④京師　國都。此指北京。

⑤華山　五嶽之一，世稱西嶽。在陝西省華陰市南。因其西有少華山，故又名太華山。一說，以山頂有池，池生千葉蓮花，故名。華，音ㄏㄨㄚˋ。

⑥黃冠　道士之冠。轉為道士的別稱。

⑦克　能。

⑧結廬　構築房屋。

⑨西峰　即華山之蓮花峰。

⑩華下　華山一帶。華，指華山。下，空間副詞，指特定地點的附近、旁邊或四周。

⑪方士者流　屬於道士一類的人。方士，方術之士。指古代求仙、煉丹、追求長生不死的人。此指道士。流，流派。

⑫楚辭　書名，為辭賦類文章的總集。西漢劉向輯。收有戰國時楚人屈原、宋玉、景差諸賦，附以西漢賈誼、

淮南小山、東方朔、嚴忌、王褒及劉向自己的作品，計十六篇，而以屈原的作品為最著。因都具有楚地的文學特色、方言聲韻及風土色彩，故名楚辭。

⑬東宮伴讀　官名。負責太子的教學工作。東宮，太子所居之宮，又稱春宮、青宮。皆轉為太子的別稱。此東宮指朱慈烺，明思宗長子。崇禎十七年，京師陷落，慈烺年十七。為賊所獲，偽封宋王。賊敗西走，太子不知所終。

⑭李自成　（西元一六〇六——一六四五年）明陝西米脂（今陝西省米脂縣）人。曾為銀川驛卒。崇禎二年（西元一六二九年），投闖王高迎祥為闖將，英勇善戰，有謀略，數月之間，蹂躪五省。崇禎八年，高迎祥被俘正法，自成繼為闖王，轉戰各地，聚眾百萬。崇禎十七年，陷北京，思宗自殺。山海關守將吳三桂引清兵入關，自成率眾退出北京，轉趨河南、陝西等地。同年，在湖北通山縣九宮山為縣民反抗而殺害，時年三十九。

⑮挾　脅持；用威力強迫人服從。

⑯二王　指定王朱慈炯（ㄐㄩㄥˇ）和永王朱慈炤（ㄓㄠˋ）。分別為思宗第三、四子，崇禎十七年，京師陷落，二王皆不知所終。

⑰走之關中　疾行至關中。走，疾行；跑。之，至。關中，約相當於今陝西省。陝西省東有函谷關（在河南省境），南有武關，西有散關，北有蕭關，故名。

⑱厥　其。

⑲乃　竟；居然。

⑳太華之山　即華山。

㉑懸崖之巔　高峻而陡峭的山崖頂上。懸崖，高而陡的山崖。巔，山頂。

㉒蔭　音ㄧㄣˋ。庇護；遮蓋。

㉓蔬　草菜可食者的總名。此當動詞，種菜。

㉔不隸於宮觀之籍　不附屬在登記宮觀的簿冊之中。隸，隸屬；附屬。宮觀，祠廟。宮，房屋的通稱。觀，音ㄍㄨㄢˋ。道教的廟宇。籍，登記人、物名號資料的簿冊或書籍。

㉕剏　音ㄔㄨㄤˋ。「創」的本字。開始；創造。

㉖三楹　猶言三間。楹，音ㄧㄥˊ。量詞，屋一間為一楹。一說，一列為一楹。

㉗大河　指黃河。

㉘雷首之山　山名。在今山西省永濟市南。此山綿亙數百里，隨地而異名，有中條山、歷山、首陽山、蒲山、襄山、甘棗山、豬山、獨頭山、薄山、吳山等名稱。

㉙蒼然突兀　高聳著深青的山色。蒼然，顏色深青的樣子。突兀，很高的樣子。兀，音ㄨˋ。

㉚伯夷叔齊　商朝末年孤竹國國君的兩個兒子。相傳孤竹君臨終遺命由次子叔齊繼位，君死，叔齊讓位於伯夷，伯夷終以違父命而不受，叔齊亦不肯即位，先後逃往周國，周武王伐紂，兩人曾加諫阻。武王滅商後，兄弟恥食周粟，逃到首陽山，採薇而食，餓死在山裡。

㉛采薇　採摘薇菜。采，通「採」。薇，音ㄨㄟˊ。菜名。即巢菜，又名野豌豆。蔓生，莖葉類似小豆，可以生吃或作羹湯。

㉜揖讓　拱手禮讓。揖，音一。拱手為禮。

㉝汾之一曲　汾河彎曲的地方。汾，指汾河，又稱汾水，黃河支流。

㉞綿上之山　即介山，在今山西省介休市東南，古名綿上。春秋時晉人介之推隱居此山。又叫綿山。

㉟表　外；外面。

㊱介子推　也作介之推、介推。春秋時晉國人，曾追隨晉公子重耳流亡國外。傳說重耳回國即位後，賞賜流亡時的從屬，他被忘記了，就和母親隱居在綿上山中。後來晉文公想起了他，為了逼他出來，放火燒山，他堅持不出，終被焚死。

㊲晉公子　指晉獻公之子重耳（？——西元前六二八年）。獻公寵愛驪姬，殺太子申生，重耳奔狄，流亡各國十九年，得秦穆公之助，返國即位。

㊳反國　返國；回國。反，通「返」。

㊴遂　完成。

㊵太行碣石　兩座山名。太行山，自北向南綿延於山西、河北、河南三省。又名五行山、王母山、女媧山等。碣石山，在今河北省昌黎縣西北。因遠望其山，中間高，四周低，有似墳塚，山頂有巨石凸出，其形如柱，故名碣石。

㊶宮闕山陵　皇城的宮殿和皇帝的墳陵。宮闕，皇帝所居的宮殿。闕，音ㄑㄩㄝˋ。古代宮廟前所立的雙柱。山陵，專指皇帝的墳墓，因規模高大，如山如陵，故名。

㊷茫茫　渺遠的樣子；模糊不清的樣子。

㊸極望　極目；盡目力所及。
㊹相與泫然　相對流淚。相與，互相；相對。泫然，流淚的樣子。泫，音ㄒㄩㄢˋ。
㊺之　於。

研析

凡屬刻骨銘心的感情，是不會隨時間而消逝的，任何景物都足以引起聯想，而常常扣動心絃，震盪不已。兒女私情如此，對國家民族的大愛也是如此；尤其是對一個目睹國家淪亡、生靈塗炭，而又無力回天的孤臣來說，那痛鉅創深之情，早已沾濡在故國的寸寸山河上。一草一木，都足以觸動他的愁腸。顧亭林就是一個顯著的例子。

亭林在明亡後，為復國而奔走，足跡半天下，其間曾七度回到南京，拜謁明孝陵，曾有詩說：「舊識中官與老僧，相看都怪往來曾。問君何事三千里，春謁長陵秋孝陵？」從這首詩裡，不難看出亭林對故國的無盡情懷。也可發現，有些中官（太監）和老僧（應是亡國後才出家的遺臣）也常來謁陵。想來亭林看到這些中官與老僧，更添心中的悲愴吧！

等到亭林進入關中，登上華山，獲知另一個中官的瑰意奇行，亭林已枯的淚眼，又再為之泫然了。於是寫下這篇令人肝腸寸斷的復菴記。

文分四段：首段敘說復菴的由來，同時帶出復菴主人范君所遭逢的人生鉅變——中官變成道士，宮殿換為茅屋，京師化作華山之頂。這簡素的幾筆，就足以引起高度的好奇，因為這樣的情節太離奇了！下文就從

「黃冠」和「復菴」兩端分頭並寫。

第二段承首段所提到的「黃冠」，而寫范君由中官而成為黃冠的經過。原來他是服事太子的，太子既失蹤，他自認嚴重失職，再留在社會已無意義，於是遠離紅塵，做了道士。這種情操，令人肅然起敬。這又再度引人好奇，何以一個宦官會有這樣嶔崎磊落的風節呢？原來他從小就喜歡讀書，又最喜讀楚辭。啊！屈原的憂國憂民，不正是他的榜樣嗎？這樣志行高潔的人，難怪「賢士大夫多與之遊」，也難怪受到「環山之人」的一致敬重。亭林把「幼而讀書，好楚辭；諸子及經史。多所涉獵」一節放在中間，既解釋了上文「賢士大夫多與之遊」的幾句側筆，又為下文「棄其家，走之關中，將盡厥職焉」提供了行為的依據。總之，這一切都得力於讀書。而寫來有正面鋪陳，也有側筆幫襯；且理事交融，不落痕跡。

第三段承首段所提到的「復菴」，而寫營居復菴背後的一片心事。為什麼選在華山頂上結廬呢？因為這裡可以自力更生，自給自足。特別重要的是，這座「復菴」所使用的土地在清朝的地籍中沒有「地目」，房屋沒有「戶籍」，既不用繳「地價稅」，也不用繳「房屋稅」，總之，人與屋都不在清朝政府的管轄之內，更明白地說，他不願做滿清的順民！至於這座茅屋為什麼一定要朝向東方呢？因為東方是太陽升起的地方；太陽一升起，天就「明」了。他天天盼望著明朝的復興！復菴，復菴，那是他要「復明」所居之「菴」啊！

第四段藉景抒情，又分三節：首節承第三段，說范君身處清朝的轄區之外，是效法伯夷叔齊之隱居首陽山，不食周粟。次節承第二段，說范君之棄家西行，追尋太子，是取法介之推之輔佐晉公子返國即位，功成而隱居；只是格於形勢，沒有成功。第三節寫悵望故宮，遙想皇陵，不覺感慨萬端，涕泗橫頤。這三節分就「開戶而望」所見的三個遠景，由近而遠，隨物抒感；而所寫的史事，則由遠而近，直扣當今。這些表面上都好像是代寫范君的心事；但亭林以「相與泫然」四字又把兩人繫在一起，而前述的心事，也同是亭林的心事了。最後附記一筆「作此記，留之山中……」以說明作這篇文章的用意，為全篇畫上完美的句點。

至情至性必然是感人的，相信讀者讀過此篇，一定會承認它是一篇有血有淚的至文吧！

問題與討論

一、文中謂范君養民慕伯夷叔齊之為人，前此實已預埋伏筆，此伏筆為何？

二、文中又謂范君養民亦有效法介子推之志，而前此亦有伏筆，此伏筆又為何？

三、末段囑告後之君子登斯山者「無忘范君之志」，試問范君之志為何？

三〇 雍正十年杭州韜光庵中寄舍弟墨

鄭燮

題解

本篇為應用文，選自板橋全集。作者以天道福善禍淫、循環倚伏，人事亦復如此，故勉弟墨須心存寬厚，為人設想。墨，鄭墨，作者之堂弟。

作者

鄭燮，字克柔，號板橋。清江蘇興化（今江蘇省興化市）人。生於聖祖康熙三十二年（西元一六九三年），卒於高宗乾隆三十年（西元一七六五年），年七十三。

少穎悟，家貧。為人疏宕不羈，有狂名，而天性純厚。乾隆元年成進士，曾官山東范縣知縣，調濰縣。值歲歉，為民請賑，忤大吏，乞疾請歸。

燮富才華，工詩，所作風格豪放，頗近於唐白居易、宋陸游；兼長書畫，其書法疏放挺秀，隸楷行三體相參而自成一家，所畫蘭竹，富秀逸韻致。時人以詩書畫三絕稱之。著有板橋全集。

誰非黃帝堯舜之子孫？而至於今日，其不幸而為臧獲①，為婢妾②，為輿臺皂隸③，窘窮迫逼，無可奈何。非其數十代以前，即自臧獲、婢妾、輿臺皂隸來也。一旦奮發有為，精勤不倦，有及身而富貴者矣，有及其子孫而富貴者矣。王侯將相，豈有種乎？而一二失路④名家⑤，落魄⑥貴冑⑦，借祖宗以欺人，述先代而自大，輒⑧曰：「彼何人也？反在霄漢⑨；我何人也？反在泥塗⑩；天道不可憑⑪，人事不可問⑫。」

嗟乎！不知此正所謂天道人事也。天道福善禍淫⑬。彼善而富貴，爾淫而貧賤，理也，庸何⑭傷？天道循環倚伏⑮，彼祖宗貧賤，今當富貴；爾祖宗富貴，今當貧賤；理也，又何傷？天道如此，人事即在其中矣。

愚兄為秀才⑯時，檢家中舊書簏⑰，得前代家奴契券⑱，即於燈下焚去，並不返諸其人。恐明與之，反多一番形迹，增一番愧恧⑲。自我用人，從不書券⑳，合則留，不合則去。何苦存此一紙，使吾後世子孫借為口實㉑，以便苛求抑勒㉒乎？

如此存心，是為人處㉓，即是為己處。若事事預留把柄㉔，使入其網羅㉕，無能逃脫，其窮愈速，其禍即來，其子孫即有不可問之事，不可測之憂。試看世間會打算的，何曾打算得別人一點，直是㉖算盡自家耳，可哀可歎。吾弟識㉗之。

注釋

①臧獲　奴婢。

②妾　姨太太。

③輿臺皂隸　指地位卑微的僕役。

④失路　失勢。

⑤名家　名門；有名望的家族。

⑥落魄　失意潦倒。魄，音ㄊㄨㄛˋ。

⑦貴胄　貴族的後代。

⑧輒　常常。

⑨霄漢　天際；高空。此喻朝廷。霄，雲際；天空。漢，天河；銀河。

⑩泥塗　地面。此喻草野或民間。塗，泥土。

⑪憑　依靠。

⑫問　探究；測知。

⑬福善禍淫　賜福給善人，降禍於惡人。

⑭庸何　何用；何必。庸，用。

⑮循環倚伏　周而復始，互相依存。

⑯秀才　明清時稱入府州縣學的生員。

⑰書簏　裝書的竹箱。簏，音ㄌㄨˋ。

⑱契券　契約；契據。

⑲愧恧　慚愧。恧，音ㄋㄩˋ。愧。
⑳書券　立契約。書，寫立。
㉑口實　話柄。
㉒抑勒　壓迫勒索。
㉓為人處　替人設想。
㉔把柄　指作為要挾的依據。
㉕網羅　捕捉鳥獸魚類的網子。此用為圈套或陷阱之意。
㉖直是　只是。
㉗識　音ㄓˋ。記。

研析

本文分四段：首段言只要奮發有為，則窘窮之人可以富貴。次段言天道福善禍淫，人事即在其中。三段言自己用人不立書券，不留子孫苛求抑勒之口實。四段勉其堂弟多為人設想即是為自己設想。

同樣是人，為何有人富貴，有人貧賤？作者將之歸諸天道的循環倚伏。天道福善禍淫，故人之善者富而貴，淫者貧而賤，乃人事之必然。此種觀點具有勸善誡淫的積極意義。此是本文可取者一。由此一意義延伸，則王侯將相本無種，端視人之行為而定，若其人「奮發有為，精勤不倦」，雖未必及身而富貴，子孫承其家風，亦必有富貴者，此又給予身處貧賤者以莫大之希望。此是本文可取者二。而本文之尤可取者，乃人生平等之觀念，不因彼人之較我為貧為賤，而趁機設計抑勒他人；處處為人設想，以留德於子孫，不使遭不可測之憂。此是本文可取者三。

富貴貧賤，有時非主觀意願所能決定，但仁厚的宅心卻是修養可得的；此種德行，既能使我心廣體胖，又可促使社會趨於安詳溫馨，作者之所以諄諄告誡於其堂弟者，胥在於此。

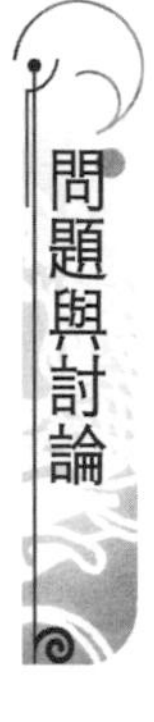

問題與討論

一、作者認為「天道不可憑，人事不可問」的說法正確嗎？為什麼？

二、作者為何要焚去前代家奴契券？為何自己用人不立書券？

三、由本文最能看出作者的何種性情？

三一　瓦窯村讀書記

洪繻

題解

本篇為記敘文，選自寄鶴齋古文集。描述作者參加科舉考試失敗，自臺南府城返回故鄉鹿港，借住於瓦窯村友人處讀書的生活。鄉村的優美景致與閒適之樂，是本文描寫的重點。

作者

洪繻，原名攀桂，又名一枝，字月樵。臺灣淪日後，改名繻，字棄生，鹿港人。生於清穆宗同治五年（西元一八六六年），卒於民國十七年（西元一九二八年），年六十三。光緒十七年（西元一八九一年），以案首入泮。光緒二十一年日軍侵境，任中路籌餉局委員。臺灣民主國亡，絕意仕途，潛心於詩、古文辭。日人聞其文名，屢次徵聘，不從。著作有寄鶴齋詩集、寄鶴齋古文集、寄鶴齋駢文集、寄鶴齋詩話、八州詩草、寄鶴齋時事三字經等，其哲嗣洪炎秋輯為洪棄生先生遺書。

歲在柔兆閹茂①之夏，余名場落拓②歸。出赤嵌城③，逾茅港尾④，信宿⑤；百里程，而過諸羅城⑥。東望玉山，白雲縹緲，在若有若無之間。旦而起，渡虎尾溪⑦，次西螺街⑧；大雨驟至，山潦⑨瀰漫。而西螺之溪，故巨浸⑩也；雨後暴漲，益不可涉。冒曙首途⑪，則輿夫⑫相約互助，以十人翹舉一筍輿⑬，浮而過。是夕，抵鹿溪⑭；眄睞⑮鄉樹蓊蒼⑯，屈指在行旅者，四閱昕夕⑰矣。襏襫⑱出門，則炎涼之氣逼人⑲，予於是尋友人於十里外瓦窯村⑳，寓焉。

初涉其境，農秧於田，牧笛於野；樵者傴僂㉑而歌，漁者欸乃㉒而唱。老翁曝背㉓，童子嘻嘻，其人則古之人也。既入其鄉，桑麻半畝，雞犬無聲；屋繞樹而疏，樹藏鳥而噪。寥落數家之外，綠水一灣，荷映其漪㉔，鴨浮其波，若不知有炎熱之候，其景則塵外之景也。早而起，鳥聲、竹聲與書聲相嘈雜，桔皐軋軋㉕，耳之邊無凡音。晚而臥，月光漸上，竹柏影橫繞窗紗，蕉陰濃綠，流螢映帶㉖，目之前無俗態。夕而避暑，脫巾林下，跣足科頭㉗，清風徐拂，毛骨爽然，或披苔而坐，或枕石而眠。布棋地上，或呼朋對弈㉘，當棋聲落處，時有落葉蕭蕭而下，胸之中無塵緣，其樂則我之樂也，然予因之有感矣！

予處海外，而中原之山水，無日不往來於予之胸中、目中也。大之若五嶽㉙、五湖㉚，無論已。其遠之小者若湘衡之九面㉛、武夷之九曲㉜，予既不得而至。其近之奇者，若吾臺珠潭水中之一嶼㉝、啖山天外之九十九峰㉞，旬日可至，而予亦不得而至。則此村中之樂，亦一時一隅之樂，而非予山水之樂也。然而予必待佳山水而後樂，則予又無時而樂㉟也。今予擁百卷書、坐千竿竹中，竊意瓦窯村亦何異桃花源耶！

注釋

①歲在柔兆閹茂　即清光緒十二年（西元一八八六年），丙戌年。作者當時二十一歲。「柔兆」、「閹茂」是太歲紀年的名稱，「柔兆」歲在「丙」，「閹茂」歲在「戌」。

②名場落拓　參加科舉考試失敗。

③赤嵌城　今臺南市。原指荷蘭人所築的熱蘭遮城（漢人稱赤嵌城、紅毛城、安平城），在此應是指臺南府城。

④茅港尾　今臺南市下營區茅港里。明鄭時期為一內陸港，清初為臺灣南北交通要道，臺南至諸羅（嘉義）船隻多在此停泊，後港口淤塞，乃漸沒落。

⑤信宿　連住兩夜。

⑥諸羅城　今嘉義市。

⑦虎尾溪　在今雲林縣南部，西螺溪之南，為濁水溪在沖積扇南部的分流之一。

⑧西螺街　今雲林縣西螺鎮。

⑨潦　音ㄌㄠˇ。雨水盛大的樣子。此指雨後的大水。

⑩巨浸　指洪水。

⑪首途　上路；出發。

⑫輿夫　轎夫。

⑬筍輿　竹轎子。

⑭鹿溪　即鹿港溪，原名大武郡溪，發源於大武郡山（在彰化社頭、田中與南投名間之交界處）西麓，西北流至鹿港市街南緣，注入臺灣海峽。清代鹿港市街南緣的鹿港溪下游北岸，曾是鹿港港埠所在，盛極一時，

後因淤積嚴重，港埠遂廢。

⑮眄睞　音ㄇㄧㄢˇ ㄌㄞˋ。環顧；向四處看。

⑯鄉樹蓊蒼　家鄉的樹木茂盛而蒼翠。蓊，草木茂盛。

⑰四閱昕夕　經過了四天。閱，經歷。昕夕，早晚。昕，黎明。

⑱褦襶　音ㄋㄞˋ ㄉㄞˋ。涼笠。以竹片編成，再罩上布，用來遮陽。

⑲炎涼之氣逼人　熱氣逼人。此處「炎涼」的用法屬偏義複詞，即指炎熱之意，「涼」字無義。

⑳瓦窯村　今彰化縣埔鹽鄉瓦窯村，在鹿港溪南岸。

㉑傴僂　本義是駝背，此處是指樵夫彎腰砍柴的動作。

㉒欸乃　船夫唱歌的聲音。欸，音ㄞˇ。

㉓曝背　以背向太陽而取暖。

㉔荷映其漪　荷花映照在水波上。漪，風吹水波而成紋。

㉕桔皐軋軋　桔皐在汲水時發出軋軋的聲音。桔皐，音ㄐㄧㄝˊ ㄍㄠ。井上汲水的器具，一端繫水桶，一端繫重物，以省汲水之力。軋，音ㄍㄚˊ。

㉖流螢映帶　輕飛的螢火蟲有如流動一般，與景物相互襯托。

㉗跣足科頭　赤腳又不戴帽子。跣，音ㄒㄧㄢˇ。赤腳。科頭，不戴帽子。

㉘對弈　兩人面對面下棋。

㉙五嶽　指中嶽泰山、東嶽嵩山、西嶽華山、南嶽衡山、北嶽恆山。

㉚五湖　五湖古來說法不一，一般是泛指太湖及其附近的四個湖泊。

㉛湘衡之九面　可能是指湖南湘江、衡山一帶的九疑山。「九面」或為「九疑」之誤。

㉜武夷之九曲　指福建西部武夷山區的九曲溪，溪水環繞武夷山群峰，蜿蜒而自然形成九個彎曲，故名九曲溪，自古以景色秀麗著稱，泛舟其上，可一覽武夷山大王峰、玉女峰等著名景觀。

㉝珠潭水中之一嶼　珠潭即日月潭，一嶼指日月潭中的小島，是邵族人的聖地，清朝時稱珠嶼，日治時期稱為玉島，國民政府來臺後改名為光華島，近年南投縣政府為表示對邵族的尊重，又改名為拉魯島。

㉞惔山天外之九十九峰　「惔山」指「火炎山」，在南投縣國姓鄉、草屯鎮與臺中市霧峰區交界處，由於山勢綿延不絕，形成數十個造型各異的尖峭稜線，故又稱「九九峰」。九二一地震時，受創頗劇。

㉟無時而樂　沒有快樂的時候。

研析

本文取材自作者個人真實的生活經驗，內容敘述借住於友人鄉居的樂趣與悠閒，全篇文字曉暢，用詞淺顯易懂，寫景優美生動，百餘年前的臺灣鄉村景致宛然在目。

全文可分成三大段。第一段，敘述作者參加科舉考試失敗，從臺南回到鹿港的行程與途中遇雨的艱險，並交代赴鄉村借住友人家的避暑動機。第二段，描寫鄉居生活的悠閒情趣，無論寫景、記事、抒情，均能栩栩如生，是全篇最突出的部分。第三段，藉由文意的多重轉折，強調對當下所處環境的滿足，反映作者「隨遇而安」的生活態度。

作者寫作本文時，年僅二十一歲，他的身分是以科舉為目標的青年，當時短暫借宿於友人的鄉居，他所感受的農村生活，自然偏向悠閒安適、風景如畫的一面，而忽略了耕作勞動辛苦的一面，但我們卻不能據此誤判作者不知民間疾苦，因為作者的詩文作品，不論是晚清時期或日治時期，都流露出對庶民大眾受苦受難的人道關懷，以及對統治者施政的強烈批判。

就內涵而論，這篇文章反映作者身為臺灣的傳統士子，即使沒有去過大陸，透過科舉教育系統與傳統典籍的閱讀涵養，對「文化中國」與「地理中國」，自然孕育了根深柢固的「祖國認同」，因而充滿嚮往孺慕之情。但另一方面來自現實生活的體驗，對出生、成長之地臺灣，也有真情實感的「鄉土認同」。文中所描述的地點，其實只是隨處可見的臺灣農村，既無名山大川的響亮名聲，也無令人目眩神馳的特異美景，但本文主題暗示：只要我們能活在當下時空，腳下的土地，早已提供安頓身心所需的靈性糧食，不假外求，正是所謂「會心處不在遠」，也印證「人類雙腳所踏，都是故鄉」（語出現代詩人向陽立場一詩）的觀念。

就寫作的藝術層面而言，本文有幾點特色值得一談。

其一，敘述明快，寫景生動。第一段描述考場失利後，自府城臺南返回鹿港的路程，以及途中的天氣變化與強行渡溪之驚險，乃至回到鹿港後，隨即借住於瓦窯村讀書。本段多用短句，形成快速的節奏，交代景物、事件、行程，都十分簡鍊明快，絕無繁冗拖沓之弊。至於寫景，更是本文一大特色。尤其第二段，寫農村美景，分別從視覺（各種人物動態、白天與夜晚的不同景色）、聽覺（歌聲、鳥聲、竹聲、讀書聲、下棋聲）、觸覺（跣足科頭、清風徐拂、毛骨爽然）等多重感官描寫，生動刻劃出農村環境所帶給作者的種種愉悅感受。

其二，遣詞造句擅長利用散行句與排偶句穿插，兼具整齊與錯綜之美。排偶句如：第二段以散行句為主，但穿插大量的排偶句，如「農秧於田，牧笛於野；樵者傴僂而歌，漁者欸乃而唱」、「屋繞樹而疏，樹藏鳥而噪」、「荷映其漪，鴨浮其波」、「或披苔而坐，或枕石而眠」。以上分別包括四字句、五字句與六字句，各自兩兩相對。另外，又有間隔長句的排偶句，如「早而起」對「晚而臥」，「耳之邊無凡音」對「目之前無俗態」，但中間都有描述景色的散行句加以隔開。

其三，說理層層轉折，波瀾迭起。第二段敘及鄉居之樂之後，以「然予因之有感矣」收尾，引人好奇，不知「有感」的具體內容是什麼？接著順勢帶出第三段，而這正是本文主旨所在。作者先點出對中原的山水嚮往之情，接著敘及：不論是大陸或臺灣的著名風景，作者皆未能親臨其地，歸結到目前鄉居生活只是「一時一隅之樂」而非「山水之樂」，言外似乎有強烈的遺憾。然而，作者筆勢隨即逆轉，收束起外求之心，轉而尋求自我安頓之道，強調無須「必待佳山水而後樂」，只要認同腳下所踏之地，及時享受眼前幸福，當下所處之地即是桃花源。如此，乃與前文所刻劃的鄉居之樂，作了完整的呼應，而在文意酣足中總結全文。

問題與討論

一、本文寫景有何特色？作者如何運用感官描寫的技巧？

二、本文第三段的說理，經過哪些文意的轉折？

三、試以一次農村見聞為例，以口語和文字描述鄉村風光及農民生活實況。

三二　臺灣古典詩選

題解

熟番歌選自噶瑪蘭志略，反映清代臺灣平埔族人受漢人欺壓的悲慘事實，並對其遭遇深致同情。

穫稻選自陶村詩稿，描寫清朝中葉臺灣農村在稻作收割時期的忙碌情景。

家居即事選自枕山詩抄，描寫稚子的天真可愛，與陪伴作者冬夜讀書的溫馨情趣。

送蔡培火蔣渭水陳逢源三君之京選自南強詩集，反映一九二〇年代臺灣知識分子從事非武力抗日運動的堅定決心與悲壯情懷。

作者

柯培元，字復子，號易堂。山東歷城（一作膠州）人。生卒年不詳。清嘉慶年間舉人，道光十五年（西元一八三五年）由福建甌寧知縣調任噶瑪蘭廳（今宜蘭縣）通判。曾纂修噶瑪蘭志略一書，共十四卷，記事止於道光十五年，資料詳贍，參考價值頗高。

陳肇興，字伯康，號陶村。臺灣府彰化縣治（今彰化市）人。生於清宣宗道光十一年（西元一八三一年），卒年不詳。青年時期曾從廖春波讀書於彰化白沙書院。咸豐九年（西元一八五九年）中舉，同治元年（西元一八六二年），臺灣三大民變之一的「戴潮春事變」爆發，陳肇興拒絕戴氏的拉攏，遁入武西堡（今南投縣集集鎮）的牛牯嶺山中避禍，曾謀刺戴氏不成，幾遭不測，後乃將戴案經過以詩歌詳加記錄，題為咄咄吟。同治三年事平，陳肇興返回鄉里，設帳授學以終。為清朝咸豐、同治年間臺灣頗具代表性的本土詩人，著有陶村詩稿六卷，併咄咄吟二卷合刊。

陳瑚，字滄玉，號枕山。苗栗苑裡人。生於清德宗光緒元年（西元一八七五年），卒於民國十一年（西元一九二二年），年四十八。日治時期曾擔任苑裡區長、臺中臺灣新聞社漢文部編輯記者等職。與其弟陳貫（豁軒、聯玉）先後加入日治時期臺灣著名詩社櫟社，為該社之活躍社員。一九〇六年陳瑚、林癡仙兩人代表櫟社，與南社詩人連雅堂、陳瘦雲等人，因對「擊缽吟」看法不同，在報上曾有一番論戰。一九一八年，櫟社發起全島性傳統漢學組織「臺灣文社」，陳瑚、陳貫兄弟列名十二位理事之中。生前作品有連橫所蒐集編成的枕山詩抄行世。

林幼春，原名資修，號南強，晚年又自號老秋。臺中霧峰人。生於清德宗光緒六年（西元一八八〇年），卒於民國二十八年（西元一九三九年），年六十。出身臺灣著名豪族霧峰林家，少年時期曾接受紮實的傳統漢學教育。一九〇二年與叔父癡仙、彰化賴紹堯三人共同發起櫟社，一九一一年梁啟超應櫟社之邀訪臺，對幼春詩才讚賞有加，譽之為「海南才子」。一九一八年與櫟社詩友共同創立「臺灣文社」，發行臺灣文藝叢誌，以保存漢學為己任。一九二一年起，幼春與堂叔林獻堂併肩協力，投入抗日民族運動。曾分別擔任「臺灣文化協會」協理、臺灣民報社社長、「臺灣議會期成同盟會」專務理事等重要職務。由於對請願運動介入甚深，導致他在「治警事件」中被捕，並與蔡惠如、蔣渭水等人被判刑入獄。由於幼春抗日立場堅定，文學造詣精湛，及對文化啟蒙和政治運動的積極參與，加以思想開通，大力支持新文學，使他在新、舊文學界都受到相當程度的敬重。在日治時期臺灣新舊文學反殖民抗議精神的傳承上，他可說是扮演著承先啟後的角色。

熟番歌

柯培元

人畏生番①猛如虎，人欺熟番②賤如土。強者畏之賤者欺，無乃人心太不古③。熟番歸化勤躬耕，荒埔將墾唐人④爭。唐人爭去餓且⑤死，翻悔不如從前生⑥。傳聞城中賢父母⑦，走向城中崩厥首⑧。啁啾磔格⑨無人通，言不分明畫以手。訴未終，官若聾⑩。竊窺堂，有怒容。堂上怒，呼杖具⑪。杖畢垂頭聽官諭⑫：「嗟爾番，爾何言，爾與唐人皆赤子⑬，讓耕讓畔胡弗聞⑭。」吁嗟乎！生番殺人漢奸誘⑮，熟番獨被漢人醜⑯，為父母者慮其後⑰。

穫稻

陳肇興

驕陽似火稼如雲⑱，隨穫隨耕力最煩⑲。荷擔人歸黃樣圃⑳，催租客到綠槐村㉑。耞聲㉒遠逐蟬聲亂，鐮影遙連犢影昏㉓。自是瀛壖㉔多樂土，畬田火米不須論㉕。

家居即事㉖二首

陳瑚

兒童吮筆㉗學塗鴉，濃墨淋漓著齒牙㉘。覷隙背人亂揮灑㉙，秋蛇春蚓滿窗紗㉚。（其一）

寒燈伴我兩咿唔㉛，識字阿洲勝阿圖㉜。不管吟髭撚欲斷㉝，苦持書卷問之無㉞。（其二）

送蔡培火㉟蔣渭水㊱陳逢源㊲三君之京㊳

林幼春

一往情深是此行，中流擊楫意難平㊴。風吹易水衝冠髮，人唱陽關勸酒聲㊵。意外鯤鵬多變化，眼中人獸漫縱橫㊶。臨歧一掬男兒淚，願為同胞倒海傾㊷。

注釋

①生番　清朝時稱居住於高山地區，未接受官府號令統治的山地原住民。

②熟番　清朝時稱居住於平原地帶，已接受官府號令統治的平埔族原住民。

③無乃人心太不古　恐怕是人心太險惡不淳厚了吧。「人心不古」是感歎人心險惡的常用詞。

④唐人　指當時自中國大陸移居臺灣的漢人。

⑤且　將。

⑥翻悔不如從前生　後悔不如以前的生活。翻悔，反悔。

⑦城中賢父母　縣令層級的地方官員，民間俗稱父母官。

⑧崩厥首　熟番對縣官不停地叩頭。崩，形容不斷叩頭的動作。厥，其。

⑨啁啾磔格　形容縣官聽不懂熟番所講的話，其聲音有如啁啾鳥鳴與風吹竹的雜音。啁啾，鳥鳴聲。磔格，指風吹竹的聲音。磔，音ㄓㄜˊ。

⑩訴未終二句　熟番被欺壓的冤情還沒講完，縣官卻已置若罔聞，有如耳聾一般。

⑪呼杖具　官吏命令屬下準備刑杖。
⑫杖畢垂頭聽官諭　被刑杖鞭打之後低著頭聽官老爺的訓話。
⑬爾與唐人皆赤子　你跟漢人一樣都是我要保護的子民。赤子，原意是初生的幼兒，古代官府以保護百姓為己任，故稱百姓為赤子。
⑭讓耕讓畔胡弗聞　叫你們應該互相禮讓耕種與田界，為什麼你們都不聽呢。畔，田界。胡，何；為什麼。弗聞，裝作沒聽到或不聽從。
⑮生番殺人漢奸誘　生番會殺人，是因為漢人中的奸惡者所誘使挑動。
⑯醜　憎惡；醜化。
⑰為父母者慮其後　擔任父母官的人，應該要為自己的後代子孫著想呀。意指應公正對待原住民，以免遭天譴、報復，殃及子孫。
⑱稼如雲　形容稻作結實纍纍，如同雲朵聚集堆積。稼，農作物的總稱，在此指稻作。
⑲隨穫隨耕力最煩　收成之後隨即進行第二次耕作，體力耗費十分繁重。臺灣地處亞熱帶，稻作一年可有兩熟，夏天稻子收成之後，隨即進行第二季的秋耕，農人忙於種作而少有閒暇。
⑳荷擔人歸黃檨圃　農夫挑著整擔收割的稻子，回到種有熟黃芒果的曬穀場。檨，音ㄒㄧㄢˋ。即芒果。圃，本意是菜園，此處應作「場圃」解釋，將菜園整平，當做收穀、曬穀的場地。
㉑催租客到綠槐村　催納賦稅的官吏，到種有翠綠槐樹的村莊來催收賦稅。催租，催納賦稅。催租客，催納賦稅的基層官員。

㉒鞠聲 打穀機的聲音。鞠，音ㄐㄧㄚ。打穀機。

㉓鐮影遙連犢影昏 農人揮動鐮刀收割稻子的身影，在黃昏的夕陽照射下，遠遠連接著牛隻的背影。犢，小牛。

㉔瀛壖 海邊。瀛，大海。壖，音ㄖㄨㄢˇ。岸邊。臺灣是四面環海的島嶼，故先人常稱臺灣為瀛海、瀛壖。

㉕畬田火米不須論 臺灣田地肥沃，收成豐實，不是山地旱作的畬田所能相提並論的。畬田，先用刀除去雜草，再用火焚燒成灰，作為肥料，從事耕作的土地。火米，焚燒山坡地雜草而耕作所得的旱稻，即畬火米。不須論，無須相提並論。意謂相去甚遠。

㉖即事 因當前事物有感而發所寫的詩，古詩多以「即事」為題。即，是眼前、當下之意。即事，就是眼前所見的事。

㉗吮筆 含著毛筆。

㉘濃墨淋漓著齒牙 牙齒沾黏著淋漓的墨汁。淋漓，墨水不斷下滴的樣子。

㉙覷隙背人亂揮灑 小孩子暗中窺探大人的動靜，趁無人注意的空檔，背著大人到處胡亂揮灑塗鴉。覷，音ㄑㄩˋ。窺伺；等待。

㉚秋蛇春蚓滿窗紗 紗窗上到處都是小孩塗鴉的凌亂筆畫。秋蛇春蚓，又作「春蚓秋蛇」。原意是指書法拙劣，有如春天的小蚯蚓和入秋的蛇類爬行的樣子，在此是形容筆畫凌亂的樣子。

㉛咿唔 讀書聲。

㉜識字阿洲勝阿圖 阿洲認識的字比阿圖多。阿洲、阿圖，作者家中幼兒的小名。

㉝不管吟髭撚欲斷　小孩不管大人正為作詩而苦吟。吟髭撚欲斷，古人形容作詩的辛苦是：「吟成一個字，撚斷數根鬚。」

㉞苦持書卷問之無　拿著書本苦苦追問自己不認識的字。古人形容不識字為「不識之無」，因此「問之無」就是指將自己不認識的字拿來問別人。

㉟蔡培火　（西元一八八九——一九八三年）雲林北港人。蔡氏是日治時代臺灣文化啟蒙運動、臺灣議會設置請願運動的健將。國民政府來臺後曾任立委、行政院政務委員、國策顧問等職。

㊱蔣渭水　（西元一八九一——一九三一年）宜蘭人。日治時代臺灣文化啟蒙運動的主要領導人，一九一五年畢業於臺北醫學校，一九二一年與林獻堂創立臺灣文化協會，後來又成立「臺灣民眾黨」、「臺灣工友總聯盟」等，終生致力文化啟蒙與政治社會運動，貢獻卓著，影響深遠。

㊲陳逢源　（西元一八九三——一九八二年）臺南人。日治時期曾參與抗日政治文化運動，戰後致力經商，為成功之金融家、企業家。而其終生吟詠不輟，也是著名的傳統詩人。

㊳之京　到東京去。之，到；往。京，指東京。

㊴一往情深是此行二句　你們此行寄託了大家深切的期待，有如晉代的祖逖渡江北伐時宣誓一定要成功的決心。臨行搭船時，我們全都內心激盪難平。中流擊楫，晉代將軍祖逖誓師北伐，渡江時以船槳擊水，告訴部下說：「如果此行不能成功，我們就像江水一樣不再回頭。」楫，船槳。

㊵風吹易水衝冠髮二句　風吹動我們的頭髮，有如荊軻刺秦王，易水送別般的壯烈，臨別勸酒時唱著陽關三疊的歌聲而依依不捨。易水衝冠髮，燕太子丹遣荊軻刺秦王，在易水送別時，頭髮直立。陽關勸酒聲，語

出王維渭城曲：「勸君更盡一杯酒，西出陽關無故人。」

㊶意外鯤鵬多變化二句　情勢發展多變化，往往出乎意料之外，有如鯤魚會變成大鵬鳥；而在我們眼中，人群與野獸仍交相縱橫著。上句用莊子逍遙遊的典故：「北冥有魚，其名為鯤……化而為鳥，其名為鵬……。」暗指情勢的重大變化；下句則批評日本當局之蠻橫阻撓，有如野獸橫行。

㊷臨歧一掬男兒淚二句　面臨分別的關口，手捧起男兒的眼淚，我們願意為了同胞的權益而奮鬥，將激憤的淚水浩浩蕩蕩傾倒給汪洋大海。歧，分叉路口。掬，以雙手捧起。

研析

熟番歌

人類文明發展的歷程，大抵都是從「強凌弱，眾暴寡」的野蠻行徑，經由不斷的批判、反省，而學習尊重、包容與人道精神，進而邁向合理、正義、公平的文明社會。臺灣是多種族融合的社會，在不同的時代接納了不同的族群在此地繁衍生息，安居樂業。但是明清以來，漢人自中國入臺移墾的過程中，有過不少欺壓臺灣原住民的紀錄，這是今日高舉「族群融合」理想的臺灣社會，不能不正視的史實。

本詩作者是清代的臺灣官吏，他親眼目睹當時平埔族人被漢人詐取豪奪土地的悲慘境遇，而同為漢人的官吏，不但不能了解事件原委，秉公處理，反而以充滿傲慢和偏見的歧視態度，凌辱了善良淳厚的原住民，讓他們苦不堪言，痛不欲生，因而以充滿同情的語氣，寫下這首動人的詩篇。全詩用語淺白易懂，在簡要敘述事實之後，再透過動作、對話、表情的描寫，生動展現出強烈的戲劇張力。篇首「人畏生番猛如虎，人欺熟番賤如土。強者畏之賤者欺，無乃人心太不古」與篇尾「吁嗟乎！生番殺人漢奸誘，熟番獨被漢人醜，為父母者慮其後」尤其可看出作者對身為強勢族群與官吏，有深刻的反省與激烈的批判。事實上，這些批評與警告，至今仍有振聾發聵的效果。如果強勢族群不能反省自己先人曾犯過的錯誤，而仍然抱著優越感，以歧視眼光看待出身不同族群的「同胞」，社會終究不會有和諧安寧的一天，所謂「族群共存共榮」也將只是虛幻空洞的口號而已。

穫稻

本詩前兩句點出：在豔陽高照的盛暑季節，農民忙於第一季稻穀收割，為及時從事第二季播種，必須「隨穫隨耕」，無法停歇休息，工作費力繁重。第三、四句寫農民擔穀而歸，此時催納賦稅的官吏已經上門催租，言外似乎隱含對佃農的同情。不過，「黃樣圃」與「綠槐村」的景色描寫，卻洋溢著富足與生機無限的情調。第五、六句是描寫稻子收割的景象：打穀機的軋軋聲（軋聲）傳得很遠，好像在追逐著蟬聲高唱；農民俐落的揮動鐮刀收割稻子的身影，與牛隻在夕陽下的背影連成一片。這兩句不但聽覺、視覺意象極為生動，也貼緊夏天農村收成季節忙碌到黃昏的常見景觀，筆法老練而傳神。最後兩句以讚頌作結，肯定臺灣這片樂土稻田肥沃，收穫豐實，非焚燒山坡地所種的旱稻（畬田火米）所可比擬。這首詩不但記錄了臺灣農村「一年兩熟」的特殊風土，也刻劃了農民勤奮知足的傳統精神。

家居即事二首

就題材而言，本組作品是描寫家庭親情之作，不同於本單元所選熟番歌與送蔡培火蔣渭水陳逢源三君之京沉重嚴肅的主題，這兩首詩洋溢著溫馨而輕鬆的氣氛。第一首，將孩子趁大人不注意時到處揮灑的得意情態刻劃得極為傳神，作者語氣裡全無生氣責怪，看似客觀描述的文字背後，其實反映出對孩子率真的行為充滿慈祥的寬容與疼愛。第二首，描寫的情境是：冬夜的寒燈下，作者為了寫詩絞盡腦汁，苦苦推敲，兩個稚子在旁伴讀，天真的琅琅讀書聲，依稀可聞，遇有看不懂的字，馬上纏著父親追問，不弄清楚絕不罷休，這真是何等溫馨的畫面。

兒童的人格成長與思想型塑，影響最大的因素往往是取決於父母的教育方式，以及家庭環境的熏染。陳瑚這兩首作品，一方面生動呈現出家庭生活的溫馨，以及兒童的天真可愛；另一方面，也提供我們一個極佳的家庭教育典範。如第一首，「學塗鴉」幾乎是所有孩子都曾有過的調皮行為，本詩啟示我們：對孩子偶爾使大人「傷腦筋」的行為，學習加以欣賞與包容，而不是立刻怒不可遏的責罵或禁止是必須的，因為父母一時的情緒失控，極可能便扼殺了孩子所蘊藏的創造力，或造成壓抑與服從權威的被動性格。至於第二首，也提供父母極佳的省思素材：大人的身教永遠比言教更具影響力，如果父母能以身作則，孩子在模仿與潛移默化中，自然能培養出良好的讀書習慣，無須強迫。當父親沉醉在書香的環境中（而不是酒香與忙於交際應酬），孩子自然也樂在讀書，求知若渴，何須大人督促要求？

送蔡培火蔣渭水陳逢源三君之京

這是一首政治啟蒙詩，閱讀之前，必須了解寫作的時代背景。一九二〇年代，臺灣的文化啟蒙抗日運動風起雲湧，其中尤以「臺灣議會設置請願運動」聲勢最為浩大，發揮凝聚民心的效果也最為顯著。一九二二年，臺灣總督府展開反制行動，壓迫林獻堂退出請願活動，但其他成員不但毫不退縮，反而更積極展開活動。一九二三年二月七日，由蔣渭水、蔡培火、陳逢源三人為請願代表，由基隆搭船赴日本進行第三次請願，臺灣各界熱烈歡送，幼春本詩即為此而寫。

第一、二句強調各界對此行寄予厚望，且眾人決心堅定，第三、四句用典故強化臨行時之悲壯氣氛，第五、六句則刻劃當時所面臨的險惡局勢，並指斥當局的打壓，第七、八句以誇張筆法，生動地鋪寫「壯懷激烈」的送別場景。全詩用典雖多，但並不難理解，尤其字裡行間所洋溢的澎湃熱情與豪宕氣息，極富感染力。其中「願為同胞倒海傾」一句，甚至在後來「治警事件」開庭期間，特別為日籍辯護律師所引用，以說明當時臺灣人共同的心聲。本詩曾在一九二三年三月刊登於當時在日本發行的臺灣雜誌上，發揮相當的宣傳作用與激勵人心的效果。

問題與討論

一、熟番歌反映出當時漢人對待原住民的態度，有何明顯缺失？對當代社會有何參考價值？

二、你認為穫稻一詩，與「現代詩選」單元中的我不和你談論一首，內容有何相通之處？

三、家居即事所描寫的家庭生活有何特色？

四、試就所知探討送蔡培火蔣渭水陳逢源三君之京反映的時代背景與詩作風格。

三三　說青年之人生

唐君毅

題解

本文為論說文，選自青年與學問，主旨在闡述青年之「天德」並不可貴，以勉勵青年惟有依自覺的努力厚植「人德」，擴大心胸，提高志氣，充實人生，方可避免生命之僵化，而不至於重蹈頹敗的中老年人之覆轍。

作者

唐君毅，四川省宜賓縣人。生於民國前三年（西元一九〇九年），卒於民國六十七年（西元一九七八年），年七十。

唐氏畢業自南京國立中央大學哲學系，先後曾執教於中央大學、華西大學、金陵大學。民國三十八年，赴香港創辦新亞書院，民國五十二年，新亞書院併入新成立之香港中文大學，被聘為哲學系講座教授。在香港任教前後近三十年。民國四十七年元旦，唐君毅與牟宗三、徐復觀、張君勱共同發表中國文化宣言，深受國際學界重視，被學術界視為當代新儒家之代表人物之一。

唐氏學貫中西哲學，兼融並蓄，而歸本於中國義理之學。畢生致力於學術研究與教學，成果斐然，去世後，牟宗三以「文化意識宇宙的巨人」譽之，對近代中國哲學與傳統儒學之復甦，貢獻卓著。著有人生之體驗、中國文化之精神價值、中國人文精神之發展、中國哲學原論(原性篇、原教篇、原道篇)等。今有唐君毅先生全集行世。

(一)

人生如四季，青年如春，壯年如夏，中年如秋，老年如冬。四季各有其景象。除非聖人，人難兼備四時之氣於一時。青年，壯年，中年，老年，應各有其適宜而合理之人生。

老年應如冬日之可愛，以一慈祥煦育①之心，護念後生。

中年應如平湖秋月②，胸懷灑落③，作事功成而不居。

壯年人應如花繁葉密，枝幹堅固，足以開創成就事業。

青年應如春風拂弱柳，細雨潤新苗，和順積中而英華外發④。

然如平湖秋月中年與如冬日可愛之老年，談何容易。到秋冬之際，草木凋零，寒風蕭瑟。通常人到中年，便患得患失，人到老年，便暮氣沈沈了。而社會文化的生機，不能不期諸青年人與壯年人。

壯年人如樹木之已長成，枝葉扶疏，相互之間，不易相容讓。孔子說：「及其壯也，戒之在鬥⑤」。壯年人好鬥，常為造亂之人。人類之戰爭，常以壯年人為罪魁禍首。

只有青年如嫩芽初發，含苞未放。代表天地之生機，人類之元氣。

(二)

「長江後浪推前浪，世上新人換舊人。」當老年中年都腐化墮落，壯年皆死於鬥爭中時，一代一代的青年，即不斷的以其新妍活潑之朝氣，使大地回春，而昭蘇⑥暮靄⑦沈沈之世界。

青年自然有朝氣，因其原在生長。青年自然純潔，因在生長中之嫩芽上，縱有一點灰塵，亦因其生力推動，而隨風吹去了。

青年因生長而不怕壓力，而不畏權威。誰不曾見嫩芽之自大石之下長出？

青年生長時，其嫩芽要長成大樹。他所嚮往的是頭上碧茫茫的太虛⑧，而要求頂天立地。所以青年可以有開拓萬古之心胸，推倒一世豪傑之氣概。

青年自然富於正義感，要求其各方面才能之充量的平均發展。草木之生也直，人之生也直。一直向前生，即正直，正義感之泉源。健全的草木之生長，左一枝、右一枝，花花相對，葉葉相當，必求平衡。青年依其本性，總在堂堂正正的大道上行。他在一時可有所偏向，只看光明在那裡為定。如向日葵之依日之光明在那方，他便向那方偏。偏向光明，偏亦是正，亦是中。

這些都是青年的生機，青年的德性。青年的生機，化社會中的糞壤之腐朽，為花葉枝幹之神奇，青年的德性，使人類社會歷史文化，不以中年人老年人之頹敗，而得千古常新。

春天是造物者對大地的恩惠，青年是造物者對人類的恩惠。但青年的德性，亦是造物者給與青年的恩惠。此不是經青年之自己努力而成，是青年之天德⑨，而非青年之人德⑩。青年不應在此驕傲。青年的責任在依自覺的努力，繼天德以立人德。

㈢

青年朋友們，你可曾在自然的純潔外，時時拂拭你心靈上的灰塵？你可曾在自然的不怕壓力，反抗權威，推倒阻礙外，真正求培植你自己之力量，而深植其根於歷史文化之土壤，以吸收地下養料與泉水？你可曾在自然的正義感之外，細細去思維什麼是人間社會最高的正義，真正求實現此正義而百折不回？你除了憑你自己個人之力，以實現你之抱負志願，以向光明外，你可曾發憤求師友相勉或尚友⑪古人，以擴大你之胸量，提高你之志氣，而看見更大的光明？這些都賴你自覺的努力，而不能只恃你青年的天德。

青年朋友們，如果你只恃你青年的天德，以為即此可以傲視頹敗的中年與老年，你便要知，青年轉瞬即成壯年，成中年，成老年。青年的德性，隨青年以俱來者，亦將隨青年以俱去。「朱顏今日雖欺我，白髮他年不讓君⑫。」你到中年老年時，你是不是亦會同你所厭惡之頹敗的中年老年一樣？「秦人不暇自哀而後人哀之。後人哀之而不鑑之，亦使後人而復哀後人也⑬。」世界最大的悲劇，莫如「後之視今亦猶今之視昔⑭」了。

如果人類真如草木，我們可以使他自然的生長，自然的衰朽。我們不必躭心現代的青年將來之衰朽，因為以後還有代代的青年，會出來以代表天地之生機、人類之元氣。然而人類畢竟不只是草木。人之尊貴，在以人力奪天工。人不應自然的生長，自然的衰朽。

所以，我們不能不希望青年以其自覺的努力，充實培養其自然的德性。這樣他到壯年才能如花繁葉密，枝幹堅固，成就事業；中年才能如平湖秋月，胸懷灑落，功成不居；老年才能如冬日之可愛，以護念⑮提攜⑯下一代之青年。春夏秋冬，四時之氣，周行不息⑰，而後歲歲年年，人道賴以永存。

注釋

①煦育　天地以暖氣生養萬物。也作「煦嫗」、「昫育」。煦，音ㄒㄩˇ。以氣暖物。

②平湖秋月　平靜的湖泊，映照著秋天的明月。譬喻為人胸襟開闊而心地皎潔，光明磊落。

③灑落　同「洒落」。灑脫自然，不受拘束。

④和順積中而英華外發　語出禮記樂記：「和順積中，而英華發外。」指內心溫和柔順，自然將精神豐采之美彰顯於外。

⑤及其壯也二句　見論語季氏：「孔子曰：『君子有三戒：少之時，血氣未定，戒之在色；及其壯也，血氣方剛，戒之在鬥；及其老也，血氣既衰，戒之在得。』」

⑥昭蘇　蘇醒；復甦。也指元氣恢復，重現生機。

⑦暮靄　黃昏時的雲氣。柳永雨霖鈴詞：「暮靄沈沈楚天闊。」

⑧太虛　天空。

⑨天德　與生俱來，上天賦予的德性、特質。

⑩人德　經由人為努力所培植的德性。

⑪尚友　上與古人為友。尚，通「上」。語出孟子萬章下：「以友天下之善士為未足，又尚論古之人，頌其詩，讀其書，不知其人，可乎？是以論其世也，是尚友也。」

⑫朱顏今日雖欺我二句　出自白居易戲答諸少年詩，文字小異。原詩如下：「顧我長年頭似雪，饒君壯歲氣如雲。朱顏今日雖欺我，白髮他時不放君。」

⑬秦人不暇自哀而後人哀之三句　本義指秦朝因殘暴而滅亡，後人未引為借鑑，仍不免於淪亡之下場，則徒然又使後人深以為可悲而已。本文引此，是指青年如未依自覺的努力，厚植人德，而徒恃天德，最後終將成為當年他所鄙視的頹敗之中年、老年人，墮入相同的循環中。語出杜牧阿房宮賦。

⑭後之視今亦猶今之視昔　本指人生皆難逃死亡之最終結局，而後人感慨今人已亡，正如今人之感慨昔人已死。在此指日後之青年鄙視頹敗之中老年人，正如今日青年之鄙視頹敗之中老年人，而其本身卻又無法跳脫頹敗的輪迴，是最為可悲者。語出王羲之蘭亭集序。

⑮護念　保護憐愛。念，憐愛。

⑯提攜　提拔；扶植。

⑰周行不息　循環運行，永不停息。

研析

本文共分三節：第一節以四季比喻人生四個階段，先描述老年、中年、壯年、青年「適宜而合理」的人生境界。接著筆鋒一轉，論及老年、中年、壯年常見之缺失，歸結到：只有青年「代表天地之生機，人類之元氣」的主旨。

第二節就青年之朝氣、生機，以草木嫩芽為喻加以闡述。言青年有開拓萬古之心胸、推倒一世豪傑之氣概，自然富於正義感，總行走於堂堂正正的大道等。但，凡此皆是造物者所賜之天德，並不足傲，青年之責任乃在「繼天德以立人德」。

第三節勉勵青年應以自覺的努力擴大心胸、提高志氣，否則轉瞬即成頹敗的中老年人。惟有厚植「人德」以繼天德，到壯年、中年、老年時，才能達到適宜合理的人生境界，如四時之氣運行不息，而人道賴以永存。

從寫作布局來看，第一節是採取「平提側注」的寫法。先將老年、中年、壯年、青年四者並列，置於平等地位，是謂「平提」，再逐步將「青年」自四者之中單獨提出，予以強調，以凸顯主題，是為「側注」。第二節則採取「宕開一層」的手法。先以大量篇幅描述青年之生機、德性所具有之種種特質，而在最後一段有如神龍擺尾，轉而論述：以上所言乃青年之天德，並不足恃，由此宕開文勢，引起下文。第三節的寫法則有如「回眸秋波」，呼應前文。先闡明青年以自覺的努力厚植人德之重要性，是為了避免日後淪為頹敗的中老年人，最後則回歸主題，呼應第一節所描述的人生四階段的理想境界。全文結構，環環相扣，是一圓周型的布局，安排自然而嚴謹。

本文理路明暢，善於取喻，言雖淺而意實深，是一代哲人難得的淺顯卻用心良苦之作。在寫作技巧上，別有特色：其一，善於譬喻，如以四時喻人生四階段，以植物（嫩芽、大樹）喻青年之生機，讀來既生動又切題，頗富文采且搖曳生姿，無作者純說哲理之著作所常見的拗澀之病。其二，引用詩文，自然允當。本文引詩、文多處，如白居易詩、杜牧、王羲之文，都有畫龍點睛之妙，能產生警惕的效果，強化說理的力量。其三，排比反問句的運用。在第三節首段，作者連用四次反問句，文句長短不一，音節富有頓挫的變化，氣勢翻騰，而意蘊良深，容易引人深思。

誠如本文所說：青年代表天地的生機，人類的元氣。但青年人也容易或好高騖遠、目空一切；或庸庸碌碌、缺乏理想；或逸樂取向，得過且過；或追求功利，目光短淺。凡此，皆當代青年世俗化、汙濁化之常見弊病。如何秉持青年特有之生機與豪氣，以開闊心胸，恢宏志氣，成就剛健而充實的人生，這正是年輕學子讀了本文之後，最應深思的課題。

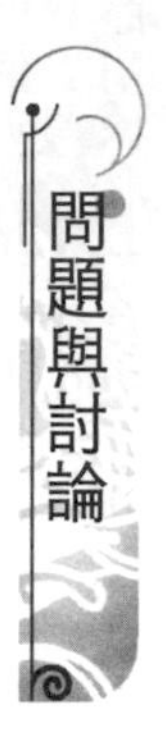

問題與討論

一、為什麼說青年「代表天地之生機，人類之元氣」？

二、為什麼作者認為天德並不足恃，而必須「繼天德以立人德」？

三、你認為現代青年有哪些共同的特質？與本文所述異同何在？

四、你對自己的青年階段有何期許？未來壯年、中年、老年的規劃又如何？

三四　瓷碗

洪素麗

題解

本篇為記敘文，選自昔人的臉。作者從兩隻青花瓷碗寫起，透過對瓷器的欣賞與聯想，表現他生活的趣味，並寄託身在異國，心懷家園的遊子情。

作者

洪素麗，高雄市人，民國三十六年（西元一九四七年）生。國立臺灣大學中文系畢業，旋赴美國紐約習畫。擅長散文與木刻；現居紐約，從事創作。主要作品有十年散記、浮草、昔人的臉等。

有風的暮秋週末，出去滿街走了一下午，累了，要去搭車，不期然撞進一家日本瓷器店。胖胖的老板娘，有點像糯米糰，有溫和的微笑。

靠牆的兩面牆架，一層層整齊擺著盤碗杯盅①。走道中間的架子是海苔、魚罐頭、玻璃紙袋裝的即溶作料、乾壓食品，天花板垂掛著大小不一的紙燈籠。是一家空間緊湊、井然有序的日本商店。

我喜歡看瓷器，各式各樣花色不一的瓷器，手敲起來鏗然有聲，是我喜歡把玩的。店裡的杯盤比較普通，瓷碗卻很美麗，我看中了一個又一個，全是青花瓷②，胎骨薄、碗身輕，是上好的瓷器。明代記載青瓷上品是「青如天、明如鏡、薄如紙、聲如磬③」；碧青如洗，明亮如鏡，晴空萬里的天青色，是唐以來越窯④講究的青瓷顏色。用胎泥摻鐵質，高燒至千度，鐵質還原為青色。鐵質的比例，泥質的粗細，窯燒的火候，決定了青色瓷底澄明勻淨。越窯至唐末五代時，已可將青釉⑤色澤控制自如，從天青色到千峰翠色，從影青⑥到一泓清漪⑦如春水的碧藍色。工匠的技藝一再改進，推陳出新。到五代末期時，周世宗指定的青瓷顏色是「雨過天青雲破處，者般顏色做將來⑧」；「雨過天青」色的青瓷便是周世宗時御製的柴窯⑨出品的最高藝術了。

瓷器與絲、紙一齊沿絲路傳至西方，是中國珍貴的發明。清末以後，中國瓷業漸趨式微，雖然製瓷之業從未中斷，但是比起唐宋元明的邢窯⑩、越窯、汝窯⑪、鈞窯⑫、定窯⑬、哥窯、弟窯⑭、建窯⑮……等等名窯出產的名瓷，可以說光輝不再了。

我找尋的是美麗的、家常的用品，可是近十年來，在國內總找不到美麗的瓷碗可賞玩。市場上堆的白底閃金字，寫著福祿壽喜字樣的瓷碗，總覺趣味全無。用那樣的碗來裝飯，那飯恐怕也不香罷？早期臺灣碗，繪有公雞、魚、蝦、蘭草的粗碗，素樸可愛，是工匠們隨意的創造，那樣的碗裝了飯，配幾道小菜，令人舉箸前想誠心合十膜拜一下。樸素大方的瓷碗，即使空空地擺在揩淨的桌案上，也使人有焚香靜坐、豐裕生活的平安歲月底遐想。

我於是在店裡挑了兩隻比平常飯碗稍大的青花瓷碗。怎麼描述它們呢？兩隻都是青花色，一隻是手繪的，筆致落拓⑯，草花離離⑰；另隻是印花的，像印花布，碗內折曲斜線劃出兩種不同的花樣，像花青色日本和服腰下綁一條靛藍紋帶。碗背又是另一種更細碎的草花均勻灑開。三種花並繪於一隻碗上，並不覺得錯綜繁複，仍是簡單、明快而淨美。

晚上我一邊做菜，一邊頻頻轉過頭來欣賞洗淨擱在飯桌上的兩隻新碗，溫潤的青花碗，像水裡長出的兩朵青蓮，自己散著若有似無的幽香。那頓飯，我做得比往常興會淋漓⑱。

飯後把碗筷洗淨了，我又把玩那兩隻新碗。「山齋飯罷渾無事，滿缽擎來盡落花⑲」，曼殊大師⑳的缽不知是什麼樣子的？大概也是既家常又美麗罷？碗可以承落花，也可以沖茶，做酒盃也無妨，如果有海量的話。陸羽㉑的茶經推崇越州青瓷：「瓷青而茶綠，青則益茶，邢窯白瓷下之。」陸龜蒙㉒亦有詩云：「九秋風露越窯開，奪得千峰翠色來。」一碗淡青茶水，也承了九秋風露，茶碗本身已具備了色香味的底子，只待好茶好水沖來，芳香撲鼻，千金不易也。茶碗做酒盃，「紋如亂絲，其薄如紙，以酒注之，溫溫然有氣相吹如沸湯，名自暖盃」（開元天寶遺事㉓，王仁裕著）。好瓷碗亦可調音，段安節樂府雜錄㉔上記錄，調音律官郭道源「善擊甌，率以邢甌、越甌共十二隻，旋加減水於其中，以筯擊之，其音妙於方響㉕」；瓷碗本身胎骨極堅且薄，拿筷子敲，聲音清妙如擊磬，古人飲酒即興作樂時，大概常常敲碗助興，今人亦然，只是現代的碗恐怕禁不起敲哩！

川端康成㉖有一極短篇小說，大學時讀過，至今不能忘記。全文大概只有五百字，寫一個即將離開港都遠去他鄉求職養家的男子，離家之日，沈靜的妻子默默在廚房裡做飯送行，不小心打破了一只碗，男子獨坐另室，聽到碗落地的清脆撞擊聲。離鄉之後，謀生不易，東飄西蕩，賺到一點錢又去買醉，每回醉醺醺回到客居小室時，拉開紙門，耳旁便響起瓷碗落地的聲音哐——啷！

瓷碗落地的聲音，我設想是，象徵著一種鄉愁的牽引，妻兒的呼喚，一個落魄男子徬徨的心悸，一個生活的嚴厲警告。

這隻摔破的瓷碗，多年來一直在我心頭供著。而此刻手中的兩隻新瓷碗，亦讓我對之如對神明之感；提醒我對生活的虔誠與勤謹。

注釋

①盅　音ㄓㄨㄥ。小杯，今泛稱杯類容器。

②青花瓷　一種白底藍花的瓷器，風格樸素清雅，相傳始於宋代。

③青如天四句　形容青花瓷器的特色。語見清初谷應泰博物要覽卷二。

④越窯　唐代設在越州的瓷窯，故址在今浙江省餘杭縣。所產瓷器釉色青翠。

⑤釉　音ㄧㄡˋ。塗於陶瓷坯上，使有光彩的質料。

⑥影青　青瓷的一種，胎體潔白，細薄晶瑩，釉色白中泛青。自宋代在景德鎮一帶開始生產。

⑦漪　音ㄧ。風吹水波成紋。

⑧雨過天青雲破處二句　語見清朱琰陶說「後周柴窯」條：「柴世宗時燒者，故曰柴窯。相傳當日請瓷器式（規格），世宗批其狀曰：『雨過天青雲破處，者般顏色作將來。』」者般，即這般、這樣。將，助詞，無

義。

⑨柴窯　五代瓷窯名，相傳為後周世宗柴榮指令建造，故名。故址在今河南省鄭縣一帶。

⑩邢窯　唐代設在邢州的著名白釉瓷窯，故址在今河北省內丘縣。

⑪汝窯　宋代設在汝州的瓷窯，故址在今河南省臨汝縣。所產瓷器的釉色近於雨過天青。

⑫鈞窯　宋代設在鈞州的瓷窯，故址在今河南省禹縣。

⑬定窯　宋代設在定州的瓷窯，故址在今河北省曲陽縣。

⑭哥窯弟窯　南宋瓷窯名，窯址在處州龍泉縣（今浙江省龍泉縣），據傳當時有章生一、章生二兄弟二人在此製瓷，各主一窯，故名。

⑮建窯　宋代設在建州的瓷窯，以燒製黑瓷著名，故址在今福建省建陽縣。

⑯落拓　放任不羈。

⑰離離　歷歷分明的樣子。

⑱興會淋漓　興致高昂，酣暢痛快。

⑲山齋飯罷渾無事二句　語見蘇曼殊全集。渾，全。

⑳曼殊大師　蘇曼殊（西元一八八四——一九一八年），名玄瑛，號曼殊，廣東省香山縣（今中山縣）人。曾留學日本，後出家為僧，能詩文，善畫，通英、法、日、梵文，著有斷鴻零雁記、蘇曼殊全集等書。

㉑陸羽　字鴻漸，名疾，一字季疵，唐復州竟陵（今湖北省天門市）人。性嗜茶，著茶經三篇，為中國最早的茶藝專著。本篇引文見茶經卷中，文字略有出入。

㉒陸龜蒙　字魯望，號江湖散人，又號天隨子，唐長洲（今江蘇省吳縣市）人。隱居甫里（今江蘇省吳縣市東南），世稱甫里先生，著有甫里集、笠澤叢書等。本篇所引詩句見甫里集卷十二祕色越器詩：「九秋風露越窯開，奪得千峰翠色來。好向中宵盛沆瀣（音ㄏㄤˋ ㄒㄧㄝˋ。露水），共嵇中散（指嵇康。康曾任中散大夫）鬥遺杯。」

㉓開元天寶遺事　書名。五代王仁裕撰，記載唐玄宗開元、天寶年間（西元七一三——七五五年）的遺聞佚事。本篇引文見該書卷上「自暖盃」條，文字略有出入。

㉔樂府雜錄　書名，又名琵琶錄，晚唐段安節撰，雜記唐代音樂資料。本篇引文見該書「擊甌」條。

㉕方響　南朝梁時首造之打擊樂器，盛行於南宋。用長方鋼片十六枚，分兩排懸於一架，用小銅鎚擊以發聲。

㉖川端康成　（西元一八九九——一九七二年）日本小說家，一九六八年諾貝爾文學獎得主。著有雪鄉、千羽鶴、山之音及美麗與哀愁等。

研析

這是一篇兼融知性與感性的散文，就題材而言，是詠物之作，就寫作風格而言，清淡中自有雋永之逸趣，不尚藻飾，無激越之言詞，筆調從容，寫來如行雲流水，不見斧鑿痕。

本文內容，主要是敘述在瓷器店買兩個瓷碗的經過，及因此而興起的感懷，兼而融入對中國瓷器發展簡史及瓷器文化的描述。前者偏向感性，而後者重在知性。寫作文章，如知性成分太多，易流於枯淡呆板；若感性成分過重，則放縱而濫情。作者在知性與感性的調和上，有不錯的表現。兩者在本文中並非涇渭分明，而是自然融合的。

全文一開始即敘逛進瓷器店的緣起，「胖胖的老板娘，有點像糯米糰，有溫和的微笑。」簡單的描寫，給人溫馨親切之感，作者對這家商店的陳設作一速寫之後，隨即以「我喜歡看瓷器」帶入重點，並以「店裡的杯盤比較普通，瓷碗卻很美麗」刪去無關的枝節，抓穩主題。接著，作者展現了他對中國青瓷的豐富知識，重心在寫青瓷色澤之美，這是偏重於知性的敘述，也間接反映他對瓷器的熱愛。在感慨清末以來，中國瓷業式微，光輝不再之後，作者文勢一轉，改以感性之筆，引向懷舊之情。對臺灣早期繪有公雞、魚、蝦、蘭草的粗碗，作者的感想是：「那樣的碗裝了飯，配幾道小菜，令人舉箸前想誠心合十膜拜一下。」「即使空空地擺在揩淨的桌案上，也使人有焚香靜坐、豐裕生活的平安歲月底遐想。」這樣的念舊，充滿感恩、惜福之心，是素樸而真摯、紮根於大地的鄉土情懷，讀來令人動容。

懷舊之後，作者不忘拉回當下，先是針對選購的兩隻青花瓷碗的造型作一準確而細緻的描寫。然後，以「審美」的眼光，描述瓷碗之美：「溫潤的青花碗，像水裡長出的兩朵青蓮，自己散著若有似無的幽香。」簡單卻出色的譬喻，洋溢著沉靜優雅的美感。接著，作者以「把玩那兩隻新碗」為綱領，觸發想像，分別引述近人蘇曼殊、唐人陸龜蒙的詩句，以及陸羽茶經、王仁裕開元天寶遺事、段安節樂府雜錄等古籍中相關的記載，印證瓷碗的多方面用途：可以承落花、也可以沖茶、做酒盃，甚至可以調音律。在此，一連串的引用，既可看出作者的博學，卻又博而不雜，並未流於堆砌賣弄，使詩情與理趣兼具，知性與感性融合無間，蓋其聯想主線脈絡清晰，不致渙散無歸之故。讀者因此可充分領略：原來瓷碗除了實用價值，更充滿藝術賞玩的情趣，可見作者深得「藝術即生活」的個中三昧。

文章結尾處，作者又引述日本現代小說家川端康成的作品，既暗中呼應文章開頭的日本瓷器店，也將全文沉著從容的語調，作一完美的收束，深刻雋永，意在言外。所謂「這隻摔破的瓷碗，多年來一直在我心頭供著。」摔破的瓷碗，或許是象徵人生的某種缺憾或困境，一如文中所具體描述的：「一種鄉愁的牽引」、「一個生活的嚴厲警告」。而作者心中供奉的，正是最末句所說的：「對生活的虔誠與勤謹。」由此可知：感性的背後，原是緣自細緻的生活美感和誠懇的人生體悟啊！

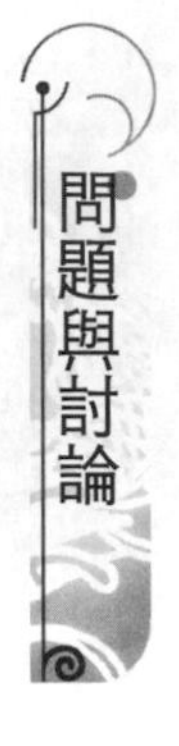

問題與討論

一、本文寫作，在「知性」與「感性」的融合上，有何特色？

二、試就本文因瓷碗而引發的聯想主題：「思古」與「懷舊」，「生活情趣」與「人生體悟」，作更深一層的討論。

三、瓷器是中國的發明，文中所述，買的卻是日本瓷碗，結束時又引用日本現代小說，是巧合還是另有深意？

三五　一勺靈泉

李元洛

題解

本文選自作者散文集鳳凰遊第二輯山水文緣。旨在描寫與「一勺靈泉」邂逅的經過，以及由此所引發的感想與憬悟。一勺靈泉，本為一勺山泉；但因它洗滌了作者心靈的塵垢，開啟其心靈的智慧，故名「靈泉」。

作者

李元洛，湖南省長沙市人，民國二十六年（西元一九三七年）生。北京師範大學中文系畢業。曾任湖南作家協會副主席、研究員，湘潭大學、西南師範大學中國新詩研究所兼職教授，湖南師範大學名譽教授。

李氏於學術研究之餘，亦從事散文創作。其散文深遠如哲學天地，有哲人對生命的思考與關懷；高華如藝術殿堂，有才子的錦心繡口；厚重如文化沃壤，有學者的素養和風度。其主要作品收錄於鳳凰遊一書，深獲各界好評。此外，曾出版詩學漫筆、李元洛文學評論選、詩美學、歌鼓湘靈——楚詩詞藝術欣賞、在天願作比翼鳥——歷代文人愛情詩詞曲三百首、千葉紅芙蓉——歷代民間愛情詩詞曲三百首等詩學研究及詩歌評論著述。

壯闊的是海，它的浩瀚令志士鷹揚奮發；汪洋的是湖，它的豪碧使詩人逸興遄飛①；奔流的是江河，它的不舍晝夜②讓哲學家也不免臨流感歎。古往今來，江河湖海聽夠了人的敬畏之辭和讚美之曲，而普普通通隱居在深山裡的一勺山泉呢？

人在紅塵，身居鬧市，我常常感到煩悶和厭倦。平心而論，紅塵給了我不少好處，鬧市也給了我許多方便。在催魂鈴一文中，詩人余光中雖生動地描繪了電話鈴聲擾人之苦，但家中有部電話，縮地有方，千里之遙剎那間可成咫尺，就不必像古人那樣歎息「嶺外音書絕，經冬復立春③」了。又例如火車站與飛機場均不在遠，外出開會或訪友，或千輪飛轉，或一鳥沖天，比古代那種「長亭更短亭④」自然也快捷得多。陶淵明老先生確曾欣喜地說過「久在樊籠裡，復得返自然⑤」，他的歸去來兮有種種原因，我已經無法向他詢問，但我的不時厭倦紅塵，實在是深感現在人類生存狀態的一系列危機與惡果，乃人口的惡性增長所致。

當今城市的人口密度，大約已經如火柴盒中滿裝滿載的火柴，密密麻麻，擠擠攘攘。火柴們擠在一起雖不免摩擦，但大體上尚可相安無事；萬物之靈的人擠成一團，則難以和平共處了。不論貧困或富裕，越功利化、商業化而缺乏自我調適的社會尤其如此。因為粥少僧多，加之分配不公，常可見為了一個職位的提昇或一個職稱的獲得而機關算盡⑥，甚至刺刀見紅。高密度群集本來使物理環境和生態環境嚴重汙染，壓抑感加重，人情關係淡化，人常常像一桶一引即爆的炸藥，稍有衝突即可惡語相向，大打出手。更不要說在現代文明社會裡，處處可見的貪汙、盜竊、搶劫、賣淫等等不文明的社會邪惡。人啊人！人既有善良、向上、創造的一面，也有以自我為中心的貪斐利己的特性。這樣，人既創造了體現真善美的正面價值的人的世界，也派生了表現假惡醜的負面價值的異化世界。正如一位外國學者A・格雷格所指出的：「世界生了癌，這癌就是人！」

赤日炎炎的夏季，我在熱昏了的城市裡輾轉反側，像一張快要燒焦了的烙餅，於是就遠遁深山。這倒不是如西方發達國家有些人那樣所謂「反璞歸真⑦」，一心回到與大自然融為一體的原始社會中去，而是因為山水有清音，讓綠水青山賜我以耳福與眼福，鬆弛一下在紅塵中已經繃得太緊的神經，抖落一些在鬧市裡日積月累揮之不去的鬱悶。然而，我本意在遊賞山水，嘯傲煙霞⑧，卻不料在深山偶然邂逅了使我憬悟而且警悟的一勺山泉。

我們當時正奮力高攀迴出雲霄的白馬山的絕頂。從黎明攀到日影偏西，夏日的炎陽高張赤熾，我們都已力倦神疲，而且汗出如漿，口渴如狂。翻過一個山頭，忽然，兩峰合抱的山灣裡有一泓清泉如明鏡照人眉睫。我們歡呼而前，正待俯身捧飲，我驀地發現一隻小木瓢靜靜地躺在水邊。如同一道閃電照亮了夜空，如同清鐘一記叩響了心弦，我不禁如得神示，痴痴地望著那一方木瓢默想起來。

這一帶盡是荒山野嶺，好遠好遠都沒有人煙，是哪一位善心人遠道而來，將這隻木瓢放置在這裡？他悄然來去，除了在一側不知是冷眼還是熱眼旁觀的山神也許記住了他的身影，人世間有誰知道他的姓名？古人說：「勿以善小而不為；勿以惡小而為之⑨。」放置一方木瓢在深山的野泉之旁，給行色匆匆的焦渴的旅人一瓢之飲，這當然不是什麼施惠眾生的大善，也非感天動地的壯舉；但是，世人卻常常以善小而不去躬行，而那些拔一毛利天下而不為⑩的人，對此更是不屑一顧。然而，假如人人都能像這位無名氏一樣，在紅塵競逐之中，對周圍的人多有一份愛心，少有一點私慾，做一些有益於己而有助於人的善行，這個紛紛擾擾的道德日益沉淪、人性日見墮落的世界，不是會變得美好些嗎？

弱水三千，我只取一瓢飲⑪。誰知道是什麼人在山泉邊放置一方木瓢？誰知道小小木瓢已舀起了多少匆匆趕路的日月？誰知道日來月往中它清涼了多少人的心田？誰知道心田裡萌生了多少再也不會荒蕪的春色？不必多年面壁才能參禪，不必苦讀經書才能悟道，不期而遇的山泉小勺就可開我愚蒙，啟我靈智。於是，我深深地俯下身來，對山泉這面一塵不染的明鏡而自鑑，這是群山所珍藏的一面明鏡，這是一方纖毫畢現的明鏡，它不僅洗亮了地上的綠樹青山，高空的天光雲影，也照見了我靈魂的塵垢和人世的紛爭。當同行的朋友盡情痛飲了清洌的泉水之後，我如同一名受人布施的托缽人，虔誠地感激大山的施捨，舉起了那一方普通而靈異的木瓢，舀起兩瓢清清洌洌的泉水，一瓢止渴，止乾渴如焚的喉舌；一瓢清心，在山泉水清⑫，清自己在山外煎熬著七情六慾的凡心。

唐代的無際大師也就是石頭希遷和尚，他在心藥方中提出度世救人的「十味妙藥」，排在第一、二位的是「好肚腸一條，慈悲心一片」。這並非沒有道理。佛家認為一切即一，一即一切，一個人既是眾生的一份子，眾生又是全體的大我，救人即是自度，利人也即利己。這和現代人類學的某些觀點不謀而合，現代人類學認為人是全球危機的總根源，這一危機表現為人類與自然關係的失衡，人類與社會（人與人）關係的失衡，人類與自身關係的失衡，而要解決危機就要使以上三方面的關係和諧協調。解鈴還要繫鈴人，關鍵在於人的自我調適和自我完善，對自然環境固然要尊重和保護，人與人之間也要互重、互愛、互信、互利，建立我為人人、人人為我的和諧的新秩序。

從抽象的說理回到具象的感悟，自從復歸塵沙匝地紅塵滿天的鬧市，我卻分外感激夏日深山的恩寵，時常記念它的好天好日，在心田汪著它賜給我的一勺靈泉。

注釋

①逸興遄飛　超越流俗的情興迅速的飛揚奔騰。遄，音ㄔㄨㄢˊ。快速。

②不舍晝夜　晝夜不停。舍，同「捨」。論語子罕：「子在川上，曰：逝者如斯夫，不舍晝夜。」

③嶺外音書絕二句　意指謫居嶺南，和故鄉親友音信久已斷絕。宋之問渡漢江云：「嶺外音書斷，經冬復歷春。近鄉情更怯，不敢問來人。」

④長亭更短亭　意指路途迢遙，走走復停停。長亭、短亭，古代供行人休息，或送別親友的地方。李白菩薩蠻云：「何處是歸程，長亭更短亭。」

⑤久在樊籠裡二句　意指脫離束縛自己多年的官場生活，而能重新歸返自然田園。見陶淵明歸園田居五首之一。

⑥機關算盡　用盡權謀機詐。

⑦反璞歸真　去除外飾，回復真樸的本質。

⑧嘯傲煙霞　在山水之中歌詠長嘯，以寄託豪情傲骨。

⑨勿以善小而不為二句　意即眾善奉行，諸惡莫作。語出諸葛亮集，為劉備臨終勉勵後主的遺詔。

⑩拔一毛利天下而不為　意指自私自利不願為公益之事付出絲毫力量。本是孟子批評楊朱「為我」學說的話。語見孟子盡心上。

⑪弱水三千二句　水雖多然僅汲取其中的一瓢來飲用。後引申指可愛者雖多，然自己卻情有獨鍾。紅樓夢九一回：「任憑弱水三千，我只取一瓢飲。」

⑫在山泉水清　泉水在山，未受汙染，顯得格外清澈。杜甫佳人詩云：「在山泉水清，出山泉水濁。」

研析

本文凡九段：首段以江河湖海，襯托出山泉本自平凡無奇。二、三段描寫都會生活雖然方便，但因人口密集，各種文明病症油然而生，令人不時產生厭離的情緒。四、五段敘述走回自然，以及與「一勺山泉」邂逅的經歷。第六段由山泉上善心人士所放置的一瓢，觸發對人類善性的期許。第七段極言一瓢清泉可以止渴清心、開啟靈智。第八段揭示小我與大我，人與自然的密切關係，期盼建立人、我、自然和諧共處的社會。末段說明靈泉賜予自己在紅塵中生活的力量和希望。

對現代文明的省思是本篇作品中重要的主題內涵。作者對於現代社會漸趨功利化、商業化，人際關係愈來愈冷淡、緊張，生態環境被嚴重破壞、汙染，以及人性日益墮落、道德日見淪喪等問題，都有一份知識分子責無旁貸的關懷和使命感。藉由「一勺靈泉」的啟示，作者認為要解決文明所帶來的弊端，對社會、環境要多一分愛心，少一點私欲。「解鈴還要繫鈴人，關鍵在於人的自我調適和自我完善，對自然環境固然要尊重和保護，人與人之間也要互重、互愛、互信、互利。」這一觀點值得我們深思。

就寫作筆法而言，作者常用對句來加強敘事、抒情、或議論的力量。如：「人在紅塵，身居鬧市」；這是敘事。「如同一道閃電照亮了夜空，如同清鐘一記叩響了心弦」；這是抒情。至於議論則有：「人既創造了體現真善美的正面價值的人的世界，也派生了表現假惡醜的負面價值的異化世界。」全文中這樣的對句隨處可見，但不免有過分整齊、重複的瑕疵。（余光中鳳凰遊序）由於作者畢業於中文系，對傳統文學相當嫻熟，是故文中常徵引、融裁前賢的詩詞、文章，為作品增添了文化的深度。此外，首段排比的句法，第七段前半排比中兼含頂針的形式，亦頗具特色。

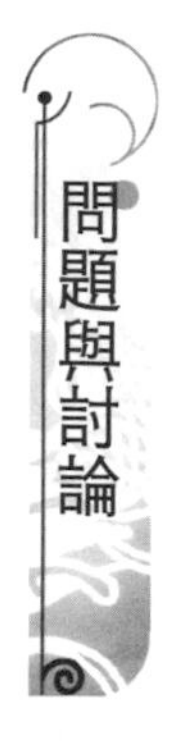

問題與討論

一、本文的主題內涵為何？試申論之。

二、「現代文明」對現代人而言，其利弊得失為何？

三、試揣摩本文首段排比的句法，自行取材，仿作一例。

三六　現代詩選

題解

金龍禪寺選自魔歌，並見於因為風的緣故（洛夫詩選）。詩中描寫黃昏時遊客下山，寺院四周山中燈火亮起的意境。

廣場選自風吹才感到樹的存在，是對威權統治者加以嘲諷，隱藏不滿的政治諷刺詩。

我不和你談論選自吳晟詩選，表達對田園生活的熱愛與農人立足鄉土的認同。

在想像的部落選自台灣文學讀本新詩卷，作者藉由想像，重構追塑自己所屬的族群原始部落之和諧與美好。

作者

洛夫，本名莫洛夫。湖南省衡陽市人。生於民國十七年（西元一九二八年），卒於民國一〇七年（西元二〇一八年），年九十一。淡江大學外文系畢業，曾任教東吳大學。並為「創世紀詩社」創辦人之一、創世紀詩刊總編輯。民國三十五年讀高中時，開始新詩創作。民國四十一年發表來臺的第一首詩火焰之歌。自民國四十六年出版第一本詩集靈河起，洛夫尤勤於現代詩創作，以經營意象著稱，自成出入時空揮灑縱橫的語言魅力，憑空而來，出奇制勝，往往令人目不暇給，目眩神搖。民國七十一年獲中國時報敘事詩推薦獎及中山文藝創作獎，民國七十五年獲吳三連文藝獎。著有石室之死亡、魔歌、洛夫自選集、釀酒的石頭、因為風的緣故、月光房子、隱題詩等詩集。另有散文集洛夫隨筆、詩論集洛夫詩論選集等著作。

白萩，本名何錦榮。臺中市人。民國二十六年（西元一九三七年）生。臺中商職畢業。民國四十二年開始接觸新詩，四十四年獲中國文協第一屆新詩獎。初為「藍星詩社」主幹，後為「現代派」同仁、創世紀詩刊編委，及「笠詩社」發起同仁與主編。曾為美術設計公司負責人，現已退休。強調以冷凝的觀照，以個人體驗，挖掘出新的美感，散發出深度的香醇。民國八十三年獲臺灣榮後詩獎。著有蛾之死、天空象徵、白萩詩選、風吹才感到樹的存在等詩集。另有現代詩散論等詩論集。

吳晟，本名吳勝雄。彰化縣人。民國三十三年（西元一九四四年）生。省立屏東農專（現改制為屏東科技大學）畢業，曾任彰化縣溪州國中生物科教師數十年，現已退休，專心寫作，並於靜宜大學兼任文學課程教師。曾應邀赴美國愛荷華大學「國際作家工作坊」訪問，民國九十年獲選為南投縣駐縣作家、民國九十一年獲彰化縣文學貢獻獎。吳晟自年輕時期即堅守田園，實際務農，並擔任家鄉教職，其作品以描寫臺灣農村生活著稱，語言風格樸實，為臺灣當代最具代表性的農民詩人。著有詩集飄搖裡、吾鄉印象、向孩子說、吳晟詩選，散文集農婦、店仔頭、筆記濁水溪、一首詩一個故事等。

瓦歷斯．諾幹，泰雅族原住民作家，民國五十年（西元一九六一年）出生於臺中市和平區自由里泰雅族部落，漢名吳俊傑，早期曾以柳翱為筆名，近年則以原住民本名發表創作。臺中師專（現改制為臺中教育大學）畢業，曾任教於臺中市自由國小、中興大學等校。長期致力原住民文化重建工作，主持臺灣原住民文化運動刊物「獵人文化」及「臺灣原住民人文研究中心」。作品涵蓋詩、散文、報導文學、評論等，曾多次獲得國內各大文學獎。著有永遠的部落、荒野的呼喚、想念族人、戴墨鏡的飛鼠、番人之眼、伊能再踏查等。

金龍禪寺

洛夫

晚鐘
是遊客下山的小路
羊齒植物
沿著白色的石階
一路嚼了下去

如果此處降雪

而只見
一隻驚起的灰蟬
把山中的燈火
一盞盞地
點燃

廣場

白萩

所有的群眾一哄而散了
　　　　　回到床上
去擁護有體香的女人
而銅像猶在堅持他的主義
對著無人的廣場
振臂高呼

只有風
頑皮地踢著葉子嘻嘻哈哈
在擦拭那些足跡

我不和你談論

吳晟

我不和你談論詩藝
不和你談論那些糾纏不清的隱喻
請離開書房
我帶你去廣袤①的田野走走
去看看遍處的幼苗
如何沉默地奮力生長

我不和你談論人生
不和你談論那些深奧玄妙的思潮
請離開書房
我帶你去廣袤的田野走走
去撫觸清涼的河水
如何沉默地灌溉田地

我不和你談論社會

不和你談論那些痛徹心肺的爭奪
請離開書房
我帶你去廣袤的田野走走
去探望一群一群的農人
如何沉默地揮汗耕作

你久居鬧熱滾滾的都城
詩藝呀！人生呀！社會呀
已爭辯了很多
這是急於播種的春日
而你難得來鄉間
我帶你去廣袤的田野走走
去領略領略春風
如何溫柔地吹拂著大地

在想像的部落

瓦歷斯・諾幹

那時，我們又重回到歷史的起點
天還未明，島嶼仍在沉睡
有麋鹿遠來憩息②，垂首飲水
部落的草舍有釀米酒的香味
圍場上竹竿高高擎起
長老安坐上席等待祭典
孩童還在模仿獵人的行止
在場外彷彿追趕憤怒的山豬
空氣沉穩地盪漾靜穆的顏彩
只要第一支祭舞奮起
秋天我們將有豐美的收穫

那時，我們又回到島嶼的起點
溪流活潑地降下山谷
平原仍舊有翠綠的草地

誰也看不到熾烈的烽火
族人敬重典律與祭典
夫婦嚴守親愛的真義
長輩當如沉穩的山脈
我們有簡單而樸素的律則
宛如森林裡四季的遞變
肯定溫和而復有情愛

我們又重回到愛的起點
森林上演的弱肉強食
使族人慢慢摸索相互敬重
唯有疼惜自己的同胞
內心才充溢無可言喻的喜樂
陽光無私地散放光芒
月亮溫柔地照見黑夜
只有坦誠的相交相往
族人的繁衍才能更見茁壯

春天的聲音在山林間迴盪
過不久，雨水就要滋潤部落

注釋

①廣袤　土地的面積，東西的寬度為廣，南北的長度為袤。此處意指農村田野土地廣大。袤，音ㄇㄠˋ。

②憩息　休息。憩，音ㄑㄧˋ。

研析

金龍禪寺

全詩共分三節：第一節寫晚鐘響起，遊客下山。第二節寫心中突發的聯想。第三節寫山中燈火逐漸亮起。全詩以新的觀點，捕捉鮮活別致的美感經驗。第一節中，以充滿聽覺與視覺相互轉換的通感（感官經驗的共通）呈現。於是在作者筆下，「晚鐘」並非「遊客下山的時候」，而是「遊客下山的小路」，凸顯下山時聽覺印象之深刻；同樣「羊齒植物」「沿著白色的石階」並非「一路排了下去」，而是「一路嚼了下去」，凸顯擬人化之後的聽覺趣味。第二節只有一句「如果此處降雪」，宛如天外飛來。由眼前實景，轉入虛想。想像萬一大雪紛飛，會產生什麼狀況：遊客紛紛閃躲？迎著白雪，心情平靜？面對白茫茫天地，有所徹悟？……如人飲水，誰也不知。第三節再回至眼前實景，將原本不相干的兩組畫面「一隻驚起的灰蟬」「山中的燈火／一盞盞地／點燃」，結合在一起，形成相干的因果關係，造成無理而妙的視覺美感，也留下無限的想像空間：一隻驚起的灰「蟬」，會撞擊心靈，引發「禪」悟？一盞盞的「燈」火，莫非默示著自性的清明，燭照四周的來路？

廣場

本詩是一首表現技巧高明、內容耐人尋味的政治諷刺詩。全詩分三段，每段各三行，用筆精鍊，可謂彈無虛發。第一段「一哄而散」，寫參加集會的群眾迫不及待離開現場，似乎暗示群眾並非自願出席，可能是被動員因而抱持應付的心態。原來他們真心熱情「擁護」的，不是政治領袖，而是「有體香的女人」。對平民大眾而言，透過政治宣傳、包裝的「偉人」，終究不如「女人」來得吸引人。第二段寫矗立在廣場上的銅像，慷慨激昂的振臂高呼，廣場上早已人群散去，顯得無比空曠而寂寥，對當政者塑造的「領袖崇拜」，以側筆加以嘲諷。第三段所描寫的，本來只是廣場上落葉因風吹而四處飄散的景象，但在作者主觀「心象」的刻意改造下，風是「頑皮」而「嘻嘻哈哈」的，這是故意以輕慢來凸顯銅像猶自「振臂高呼」的荒誕可笑。而群眾的足跡，經過短暫的風「擦拭」之後，什麼也沒留下，那麼試問：什麼是真正的永恆呢？是領袖的「偉大訓誨」嗎？是群眾高呼「萬歲」的聲音嗎？還是銅像所面對的無邊無際的寂寞呢？結尾留給讀者無限的想像空間，手法高明之至。

在缺乏民主的國度，政治人物為了強化統治基礎，透過種種手段，壓制人權，將自己的人格與作為神聖化，為了塑造「領袖圖騰」，而到處豎立銅像，並經常藉由大規模的動員集會，塑造「萬眾一心，赤誠擁護」的假象，這些作為被譏為「造神運動」。而今民主時代，此一景象，除了中國、北韓等少數共產國家之外，已不可復見。本詩寫於戒嚴時期的臺灣，除了「反映時代、隱微表達不滿」的現實意義之外，其實也具有「戳破政治神話，回歸庶民觀點」的普世價值。

我不和你談論

本詩重點在刻劃農村樸實真切的生活，如何豐富作者的人生，寫作策略是以「我」和「你」迥然異趣的生活環境，形成鮮明的對比，透過對都會知識分子虛矯的生活習性的不滿與否定，從而凸顯作者對扎根鄉土、選擇務農生活的自足與肯定。本詩的語言風格與形式結構，保持作者一貫的素樸單純，全詩分四段，前三段結構完全相同，第四段的前半略加變化，以收束全篇。試看「我不和你談論」的是什麼？是「詩藝」、「人生」、「社會」，為什麼呢？因為在作者心目中，久居都市，習慣在書房中舞文弄墨的文人，喜歡談論的不外是「糾纏不清的隱喻」、「深奧玄妙的思潮」、「痛徹心肺的爭奪」，言外之意，那種種爭辯，令人不耐、厭煩，充滿知識分子的虛矯傲慢。而相反的，作者所看重的生活是什麼呢？原來鄉村「廣袤的田野」景致是如此動人，到處都充滿大地的「無言之教」：包括「沉默地奮力生長」的幼苗、「沉默地灌溉田地」的河水、「沉默地揮汗耕作」的農人，以及「溫柔地吹拂著大地」的春風。所以他懇切地邀請友人「離開書房」，去實際體驗農村的踏實與美好。

這首詩也間接呈現出作者的文學觀、人生觀：文學不該是流於文字遊戲，賣弄玄虛，而應該是來自真實懇切的生活態度；踏實的人生，不應該只是躲在書房中咬文嚼字，或在都城中爭辯不休。而農民篤實的勤奮精神，大地的無私覆育、滋養萬物，永遠是值得我們學習效法的。

在想像的部落

本詩以想像構築原住民生活的和諧樣貌，洋溢著歡樂與富足，令人悠然神往。本詩除了文學表現傑出，就傳播意義而言，一方面彰顯身為原住民的作者，對恢復本族文化自信所作的努力；一方面也有助於使非原住民的讀者，去除對原住民「野蠻」、「落後」、「懶惰」的種種偏見與誤解。

來自深刻的我族文化認同，與豐富的創作經驗，使作者擅長表現臺灣原住民文化的特色，刻劃原住民生活的情境與氛圍，這是一般非原住民寫作者無法到達的境界。全詩共三段，每段開頭都是：「那時，我們又重回到……的起點」（第三段省略「那時」兩字），但與吳勝雄我不和你談論不一樣的是，以下詩句並未使用相同的句型，使全詩兼具整齊與錯綜的韻律感。

第一段「回到歷史的起點」，意味著本詩是描寫原住民祖先最初的生活樣貌。部落中安坐席上等待祭典的長老，與模仿獵人奔跑追逐的孩童，共同構築成一幅「靜」與「動」、「肅穆」與「天真」兩相對照的部落天倫圖。加上「有麋鹿遠來憩息，垂首飲水」的生動視覺畫面、「米酒香」的嗅覺描寫，「祭舞奮起」後「將有豐美收穫」的期待，交織呈現出安詳與富足的氛圍。第二段，先強化對自然景物的描寫：從山谷降下的溪流、充滿翠綠草地的平原，顯示原住民與自然的和諧共存。接著是族人生活的敘述：遠離烽火、典律與祭典受到敬重、夫妻親愛、長輩沉穩如山脈。這種「溫和而有情愛」的人間，正如森林四季遞變的自然輪迴。第三段，重點是描寫族人的互相敬重與疼惜，這是來自森林中弱肉強食的啟示，作者以陽光、月亮、山林、雨水等自然意象，鋪衍族人學會相互珍愛的過程，既切題又動人。全詩將自然世界與部落意象，作了極佳的融合，從而稱職地表現主題，效果突出。

一、金龍禪寺一詩，讓你印象最深的是哪些句子？理由為何？

二、廣場詩中的諷刺技巧有何高明之處？本詩內容具有何種時代意義與普世價值？

三、你所認識的臺灣農村風貌有何特徵？我不和你談論詩中的批判與肯定對象分別是什麼？

四、請談談你以前對臺灣原住民的印象如何？並與閱讀在想像的部落一詩之後的印象作個比較。

應用文・書信

壹、書信的結構

一封信可有兩大部分，即信封、信箋。寫在信封上的文字叫封文，信箋上的叫箋文。

一、封文的結構

書信傳遞通常用郵寄，也可託人帶交，這兩種方式，其封文結構有所不同。茲以郵寄封為例。

(一)中式信封

1. 格式　中式標準信封是直行，信封上印有長方形的紅色線框。依此紅色線框為準，可分為三部分，即框右欄、框內欄、框左欄。如果是沒印長方形紅色線框的信封，應用時也要在心裡認為它有框，依照一般有紅色線框的格式來書寫。

2. 結構　根據直式信封的格式，一封完整的郵寄封，它的封文結構可有：

(1)框右欄　包括受信人的郵遞區號、地址。

(2)框內欄　包括受信人的姓名、稱呼和啟封詞。

(3)框左欄　包括發信人的地址、發信人的姓（或姓名）、緘封詞和郵遞區號。

茲舉實例如左：

例一

100

臺北市中正區
重慶南路一段六十一號

黃明德 先生 大啓

臺北市文山區
指南路二段六十四號王緘

116

依上例，一封完整的郵寄封，其封文結構可有：

⑴受信人地址、郵遞區號。

⑵受信人姓、名、稱呼、啟封詞。

⑶發信人地址、姓、緘封詞、郵遞區號。

緘封詞是給受信人看的，受信人是長輩要用「謹緘」，是平輩或晚輩可一律用「緘」。此外左右二欄的各個組成部分，大致固定而沒什麼變化。中欄啟封詞是對受信人說的，通常有兩個字，下一字是「啟」，上一字則配合發、受信人的關係而定，如給父母的信用「安啟」，給平輩用「大啟」，給晚輩用「收啟」，也可單用「啟」字。書寫時，啟封詞首字應與其上面一字有較大的間隔，以示敬意，如「黃明德先生　大啟」。至於中欄姓、名、稱呼的組合方式，除例一之外，尚有如下三種：

例二

黃明德主任　大啓

例三

黃主任明德　大啓

例四

黃主任　明德　大啓

以上例一所示為姓、名、稱呼的組合；例二為姓、名、稱呼的組合，但稱呼不採一般性的先生、女士、小姐等，而改用受信人職位；例三為姓、稱呼（職位的）、名；例四為姓、稱呼（職位的）、名，而名採側右略小的「側書」方式。這四種寫法都是正確的，而禮貌意味依次加濃。如果受信人有字或號，則可逕寫字號而不寫名，也是一種表示禮貌的方式。

封文上的側書，是對受信人表示尊敬、禮貌，有不敢直呼對方名字的意思。在使用時須注意：1.只能用在受信人的名或字號，不可用在受信人的稱呼或職位，也不可用在啟封詞；2.只用在依「姓、稱呼（職位的）、名」之順序的組合；若用先生、女士、小姐等一般的稱呼，則應依例一所示，而不適用側書。像：「黃先生

明德　大啟」、「黃明德先生　大啟」、「黃明德先生　大啟」、「黃主任明德　大啟」、「黃明德主任　大啟」、「黃明德主任　大啟」等，都是錯誤的。

㈡西式信封　西式信封的寫法，本是橫封橫寫的。傳入我國後，有人用橫封橫寫，也有人用橫封直寫，但封文結構與直式信封封文並無差異。

1. 橫封橫寫式

⑴受信人的地址寫在橫封的中央，自左向右。

⑵受信人的姓名、稱呼、啟封詞，寫在地址的下面一行。

⑶受信人的郵遞區號橫寫於受信人地址的上面一行。

⑷發信人的郵遞區號、地址、姓名橫寫於左上角部位，或信封的背面。

⑸郵票貼在右上角。

2. 橫封直寫式

116
臺北市文山區
指南路二段六十四號 王緘

100
臺北市中正區重慶南路一段六十一號
黃 明 德 先 生 大 啟

(1)受信人的姓名、稱呼和啟封詞寫在信封的中央，但啟封詞可寫可不寫。

(2)受信人的地址、郵遞區號寫在受信人姓名的右邊，但不可高於受信人姓名的第一字，以示敬意，郵遞區號橫寫在上方。

(3)發信人的地址、郵遞區號寫在受信人姓名的左邊，且應略低於受信人的地址，郵遞區號寫在下方。

(4)郵票貼在右上角。

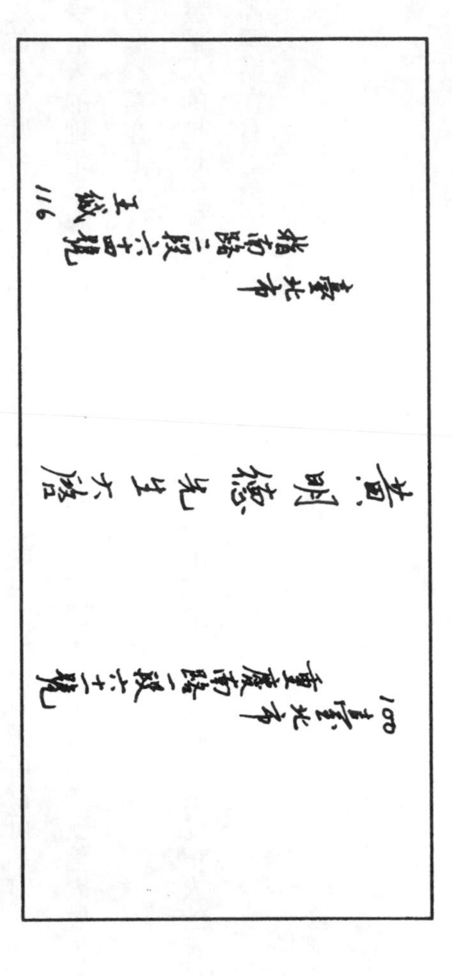

㈢明信片　明信片的正面，其結構和信封相同，但明信片不封口，所以中欄不用啟封詞而代以「收」字，左欄不用緘封詞，而代以「寄」字。不過，正式的、給長輩的書信，切忌使用明信片。

二、箋文的結構

一封箋文，可以具備十三個項目。

例五　贈特產

明德吾兄大鑒：久疏箋候，時深馳系。敬啟者，月之十二日，弟有鹿港之行，盤桓二日，得友人鹿港文教基金會施君為導，遍覽其文物古蹟，體味其民情風俗，並聆賞其南管樂團雅正齋之演奏，洋場積垢，為之滌蕩，誠快事也。臨別又承贈特產牛舌餅、鳳眼糕各兩盒，香甜甘美，誠絕佳之茗點也。品嚐之餘，不敢獨享，茲謹分其半，奉吾　兄以同領其風味，敬祈

哂納。專此奉達，敬請

大安

弟 王中強頓首 〇月〇日

嫂夫人乞代致意

內子附筆候安

牛舌餅、鳳眼糕各一盒，另郵寄。

再者：育英兄日內北上，屆時盼一聚。又啟。

依上例，其項目依次為：

㈠稱謂　「明德吾兄」屬之。這是對受信人的稱呼，在信箋第一行最高位置書寫。箋文中的稱謂可以包括名（字、號）、公職位、私關係、尊詞四者，如「〇〇校長吾師大人」，「〇〇」是名（字、號），「校長」是公職位，「吾師」是私關係，「大人」是尊詞。這四者可依據實際狀況，斟酌組合，並非每一稱謂都要四者全備。

㈡提稱語　「大鑒」屬之。這是請求受信人察閱箋文的意思，緊接稱謂書寫，下加冒號「：」。依書信發受雙方的不同關係，提稱語各有不同，但現行書信，通常不太使用提稱語。

㈢開頭應酬語　「久疏箋候，時深馳系」屬之。這是述說正事之前的客套話，有如朋友見面時的寒暄。舊式書信在提稱語下同行書寫，現行書信可在次行書寫，空二格。此一項最好配合正文或雙方交往狀況，簡單貼切地說，避免套用陳腔濫句；有時開門見山，直接說出正事，不用開頭應酬語也可以。

㈣啟事敬詞　「敬啟者」屬之。這是述說正事前的發語詞，現行書信多已不用。

(五)正文　從「月之十二日」到「奉吾　兄以同領其風味」屬之。這是箋文的主體，內容視實際情況而定，須力求語氣誠懇、條理清楚。舊式書信緊接啟事敬詞書寫，現行書信若不用啟事敬詞，可另行空二格書寫。

(六)結尾應酬語　「敬祈　哂納」屬之。也以配合正文或雙方交情為原則，有時也可以不用。

(七)結尾敬語　「專此奉達，敬請　大安」屬之。這是箋文結束時向受信人表示禮貌的意思。其中「專此奉達」叫敬語，現行書信此一部分往往省略，或僅用前二字；「敬請　大安」叫問候語，問候語中的「〇安」二字須另行頂格書寫。

(八)自稱、署名、末啟詞　「弟王中強頓首」屬之。在問候語「〇安」下同行或另行書寫，其高度以不超過信箋直行的二分之一為原則。其中自稱依相互關係而定，側右略小書寫以表示謙遜。署名絕不可用字、號替代，關係親近者不必寫姓，若在守祖父母或父母之喪時，則姓下名上側書一「制」字。

(九)寫信時間　「〇月〇日」屬之。可在末啟詞右下、左下、正下方，成一行或兩行書寫。

(十)並候語　「嫂夫人乞代致意」屬之。這是請受信人代向他人問候的意思，其書寫位置在問候語的次行；如被問候者為受信人的平輩或晚輩，則其首字應比「〇安」稍低，若為長輩，則與「〇安」齊平。正式的信，以不附並候語為宜。

(十一)附件語　「牛舌餅、鳳眼糕各一盒，另郵寄」屬之。其位置在並候語次一行，略低書寫，如無並候語，則在問候語次一行，略低書寫。此項依附件有無而定，無附件則免。

(十二)附候語　「內子附筆候安」屬之。這是發信人的家人或朋友附筆向受信人致問候之意。其位置在署名的左側，高度依附候人輩分而定，如附候人為發信人長輩，則附候語在署名左側略高處書寫，餘可類推。正式的信以不附附候語為宜。

㈩補述語　從「再者」到「又啟」屬之。這是用來補充箋文遺漏的。正式的信，以不附補述語為宜。

以上十三個項目，並非每封箋文都要全備，可依人、事的不同狀況而斟酌省略。

貳、書信的款式

書信的行款格式是否恰當，不但攸關禮貌，也表現出寫信人的學養；上文講書信的結構，對於個別項目的行款格式已有簡要說明，茲再就其整體，敘述書信行款應注意的事項：

㈠信封以中間有長方紅框的中式信封為最正式。如用西式信封，以純白的為最大方。以西式信封寫信給長輩，可將原來的橫封豎直，依中式信封格式直寫；給平輩或晚輩，亦可依原來的橫封依中式信封格式直寫。如為弔喪的信，信封宜用素色，或將長方紅框塗成藍或黑色，也可用純白西式信封，採直封直寫的款式。

㈡如須寫受信人服務機構，則其位置在右欄地址之左，另行書寫，高度與受信人的姓齊平，不可寫「轉交」；如託人轉交，則轉交人姓名亦在右欄地址之左，高度與受信人的姓齊平，下寫「轉交」二字。

㈢封文中以受信人的姓居最高位置，緊接中欄上橫線，但不可觸線。其他凡書寫的字，都不可高過受信人的姓。啟封詞的「啟」字，緊接中欄下橫線書寫。

㈣信紙以白底紅線的八行紙最正式，十行或十二行亦可。居喪或弔唁要用全白信紙，忌用有紅線的；居喪者如在信箋上蓋印，其顏色應為藍色。

(五)箋文中的「抬頭」是表示尊敬。其使用時機有二：1.涉及受信人的字眼，如「　尊府」、「吾　兄」；2.提到自己的尊親屬，如「　家伯」、「　家嚴」。其格式有三抬、雙抬、單抬、平抬、挪抬五種，最通用的是平抬、挪抬。平抬是將抬頭的字另行頂格書寫，如例五「敬祈　哂納」；挪抬是將抬頭的字低一格在原行書寫，如例五「奉吾　兄以同領其風味」。

(六)由於平、單、雙、三抬，使得原行沒有寫到底，謂之「吊腳」。這種現象雖不能避免，但一封箋文至少須有一行寫到底，不可全箋吊腳，致予人以虛浮的印象。

(七)將字側在行右略小書寫謂之「側書」。側書可用以代抬頭，表示敬意，如信封中欄將受信人的名或字、號側書即是；也可用以表示謙遜、不敢居正的意思。箋文中凡自稱或稱與自己有關的事物、卑親屬，都要側書，如例五「弟有鹿港之行」。凡屬側書，最好不在一行的開頭出現。

(八)信紙摺疊可先直立左右對摺，使箋文在外，而後從下方向後向上摺一小方。裝入信封時，使受信人的稱謂緊貼信封正面。

參、箋文舉例

例六　謝贈特產

中強吾兄台鑒：自違　雅教，數月於茲，方渴念間，
瑤函適至，快慰何似。素聞鹿港古鎮，民風淳樸，每思一遊，苦於塵俗纏身，不得如願。今得吾　兄
所賜牛舌餅、鳳眼糕，齒頰生津，的為佳品，賞味之餘，益增其嚮往。本學期即將結束，弟決定寒假

中摒擋一切，以償多年未了之心願，屆時可結伴同行否？或為介鹿港文教基金會施兄，煩彼再充嚮導，以免空入寶山，不得要領。臨紙神馳，佇候佳音。敬頌

文祺

弟黃明德再拜　〇月〇日

例七　向友人借書

大文學長：

好久不見，您好嗎？

學校快放寒假了，三週的假期，不知您有什麼安排？我準備在假期中好好加強自己的國文能力，讀一些名家散文。記得您有一部「中國近代名家散文選析」，不知可否借我一讀。如果蒙您允許，我會親自到　府上拿回。借來的書，我一定好好珍惜，絕不至於汙損，並且下學期註冊前一定歸還，請放心。祝

學安

弟大展拜啟　〇月〇日

例八　覆信

大展學兄：

您我九年同窗，情逾手足，即使汙損了借去的書，難道我會介意，或要您賠償嗎？您也未免太見外了。

除了「中國近代名家散文選析」，我這兒還有小說和新詩的選本，又有「古文觀止」、「唐詩三百首」，

您隨時可來挑選。期考快到了，您都準備好了吧？加油！祝

順利

弟
大文 ○月○日

例九　慰友人生病

○○學兄：

連續兩天不見您來上課，早晨在訓導處遇見　令兄，才知道您因感冒引起急性肺炎，正住院療養。

我把這消息帶回班上，大家都很關心。經過熱烈討論，決定由我寫信向您表示慰問，並推派代表，在這個星期六下午去探望您。

感冒的可怕，在於它會引起一些併發症，所以必須儘快就醫。這次，大概是您不肯吃藥的老毛病又犯了，才會那麼折騰。幸好您身體很壯，本錢夠，當不會有大礙。

我也是「慰問團」的成員，星期六下午見。祝

早日康復

弟
大文 ○月○日

例一○　覆信

大文學長：

謝謝您，謝謝大家。

您說得對，這次住院完全是因為太小看了感冒的威力，以至於自己受苦，還連累親人，驚動朋友，實在慚愧。好在現代醫藥發達，打過點滴，吃了藥，燒已全退，只要再休息一兩天就可以到校上課。

再次謝謝大家的關心。祝

平安

弟 ○○ ○月○日

肆、書信用語簡表

類別	對象	稱謂	提稱語	啟事敬詞	敬語	問候語	自稱	末啟詞	啟封詞
家	祖父 祖母	祖父大人 祖母大人	膝下 膝前	敬稟者 謹稟者	耑肅 肅此	敬請□福安 敬請□金安	孫 孫女	謹稟 叩上	福啟
	伯（叔）祖父 伯（叔）祖母	伯（叔）祖父大人 伯（叔）祖母大人	尊前 尊鑒	敬肅者 謹肅者	肅此 敬此	敬頌□福祉 敬請□福安	姪孫 姪孫女	謹上 肅上	
	父親 母親	父親大人 母親大人	膝下 膝前	敬稟者 謹稟者	耑肅 肅此	敬請□福安 敬請□金安	男（兒） 女	謹稟 叩上	安啟
	伯（叔）父 伯（叔）母	伯（叔）父大人 伯（叔）母大人	尊鑒	敬肅者 謹肅者	肅此 敬此	敬請□崇安	姪 姪女	謹上 拜上	
	兄 嫂	○○哥 ○○嫂	賜鑒	敬啟者 謹啟者	敬此 謹此	敬頌□崇祺	弟 妹	謹上 敬上	大啟 台啟
	弟 弟婦	○○弟 ○○妹	惠鑒 雅鑒	茲啟者 啟者	耑此 草此	順頌□時祺 即頌□近佳	兄 姊	手書 手啟	
	姊	○姊	尊鑒 賜鑒	敬啟者 謹啟者	敬此 謹此	敬請□崇安 順頌□時綏	弟 妹	謹上 敬上	
	妹	○妹	惠鑒	茲啟者	耑此	順頌□時祺	兄	手書	

	族							親		
	夫	妻	兒、女	媳	姪、姪女	孫、孫女	姪孫、姪孫女	姑丈、姑母	外祖父、外祖母	舅父、舅母
	○○夫君、○○夫子	○○吾妻、○○妹	○○吾兒、○○吾女、○○兒、○○女	○○賢媳	○○賢姪、○○賢姪女	○○吾孫、○○孫女	○○姪孫、○○姪孫女	姑父大人、姑母大人	外祖父大人、外祖母大人	舅父大人、舅母大人
雅鑒	大鑒、偉鑒	惠鑒、雅鑒	知之、收悉	如晤、英覽	青鑒、青覽	知悉、收悉	如晤、收悉	尊前、尊右		
啟者	敬啟者、謹啟者							敬肅者、謹肅者		
草此	耑此、特此		此諭	手此、草此		此諭	草此、手此	肅此、敬此		
即頌□近好	敬請□台安、敬頌□時祺	順請□妝安、順請□闔安		即問□近安、順問□近祺			即問□近好、即頌□近佳	敬請□崇安、敬頌□崇祺	敬請□福安、敬頌□福綏	敬請□崇安、敬頌□崇祺
姊	妻、妹	夫、兄	父、母	愚舅（父）、愚姑（母）	伯（叔）、伯（叔）母	祖、祖母	伯（叔）祖、伯（叔）祖母	姪、姪女	外孫、外孫女	甥、甥女
手啟	敬啟、拜啟	頓首、再拜	字、示	手書、手啟	手書、手字	示、字	手書、手字	拜上、敬上		
			收啟					安啟	福啟	安啟

師生				戚						
師丈	師母	老師	太老師、太師母	女婿	甥、甥女	外孫、外孫女	表兄嫂	姊夫	岳父母	姨父母
○○師丈	師母	○○吾師、夫子	太夫子大人、太師母	○○賢婿、倩	○○賢甥、甥女	○○賢外孫、孫女	○○表兄、表嫂	○○姊丈、姊倩	岳父母大人	姨父母大人
崇鑒、賜鑒		函丈、壇席	崇鑒、賜鑒	青鑒、青覽			台鑒、大鑒		賜鑒、侍右	
敬肅者、謹肅者							敬啟者、謹啟者			
敬此、肅此			肅此、耑肅	手此、草此			耑此、謹此			
敬請□崇安、敬頌□崇祺		敬請□教安、恭請□誨安	敬請□崇安、敬頌□崇祺	即問□近好、順問□近佳			敬請□台安、順頌□時祺			
學生		受業、學生	小門生、門下晚生	愚岳、岳母	愚舅、舅母	外祖、祖母	表弟、妹	內弟（弟）、姨妹（妹）	子婿、婿	姨甥、甥女
拜上、敬上				手啟、手書			頓首、拜啟			
安啟、道啟				啟	收啟		台啟、大啟			

	男學生	○○學弟、○○賢棣	如晤、雅鑒		手此、草此	即問□近好、即祝□進步	小兄、愚姊	手啟、手書	大啟、啟
	女學生	○○學妹、○○女弟							
世交	長輩	世伯（叔）父母	尊鑒、尊右	敬啟者、謹啟者	肅此、敬此	敬請□崇安、敬請□鈞安	世姪、世姪女	拜上、謹上	鈞啟、賜啟
		仁（世）丈					晚		
	平輩	○○吾兄（弟）、○○吾姊（妹）	台鑒、大鑒	敬啟者、謹啟者	耑此、特此	敬請□台安、順頌□時祺	弟（兄）、妹（姊）	再拜、頓首	大啟、台啟
	晚輩	○○世兄、○○世台	雅鑒、惠鑒				愚	敬啟、手啟	啟
	同學	○○學長、○○學兄（姊）	硯右、大鑒				學弟、學妹	再拜、頓首	大啟、台啟
	朋友	○○仁兄、○○仁姊	大鑒、台鑒				弟、妹		
	朋友夫婦	○○吾兄、○○夫人	雙鑒			敬請□儷安、敬頌□儷祺			
各界	政界長輩	○○公主席、○○公局長	鈞鑒、勛鑒	敬肅者、謹肅者	肅此、敬此	恭請□鈞安、敬請□勛安	後學、晚	敬上、謹上	鈞啟、勛啟
	軍界長輩	○○公將軍、○○公師長	麾下、幕下			敬請□戎安、恭請□麾安			
	商界	○○公董事長	賜鑒			敬請□崇安			鈞啟

界	長輩	○○公總經理	崇鑒			敬頌□崇祺			
界	學界長輩	○○公校長 ○○公教授	道鑒 麈次			敬請□鐸安 敬頌□崇祺			道啟 鈞啟
界	政界平輩	○○司長吾兄 ○○先生 ○○女士	惠鑒 閣下	敬啟者 謹啟者	專此 特此	順請□政安 順頌□勛祺	弟 妹	拜啟 謹啟	台啟 大啟
界	軍界平輩	○○連長吾兄 ○○營長吾兄	麾下 幕下			順請□軍安 順頌□勛祺			
界	商界平輩	○○經理吾兄 ○○課長吾兄	台鑒 大鑒			順頌□籌祺 順請□大安			
界	學界平輩	○○教授吾兄 ○○主任吾兄	雅鑒 左右			順頌□文祺 順請□撰安			
外方	比丘	○○上人 ○○法師	方丈 有道	敬啟者 謹啟者	專此 特此	敬請□道安 敬頌□道祺		拜啟 謹啟	道啟 大啟
外方	比丘尼	○○老師太 ○○師太	有道 道鑒						
外方	道士	○○法師	法鑒						
外方	神父	○○神父 ○○司鐸	有道 道鑒						
外方	牧師	○○牧師							
外方	修女	○○修女							

說　明

(一)表中各欄如為空白，表示該關係中可以不用術語，如父親寫信給兒子，可不用啟事敬詞、問候語。方外一類，凡屬信徒，可自稱「信士」、「信女」、「弟子」（佛道）或「主內」（基督），否則，直接署姓名即可。

(二)稱謂欄中，凡「○」或「○○」，表示須寫受信人的名或字、號，如係家族，可稱其排行，如「二哥」、「三嫂」。

(三)凡稱自己家族親戚的尊輩，加一「家」字，如「家父」、「家兄」，卑輩加一「舍」字或「小」字，如「舍弟」、「小女」。若已亡故，則「家」字改為「先」，如「先慈」、「先叔」，「舍」字「小」字改為「亡」，如「亡姪」、「亡弟」。

(四)稱人親族，加一「令」字，如「令千金」、「令尊」；或加一貴字，如「貴親」。

(五)稱人父子為「賢喬梓」，自稱「愚父子」；稱人兄弟為「賢昆仲」、「賢昆玉」，自稱「愚兄弟」；稱人夫婦為「賢伉儷」，自稱「愚夫婦」。

(六)「夫子」常為妻對夫的稱呼，女學生不宜用以稱呼男老師。

(七)「仁丈」、「世丈」指確有世交之誼，年長於己，行輩不易確定的對象。

(八)受信人有喜慶，如結婚、生子、壽誕，提稱語可用「吉席」。弔唁的信，提稱語可用「禮席」、「苫次」，啟封詞可用「禮啟」、「素啟」。發信人居喪，提稱語可用「矜鑒」。

(九)問候語一欄中的「□」，表示其下的字應另行頂格書寫。

習作題

一、試撰寫向父母（或親友）稟告近日在校學習情況函（附信封）。

二、全班舉辦郊遊活動，試撰寫邀請導師參加函（附信封）。

三、寫一封信，問候你就讀國中時的一位導師（附信封）。

應用文・便條與名片

壹、便條與名片的意義

便條是簡便的字條，也可說是簡化的書信，大多用於訪友未晤、邀約、借款、借物、餽贈、請託、答謝、探病等方面。

名片是印有姓名、字號、籍貫、住址、職銜、電話號碼的卡片，通常用來通報姓名、自我介紹。如果是商業界，加印上商標或營業項目，還可多一層宣傳的功用。名片的正面或反面空白處，必要時，書寫幾句簡單扼要的文字，作用與便條同，但比便條更正式、方便。

貳、便條與名片的結構

一、便條的結構

便條雖然沒有固定的格式，而且不用客套，不必修飾，寫法簡單，但是一張便條起碼要具備下列四項：

(一)正文　事情的內容。

(二)稱謂、交遞語　稱謂寫在正文的前面或後面都可以，但寫在正文後面時，應先加「此致」、「此上」、「此復」、「此請」等交遞語，意思是說這張便條要給什麼人。通常在對方的名字下要加尊詞，如「兄」、「先生」等。

㈢自稱、署名、末啟詞　自己具名之上，宜加一相對的自謙稱謂，如「弟」、「晚」等字樣。自己具名之下，也可以加上末啟詞，如「上」、「敬上」、「拜上」等詞語。

㈣時間　通常時間都寫在具名之下偏旁。

二、名片的結構

名片可以用來代替便條，它的寫法和便條一樣。但是由於名片上印有本人的姓名，又有正反兩面，所以在書寫的形式上，仍與便條略有不同之處，茲分述如下：

㈠正文　名片上留言，如果文字少，通常寫在正面；文字較多，可寫在背面，背面仍不夠書寫，可轉入正面，從右上方直行向左書寫，越過片主姓名，延至左方結束。

㈡交遞語、稱謂　正文如果寫在名片正面，對方的姓名就寫在正面的左上方空白處，並加「留陳」、「面陳」、「專送」等交遞語。如果正文寫在背面，交遞語、稱謂則依照便條的格式寫在背面，至於名片正面，交遞語、稱謂，可寫可不寫。

㈢自稱、敬詞　名片正面因已印好本人姓名，所以不必再行簽署，只要在姓或名的首字的右上方寫適當的自稱。名字下可加上「上」、「敬上」、「拜上」、「鞠躬」、「頓首」等敬詞。如果正文寫在背面，習慣上不再署名，而用「名正具」或「名正肅」。前者對晚輩，名是片子主人的名，正是片子的正面，具是開列，意即自己的名字已印在名片正面。後者對長輩、平輩用，肅是敬具，意即自己的名字已恭印在名片正面。

㈣時間　通常時間都寫在敬詞之旁。

參、便條與名片的寫作要點

便條、名片在寫作時，必須注意下列幾點：

一、遣詞用字力求簡明扼要，所有應酬語、客套話都可以省略。

二、內容以不涉機密性的普通事情為宜，因為便條、名片的遞送或留置通常不另加封套。

三、字體可以不拘，但須書寫清楚。

四、便條僅限用於關係較深的朋友，對於新交或尊長最好不用。名片的使用範圍較廣，但對尊長談事，最好也不用。

五、須寫明時間或日期。

六、為了負責起見，必要時應加蓋私章。

肆、便條與名片範例

一、便條

㈠拜訪

大勇兄

專程來訪，適逢外出，殊悵。明晚八時，擬再趨謁，敬請　稍待。此上

弟明仁拜留三月十日

㈡覆拜訪

明仁兄：昨承　枉駕，有失迎迓，歉甚。明晚八時，弟尚有要事待辦，後天晚上八時，當踵府聆教，敬請

鑒諒

弟大勇拜啟三月十日

㈢約晤

純吉兄：頃有要事奉商，明晚七時敬請　撥冗駕臨寒舍一敘。

弟文平敬上五月四日

㈣覆約晤(1)

來　示奉悉，明晚七時，當遵

囑趨前聆教。此復

文平兄

弟純吉再拜五月四日

㈤覆約晤(2)

文平兄：明晚七時，弟另有約，不克趨　府，今晚八時當趨前聆

教，敬請　曲留。

弟純吉敬啟五月四日

㈥邀宴

明晚六時在舍下敬備菲酌，恭請　光臨。此上

欽賢兄

弟華國謹訂六月五日

㈦覆邀宴(1)

華國兄：承邀趨　府聚宴，曷勝欣幸，謹當如期前往，先此致謝。

弟欽賢拜覆六月五日

(八)覆邀宴(2)

承邀飲宴，本當如命，以答　雅意，惟以明日須北上洽公，不克趨陪，敬祈

詧諒。敬覆

華國兄

弟欽賢頓首六月五日

(九)邀遊

本週六下午，擬邀吾　兄往木柵觀光茶園一遊，順道拜訪任教政大之大德兄，如蒙

俯允，請於是日下午二時蒞臨寒舍同往。此上

新民兄

弟登福拜上五月三日

(十)覆邀遊(1)

登福兄：承邀參觀木柵觀光茶園並訪大德兄，深獲我心，自當準時詣　府偕往。

弟新民敬覆五月三日

(十一)覆邀遊(2)

承邀同遊木柵茶園並訪大德兄，理應奉陪，奈有要事，不克趨陪，敬請　鑒諒。此覆

登福兄

弟新民再拜五月三日

㈡餽贈

淑芬姐

日昨敝親自南部來，送我自產荔枝兩簍，味尚甘美，特分其半奉贈，敬祈　哂納。此上

弟大明謹上七月一日

㈢謝餽贈

大明兄：承　贈佳果，甘美可口，齒頰留香，特申謝忱。

妹淑芬拜謝七月一日

㈣借物

立雲兄

頃需三民書局編纂之「大辭典」一用，請　惠允慨借，一週後當璧還不誤。此上

弟亨惠敬啟四月五日

㈤還物

立雲兄：前承惠借「大辭典」，至深感謝，茲已查得所需資料，特命小兒奉還，即請查收。

弟亨惠敬上四月十二日

㈥借錢

澤民兄

茲因急需，敬懇　惠借新臺幣貳萬元，準於一週內奉還，如蒙　慨允，請交來人帶下。此上

弟世和拜啟三月八日

(七)還錢

前承

惠借新臺幣貳萬元濟急，至深銘感，茲著小女如數奉還，即請　點收。此致

澤民兄

弟世和敬上　三月十二日

二、名片

(一)訪友(1)

(正面)

國立政治大學教授

趨訪未遇，頃因要事奉商，擬於明日午後四時再行晉謁，敬請　曲留為感

弟王大德 修之　頓首　六月五日

善仁兄 留陳

校址：臺北市文山區指南路二段六四號

電話：（〇二）二九三九三〇九一

(二)訪友(2)

(背面)

趨訪未遇，頃因要事奉商，擬於明日午後四時再行晉謁，敬請

曲留為感

名正肅

(三)拜訪(1)

(正面)

天一貿易公司總經理

弟 張有利 趨訪

王大德先生

公司：臺北市南京東路一號

電話：（〇二）二七三一二〇〇一

(四)拜訪(2)

(正面)

天一貿易公司總經理

弟 高傳中 趨謁

敬懇

延見

公司：臺北市指南路一段三〇三號

電話：（〇二）二九三九一九八六

(五)邀約(1)

（背面）

明日端陽佳節，中午十二時，敬備菲酌，恭請 駕臨一敘，千祈勿卻。此致

湘傑兄

名正肅 六月十日

(六)邀約(2)

（背面）

得功兄：本周日擬往陽明山觀光花圃一遊，敬邀結伴同行，如蒙 惠允，請於當日晨七時蒞舍同往。

名正肅 四月六日

(七)介紹(1)

（正面）

擎天機械公司工程師

陳 弟 賜福 謹上 七月十日

面陳

林董事長

公司：臺北市羅斯福路一段二〇〇號

電話：（〇二）二三二一一七七六

(八)介紹(2)

（背面）

頃聞 貴公司急需製圖人才，敝友雲天君畢業於〇〇工專，品學兼優，並有多年經驗，請 惠予提拔。此致

再富兄

名正肅

（面正）

春暉水電工程公司
王總經理
弟 唐光明 拜上 八月一日
公司：臺北市指南路六段五〇一號
電話：（〇二）二九三九一八九七

（面背）

玉虛兄：茲介紹李偉平君趨前晉謁，如蒙撥冗延見，賜予教益，感同身受。
名正肅

㈨探病

（面正）

國立臺灣大學教授
弟 王實齋 拜留即日
廣東中山

（面背）

頃聞貴體違和，特來探望，適值外出，未得一晤，至念。明日上午十時，當再趨前候問。此陳
大吉兄
名正肅

㈩饋贈

（面正）

弟 陸龜年 敬賀 四月六日
專送
李丕明先生
臺灣彰化

（面背）

欣逢令尊大人花甲榮慶，因南下洽公，不克趨府致賀，甚歉。茲奉上水蜜桃一盒，蘋果一箱，藉頌福壽康寧，敬請哂納。此上
丕明兄
名正肅

(十一)謝饋贈

（面正）

承賜 水蜜桃一盒 蘋果一箱 謹領謝
弟 李丕明 再拜 四月六日
回陳
陸危平先生

(十二)辭行

（面正）

巨輪精機有限公司董事長
今晚夜車南下，行色匆匆，不克走辭
乞諒
弟 林達生 敬上 即日
留陳
黃大才先生
公司：鹿港鎮中山路一〇二八號
電話：（〇四七）七七六二九九

(十三)商借

（面正）

弟 杜雲龍 拜上 二月八日
面陳
李明先生
湖北 襄陽

（面背）

頃為稽尋資料，擬請 惠借
「大辭典」一用，借期十天，如蒙
俞允，請即交來人帶回
名正肅

(十四)拜候(1)

（面正）

重光吾師
　　師母
新春百福
受業 任克家 鞠躬 即日

(十五)拜候(2)

（面正）

維康 世伯
　　 伯母 大人 節安
晚 朱自立 鞠躬 即日晨十時

習作題

一、本縣文化中心舉辦畫展，試撰寫便條一紙，邀約好友同往參觀。

二、因預習課業，擬向同學借閱字典，試撰寫便條一紙。

三、假日往候小學老師，未遇，試以名片留言致意。

應用文・公文

壹、公文的意義與種類

公文是處理公務的文書，有一定的製作、傳遞程序，一定的格式，並且發文與受文者當中，起碼有一方是機關。依現行公文程式條例，公文分為六種：令、呈、咨、函、公告、其他公文，其用法如次：

一、令　公布法律、發布規章命令及人事命令時使用。

二、呈　對總統有所呈請或報告時使用。

三、咨　總統與立法院、監察院公文往復時使用。

四、函　各機關處理公務有左列情形之一時使用：

(一)上級機關對所屬下級機關有所指示、交辦、批復時。

(二)下級機關對上級機關有所請求或報告時。

(三)同級機關或不相隸屬機關間行文時。

(四)民眾與機關間的申請與答復時。

五、公告　各機關就主管業務，向公眾或特定的對象宣布周知時使用。

六、其他公文　依行政院祕書處編印文書處理手冊所列舉，其他因辦理公務需要之文書，例如：

（一）書函

1、於公務未決階段需要磋商、徵詢意見或通報時使用。

2、代替過去的便函、備忘錄、簡便行文表，其適用範圍較函為廣泛，舉凡答復簡單案情，寄送普通文件、書刊，或為一般聯繫、查詢等事項行文時均可使用。其性質不如函之正式性。

（二）開會通知單　召集會議時使用。

（三）公務電話紀錄　凡公務上聯繫、洽詢、通知等可能電話簡單正確說明之事項，經通話後，發話人如認為有必要，可將通話紀錄作成兩份並經發話人簽章，以一份送達受話人簽收，雙方附卷，以供查考。

（四）手令或手諭　機關長官對所屬有所指示或交辦時使用。

（五）簽　承辦人員就職掌事項，或具幕僚性質之機關首長對上級機關有所陳述、請示、請求、建議時使用。

（六）報告　公務用「報告」，如調查報告、研究報告、評估報告等；或機關所屬人員就個人事務有所陳請時使用。

（七）箋函或便箋　以個人或單位名義於洽商或回復公務時使用。

（八）聘書　聘用人員時使用。

（九）證明書　對人、事、物之證明時使用。

（十）移文單　將不屬於本機關主管業務或職權範圍之來文移送主管機關時使用。

（十一）催辦案件通知單　已行文之事項逾期未復，須催辦、催繳、催復、催報、催發、催查時使用。

（十二）其他有需要之文書　如交辦（議）案件通知單、機密文書機密等級變換或註銷建議單、機密文書機密等級變換或註銷通知單。

（十三）定型化表單

上述各公文屬發文通報周知性質者，以登載機關電子公布欄為原則；另公務上不須正式行文之會商、聯繫、洽詢、通知、傳閱、表報、資料蒐集等，得以發送電子郵遞方式處理。

貳、公文的作法

公文應具備固定的形式，依現行規定，為方便以電子方式傳遞交換，採由左至右之橫行格式，一般公文的結構可分為下列八項：

一、發文機關全銜及文別　公文上須標明發文機關的全銜，以表示發文主體；並應寫出公文的類別，使承辦人員處理時，一目瞭然。至於總統發布的令，以及對立法院、監察院所用的咨，則應寫為總統令、總統咨，而不能寫成以總統府名義行文的總統府令或總統府咨。

二、發文機關地址及聯絡方式　為便利公文收發機關或民眾間相互聯絡作業，有關相互往來之公文如函等，增列發文機關之地址（含郵遞區號）及聯絡方式（可為承辦人、電話、傳真、e-mail，視業務狀況彈性運用）欄位，以提供完整發文機關資料。令、公告不須此項。

三、受文者　這是行文的對象，在發文者之後，寫明受文機關的全銜或個人的姓名。郵遞公文如採用開窗式（透明口洞式）信封，則於「受文者」之上加註郵遞區號、地址，以便郵寄文件自動化處理。至於公布法律、任免官員的令，另有它的形式，不列「受文者」。公告類，因為是要使公眾周知，沒有特定的受文對象，所以也不必書寫「受文者」。至於機關內部所用的簽、報告、便箋，也可將受文者寫在正文之後，只要在對方的名銜之前加「謹陳」、「敬陳」或「此致」、「此上」等字樣即可。

四、管理資料

（一）發文日期：任何公文，在發文時都要註明發文日期，以為法律上時效的依據。

（二）發文字號：任何公文，在發文時都要編列發文字號，以便於檢查。這對發文、受文兩方面，同屬必要。如答復對方來文時，須將來文的字號寫上，一方面固然便於自己的引據，另一方面也使對方易於查考。

（三）速別：係指希望受文機關辦理之速別。分「最速件」、「速件」等，普通案件不必填寫。令、公告不須此項。

（四）密等及解密條件或保密期限：分「絕對機密」、「極機密」、「機密」、「密」，解密條件或保密期限於其後以括弧註記。如非密件，則不必填寫。令、公告不須此項。

（五）附件：公文如有附件，應在此項下註明內容名稱、媒體型式、數量及其他有關字樣。

（六）正本、副本：公文除了正本之外，如果公文內容涉及正本受文者以外的有關機關或人民，為了加強聯繫，配合工作，以提高行政效率，因此發送和正本的內容、形式完全相同的副本。為便利電子傳遞交換時正、副本項下所列機關（單位）名稱之擷取，宜將所有正、副本發送機關列明。但為避免因正、副本項下資料較多時，影響公文本文顯現位置，將正本及副本項目移至本文後面。

五、本文　即公文的主體。茲將發布令、函、公告、其他公文的基本結構分別說明如下：

（一）令

1、發布令　發布行政規章之令文可不分段，敘述時動詞一律在前，例如：

訂正「○○○施行細則」。

修正「○○○辦法」第○條文。

廢止「○○○辦法」。

2、人事命令

（1）人事命令分：任免、遷調、獎懲。

（2）人事命令格式由人事主管機關訂定，並應遵守由左至右之橫行格式原則。

（二）函

1、行政機關的一般公文以「函」為主，製作要領如左：

（1）文字敘述應儘量使用明白曉暢、詞意清晰的文字，以達到公文程式條例第八條所規定「簡、淺、明、確」的要求。

（2）文句應正確使用標點符號。

（3）文內避免使用層層套敘來文，只要摘述要點。

（4）應絕對避免使用艱深費解、無意義或模稜兩可的詞句。

（5）應採用語氣肯定、用詞堅定、互相尊重的詞句。

（6）函的結構，採用「主旨」、「說明」、「辦法」三段式，案情簡單可用「主旨」一段完成者，勿硬性分割為二段、三段；「說明」、「辦法」兩段段名，均可因事、因案加以活用。

2、分段要領

（1）「主旨」：為全文精要，以說明行文目的與期望，應力求具體扼要。

（2）「說明」：當案情必須就事實、來源或理由，作較詳細的敘述，無法於「主旨」內容納時，用本段說明。本段段名，可因公文內容改用「經過」、「原因」等其他名稱。

（3）「辦法」：向受文者提出的具體要求無法在「主旨」內簡述時，用本段列舉。本段段名，可因公文類別或內容改用「建議」、「請求」、「擬辦」、「核示事項」等其他名稱。

3、各段規格

（1）每段均標明段名，段名之上不冠數字，段名之下加冒號「：」。

（2）「主旨」一段不分項，文字緊接段名書寫。

（3）「說明」、「辦法」如無項次，文字緊接段名書寫；如分項條列，應另列縮格書寫為一、二、三、……，(一)(二)(三)……，1、2、3、……，(1)(2)(3)……。

(4)「說明」、「辦法」中，其分項條列內容過於繁雜、或含有表格型態時，應編列為附件。

4、「函」之正文，除按規定結構撰擬外，並應注意左列事項：

(1)訂有辦理或復文期限者，應在「主旨」內敘明。

(2)承轉公文，應摘敘來文要點，不宜在「稿」內書：「照錄原文，敘至某處」字樣，來文過長仍應儘量摘敘，無法摘敘時，可照規定列為附件。

(3)概括的期望語「請　核示」、「請　查照」、「希照辦」等，列入「主旨」，不在「辦法」段內重複；至具體詳細要求有所作為時，應列入「辦法」段內。

(4)「說明」、「辦法」須眉目清楚，分項條列時，每項表達一意，其意義完整者，雖一句，可為一項；否則雖字數略多亦不應割裂。

(5)通常行文的目的如僅為檢送文件，則採一段完成的寫法，將附件名稱及份數在「主旨」段內敘明；若採用二段以上的寫法，則附件名稱及份數，通常寫在「說明」段的最後一項，並在「管理資料」的「附件」項下註明。附件在兩件以上，應冠以數字，以提醒受文者注意。

(6)文末首長簽署，敘稿時，為簡化起見，首長職銜之後可僅書「姓」，名字則以「○○」表示。

(7)須以副本分行者，應在「副本」項下列明；如要求副本收受者作為時，則應改在「說明」段內列明。

（三）公告

1、公告一律使用通俗、簡淺易懂的文字製作，絕對避免使用艱深費解的詞彙。

2、公告文字必須加註標點符號。

3、公告內容應簡明扼要，各機關來文日期、文號及會商研議過程等，非必要者，不必在公告內層層套用敘述。

4、公告的結構分為「主旨」、「依據」、「公告事項」（或說明）三段，段名之上不冠數字，分段數應加以活用，可用「主旨」一段完成者，不必勉強湊成兩段、三段。

5、公告分段要領

（1）「主旨」應扼要敘述公告之目的和要求，其文字緊接段名冒號之下書寫。

（2）「依據」應將公告事件之原因敘明，引據有關法則及條文名稱或機關來函，非必要不敘來文日期、字號。有兩項以上「依據」者，每項應冠數字，並分項條列，另行低格書寫。

（3）「公告事項」（或說明）應將公告內容，分項條列，冠以數字，另列縮格書寫。使層次分明，清晰醒目。公告內容僅就「主旨」補充說明事實經過或理由者，改用「說明」為段名。公告如另有附件、附表、簡章、簡則等文件時，僅註明參閱「某某文件」，公告事項內不必重複敘述。

6、公告登載時，得用較大字體簡明標示公告之目的，不署機關首長職稱、姓名。

7、一般工程招標或標購物品等公告，得用定型化格式處理，免用三段式。

8、公告張貼於機關布告欄時，必須蓋用機關印信，於公告兩字右側空白位置蓋印，以免字跡模糊不清。

㈣書函　書函之結構及文字用語比照「函」之規定。

㈤簽

1、簽之性質：簽為幕僚處理公務表達意見，以供上級了解案情、並作抉擇之依據，分為左列兩種：

（1）機關內部單位簽辦案件：依分層授權規定核決，簽末不必敘明陳某某長官字樣。

（2）下級機關首長對直屬上級機關首長之「簽」，文末得用「敬陳〇〇長官」字樣。

2、簽之撰擬

（1）款式

①先簽後稿：「簽」應按「主旨」、「說明」、「擬辦」三段式辦理。

②簽稿併陳：視情形使用「簽」，如案情簡單，可使用便條紙，不分段，以條列式簽擬。

③一般存參或案情簡單的文件，得於原件文中空白處簽擬。

（2）撰擬要領

①「主旨」：扼要敘述，概括「簽」之整個目的與擬辦，不分項，一段完成。

②「說明」：對案情的來源、經過與有關法規或前案，以及處理方法之分析等，作簡要的敘述，並視需要分項條列。

③「擬辦」：為「簽」之重點所在，應針對案情，提出具體處理意見，或解決問題之方案。意見較

多時分項條列。

④「簽」之各段應截然劃分，「說明」一段不提擬辦意見，「擬辦」一段不重複「說明」。

六、署名　發文機關首長於本文之後，應簽署職銜姓名，或加蓋印章，以示負責。遇有機關首長出缺由代理人代理首長職務時，其機關公文應由首長署名者，由代理人署名；機關首長因故不能視事，由代理人代行首長職務時，其機關公文，除署首長姓名註明不能視事事由外，應由代行人附署職銜、姓名於後，並加註「代行」二字。

七、印信　公文蓋用印信，旨在防止偽造、變造，以資信守。通常監印人員於待發文件檢點無誤後，依左列規定蓋用印信：

(一)發布令、公告、派令、任免令、獎懲令、聘書、訴願決定書、授權狀、獎狀、褒揚令、證明令、執照、契約、證券、匾額及其他依法規定應加蓋用印信之文件，均蓋用機關印信及首長職銜簽字章。

(二)呈：用機關首長全銜、姓名，蓋職章。

(三)函：上行文署機關首長職銜、姓名，蓋職章。平行文蓋職銜簽字章或職章。下行文蓋職銜簽字章。

(四)書函、開會通知單、移文單及一般事務性之通知、聯繫、洽辦等公文，蓋用機關或承辦單位條戳。

(五)機關內部單位主管依分層負責之授權，逕行處理事項，對外行文時，由單位主管署名，蓋單位主管職章或蓋條戳。

(六)會銜公文如係發布命令應蓋機關印信，其餘蓋機關首長職銜簽字章。

(七)公文及原稿用紙在兩頁以上者，其騎縫處均應蓋用騎縫章。

(八)附件以不蓋用印信為原則，但有規定須蓋用印信者，依其規定。

(九)副本之蓋印與正本同，抄本及譯本不必蓋印，但應分別標示「抄本」或「譯本」。

八、副署　這是依法應副署的人，在公文的首長署名之後，加以副署，以示與首長共同負責之意。依憲法第三十七條規定：「總統依法公布法律，發布命令，須經行政院院長之副署，或行政院院長及有關部會首長之副署。」但依中華民國憲法增修條文第二條第二項：「總統發布行政院院長與依憲法經立法院同意任命人員之任免命令及解散立法院之命令，無須行政院院長之副署。」不須副署的公文，也不得任意加以副署。

參、公文用語

語別	用語	用法	備註
稱謂語	鈞	有隸屬關係的下級機關對上級機關用，如「鈞部」、「鈞府」。	(一)直接稱謂時用。(二)書寫「鈞」、「大」、「鈞長」時，均應空一
	大	無隸屬關係的較低級機關對較高級機關用，如「大院」、「大部」。	
	貴	對平行機關、或上級機關對下級機關	

		（或首長）、或機關與人民團體間用，如「貴府」、「貴部」、「貴科長」、「貴會」。	格示敬。
	鈞長	屬員對長官、或有隸屬關係的下級機關首長對上級機關首長用。	
	台端	機關（或首長）對屬員、或機關對人民用。	
	先生・女士・君	機關對人民用。	
	本	機關（或首長）自稱，如「本縣」、「本校」、「本廳長」。	
	職	屬員對長官、或有隸屬關係的下級機關首長對上級機關首長自稱時用。	
	本人・名字	人民對機關自稱時用。	
	該・職稱	機關全銜如一再提及可稱「該」，對職員稱「職稱」。	間接稱謂時用。
引敘語	復……（來文機關發文年月日字號及文別）……函	復文時用。	

	依（依據、根據）……（來文機關發文年月日字號及文別或有關法令）……辦理	告知辦理的依據時用。	
	……（發文年月日字號及文別）……諒蒙鈞察	對上級機關去文後續函時用。	
	……（發文年月日字號及文別）……諒達（計達）	對平行或下級機關去文後續函時用。	
准駁語	應予照准・准予照辦・准予備查	上級機關對下級機關或首長用。	
	未便照准・礙難照准・應毋庸議・應從緩議・應予不准・應予駁回		
	如擬・可・照准・准如所請・如擬辦理	機關首長對屬員或其下屬機關首長用。	
	敬表同意・同意照辦	對平行機關用。	
	不能同意辦理・歉難同意・無法照辦・礙難同意		
請示語	是否可行・是否有當・可否之處・如何之處	通用。	
期望或	請鑒核・請核示・請釋示・請鑒察・請	對上級機關或首長用。	

目的語	核轉・請核備・請核准施行・復請鑒核		
	請查照・請察照・請查照辦理・請查核辦理・請查照見復・請同意見復・請惠允見復・請查照轉告・請查照備案・請查明見復・復請查照	對平行機關用。	
	希查照・希照辦・希辦理見復・希轉行照辦・希切實辦理・希查照轉告・希查照轉行照辦・希照辦並轉行所屬照辦・希依規定辦理・希轉告所屬切實照辦	對下級機關用。	
附送語	附陳・檢陳	對上級機關或首長用。	有附件時用。
	附・附送・檢附・檢送	對平行及下級機關或人員用。	
結束語	謹呈	對總統簽用。	
	謹陳・敬陳	於簽末用。	
	此上・此致	於便箋用。	

肆、公文範例

一、令

（一）公布令

總統令

發文日期：中華民國○○年○○月○○日
發文字號：（　　）　　字第　　　　號

茲制定「行政院環境保護署環境檢驗所組織條例」，公布之。

總　　　統　○○○
行政院院長　○○○

（二）人事命令

○○部　令

發文日期：中華民國○○年○○月○○日
發文字號：（　　）　　字第　　　　號

任命○○○為本部科員。

部　長　○○○

二、呈

司法院　呈

地址：10048 臺北市重慶南路一段 124 號
聯絡方式：(承辦人、電話、傳真、e-mail)

受文者：總統

發文日期：中華民國〇〇年〇〇月〇〇日
發文字號：(　　)　　字第　　　號
速別：
密等及解密條件或保密期限：
附件：

主旨：據行政法院呈送〇〇股份有限公司代表人〇〇〇因〇〇年營業稅事件，不服財政部所為之再訴願決定，提起行政訴訟一案判決書。謹檢同原件呈請鑒核施行。

正本：總統
副本：

司法院院長　〇〇〇　職章

三、咨

立法院　咨

地址：10051 臺北市中山南路 1 號
聯絡方式：(承辦人、電話、傳真、e-mail)

受文者：總統

發文日期：中華民國○○年○○月○○日
發文字號：(　　)　　字第　　　　號
速別：
密等及解密條件或保密期限：
附件：○○法一份

主旨：修正○○法，咨請公布。
說明：
一、行政院○○年○○月○○日字第○○號函請審議。
二、本院第○○會期第○○次會議修正通過。

正本：總統
副本：

立法院院長　○○○

四、函（所舉參考範例，如擬採用開窗式信封，則應在「受文者」之上加註郵遞區號、地址）

（一）三段式、一段完成、下行函、通函、創稿

臺南市政府　函

地址：70801 臺南市安平區永華路三段 6 號
聯絡方式：（承辦人、電話、傳真、e-mail）

73443
臺南市六甲區中山路 202 號

受文者：六甲區公所

發文日期：中華民國〇〇年〇〇月〇〇日
發文字號：（　　）　　字第　　　　號
速別：
密等及解密條件或保密期限：
附件：

主旨：為普及國民義務教育，對少數未按規定就學之國民，應派員實地調查瞭解並進行勸導，希照辦。

正本：各區公所
副本：

市　長　〇〇〇

（二）三段式、二段完成、下行函、通函、創稿、有副本收受者

臺東縣政府　函

地址：95001 臺東市中山路 276 號
聯絡方式：（承辦人、電話、傳真、e-mail）

95053
臺東市新生路 641 巷 64 號

受文者：新生國民中學

發文日期：中華民國○○年○○月○○日
發文字號：（　　）　　字第　　　　號
速別：
密等及解密條件或保密期限：
附件：

主旨：各校應切實按照「課程標準」規定召開班會，使學生瞭解會議進行程序，培養其民主政治理念，希照辦。

說明：

一、各校得視實際需要情形，酌予安排學生參觀各級地方民意機關及政府活動項目，並洽請被參觀機關指定專人負責講解該機關概況，以增認識。

二、各校班會實施情形，列入視導考核重點。

正本：各國民中學
副本：各督學、教育局學管課

縣　長　○○○

(三)三段式、二段完成、上行函

○○縣○○鎮公所　函

地址：00000 ○○縣○○鎮○○路○○號
聯絡方式：(承辦人、電話、傳真、e-mail)

00000
○○縣○○市○○路○○號

受文者：○○縣政府

發文日期：中華民國○○年○○月○○日
發文字號：(　　)　　字第　　　號
速別：
密等及解密條件或保密期限：
附件：競賽經費概算書一份

主旨：請撥款補助本鎮推行國民生活須知實踐競賽。

說明：

一、本次競賽依鈞府○○年○○月○○日○○字第○○號函辦理。

二、本次競賽所需經費估為新臺幣○○元，本鎮已籌列新臺幣○○元，尚不足新臺幣○○元。

正本：○○縣政府
副本：

鎮　長　○○○

臺中市政府　函

地址：40701 臺中市西屯區臺灣大道三段 99 號
聯絡方式：（承辦人、電話、傳真、e-mail）

43951
臺中市大安區中庄里中山南路 356 號

受文者：大安區公所

發文日期：中華民國○○年○○月○○日
發文字號：（　　）　　字第　　　號
速別：
密等及解密條件或保密期限：
附件：

主旨：勸導區民迅速整修房屋，疏濬河道川流，修築堤防，預防颱風之侵襲。

說明：臺灣為亞熱帶地區，易遭颱風侵襲，每年損失重大，慘痛之教訓，記憶猶新，允宜及早準備，以策安全。事關人民生命及財產之安全，不可稍有疏忽，多一分準備，即少一分損失。

辦法：如民眾無力辦理者，可設法酌予貸款支助，事後無息分期收回。

正本：各區公所
副本：

市　長　○○○

行政院國家科學委員會　函

地址：10622 臺北市和平東路二段 106 號
聯絡方式：（承辦人、電話、傳真、e-mail）

10051
臺北市中山南路 5 號

受文者：教育部

發文日期：中華民國〇〇年〇〇月〇〇日
發文字號：（　　）　　字第　　　　號
速別：
密等及解密條件或保密期限：
附件：

主旨：函請就主管業務，統籌規劃，積極培植科技人才，俾教育與經濟建設相配合，以適應當前情勢之需要

說明：一、近年國內經濟迅速發展，各項建設正加緊進行，根據本會調查資料顯示，各負責工程單位，往往缺乏科技人才，如不及時補救，其後果將更趨嚴重。

二、貴部職掌全國教育，如何培植科技人才以配合國家建設，似應作全盤規劃，迅付實施。

建議：一、各大專院校應寬籌經費，充實理工科系師資及設備，擴充班次，增設獎學金，並擬訂其他獎助辦法，以鼓勵青年就學。

二、請貴部邀集有關機關及大專院校負責人，舉行會議，商討關於充分發揮教育功能，積極培植科技人才之具體可行辦法。

正本：教育部
副本：

主任委員　〇〇〇

五、公告

(一)登報用

內政部　公告

發文日期：中華民國○○年○○月○○日
發文字號：(　　)　　字第　　　號

主旨：公告民國○○年出生的役男應辦理身家調查。
依據：徵兵實施條例。
公告事項：
一、民國○○年出生的男子，本年已屆徵兵年齡，依法應接受徵兵處理。
二、請該徵兵及齡男子或戶長依照戶籍所在地(鄉、鎮、市、區)公所公告的時間、地點及手續，前往辦理申報登記。

(二)登公報用

內政部警政署　公告

發文日期：中華民國○○年○○月○○日
發文字號：(　　)　　字第　　　號

主旨：警察人員服務證於○○年○○月○○日換發，舊證同時作廢。
依據：警察人員服務證發給規則。
公告事項：
一、新換發之警察人員服務證式樣為：橫式、紅色底、金色邊，正面左方由右至左兩橫列書寫「警察人員」、「服務證」金色字，並於兩橫列中間刊印警徽，右方貼相片，背面底為白色、印淺藍色小警徽；填寫服務機關、職別、姓名、出生日期、證號、發證日期及有效期限，並加蓋服務機關主管官章等項，字體正楷黑色，證長五・五公分，寬八・五公分。
二、新換發警察人員服務證於○○年○○月○○日使用，舊證同時作廢。

署　長　○○○

(三)張貼用

○○市○○區公所　公告

發文日期：中華民國○○年○○月○○日
發文字號：(　　)　　字第　　　號

主旨：公告本區原忠勤里改為忠勤、忠恕、忠愛三個里及其實施日期。

依據：○○市政府○○字第○○號函。

公告事項：

一、本區忠勤里原第○鄰至第○鄰仍為忠勤里。

二、原忠勤里第○鄰至第○鄰改為忠恕里。

三、原忠勤里第○鄰至第○鄰改為忠愛里。

四、均於○○年○○月○○日起實施。

區　長　○○○

臺北市○○國民中學　書函

地址：00000 臺北市○○路○○號
聯絡方式：(承辦人、電話、傳真、e-mail)

11656
臺北市新光路二段 30 號

受文者：臺北市市立動物園

發文日期：中華民國○○年○○月○○日
發文字號：(　　)　　字第　　　號
速別：速件
密等及解密條件或保密期限：
附件：

主旨：本校○年級學生計○○人，訂於○年○月○日前往貴園參觀，敬請惠予協助、指導，請查照。

說明：本案本校聯絡人：○○○，電話：○○○○○○○○。

正本：臺北市市立動物園
副本：臺北市政府教育局

（臺北市○○國民中學條戳）

七、簽

（一）下級機關首長對上級機關首長

簽　於（機關或單位）

主旨：○○部為亞洲開發銀行請撥付亞洲蔬菜研究發展中心補助費新臺幣○○○元，擬准動支本年度第二預備金，簽請核示。

說明：○○部函為○○銀行以亞洲開發銀行請自該行B帳戶我國繳付本國幣股本內支付亞洲蔬菜研究發展中心新臺幣○○○元，業已先行墊撥，上項亞洲蔬菜研究發展中心補助費，本年度未列預算，既由○○銀行墊付，請准在○○年度第二預備金項下撥還歸墊。又本案事關涉外重要案件，特專案簽辦。

擬辦：擬准照　○○部所請在本年度中央政府總預算第二預備金項下動支。

敬　陳

副○長
○　長

○○○　職章　（日期及時間）

簽 於（機關或單位）

主旨：本校〇〇科〇年〇班學生〇〇〇，參加社區服務工作，表現優異，為校爭光，請予獎勵。

說明：

一、〇生自〇〇學年起，持續利用寒暑例假，組隊為社區民眾作家電用品免費維修服務，迭獲佳評。

二、檢陳社區民眾代表〇〇〇等來函及民眾服務分社感謝狀。

擬辦：擬請准予記小功二次。

敬　陳

校　長

〇〇〇 職章 （日期及時間）

八、申請函

(一)請補發證書

申請函　中華民國○○年○月○日

受文者：○○商業職業學校
主旨：請補發畢業證書，以便參加普通考試。
說明：
　一、申請人民國○○年○○月畢業於母校○○科。
　二、前領畢業證書因民國○○年○○月○○日水災流失。

申請人：○○○　私章
住址：

(二)請整修排水溝

申請函　中華民國○○年○月○日

受文者：○○鄉公所
主旨：請整修○○路排水溝，以利公共衛生。
說明：
　一、申請人住宅附近○○路排水溝，久未疏濬，淤泥、雜物阻塞，水流不暢。
　二、往年三月例由貴所派工疏濬此一溝渠，今已屆七月，迄未見清理。
　三、日來天氣炎熱，汙水經烈日蒸曬，不僅臭氣薰人，而且滋生蚊蠅，繁殖細菌，尤易傳染疾病，影響附近居民健康。

申請人：○○○　私章
性　別：男
年　齡：
職　業：
身分證統一編號：
住　址：

（一）補辦請假

報告　於○科○年○班

主旨：請准補辦○○月○○日至○○月○○日的請假手續。

說明：

一、生於本月○○日返○○縣○○鎮省親，因○○颱風造成南北交通中斷，迄○○日交通恢復，始克返校。

二、檢陳家長證明書一紙。

謹　陳

導　　師
訓導主任

○科○年○班學　　　生　○　○　○　私章（日期及時間）
學　　　號　○○○○○○

（二）請婚假

報告　於○○○○○

主旨：請准婚假兩週，並請○○○代理職務。
說明：
一、職訂於○月○日與○○○小姐結婚。
二、擬請婚假自○月○日起，至○月○日止，共十二個工作天。
三、檢陳結婚喜帖一紙。

敬　陳

主任
處長

（蓋級職姓名章）（日期及時間）

通知

地址：11601 臺北市試院路1號
聯絡方式：(承辦人、電話、傳真、e-mail)

00000
臺北市○○路○○號

受文者：○○○先生

發文日期：中華民國○○年○○月○○日
發文字號：（　　）　　字第　　　　號
速別：
密等及解密條件或保密期限：
附件：

主旨：台端應○○年專職技術人員普通考試，業經榜示錄取，請即將證書費○○元整及最近半身正面二吋照片二張，逕寄本部出納科，以便轉請核頒及格證書。

正本：
副本：

考選部專技司（戳）啟

十一、通告

通告　○○年○○月○○日

主旨：本校○○年元旦團拜，訂於元月一日八時三十分在大禮堂舉行，敬希各同仁屆時蒞臨參加。

人事室（戳）

十二、通報

通報　○○年○○月○○日

一、○○大學教授○○○先生於○月○日○時蒞臨本校大禮堂講演，講題為「我國當前工業問題之剖析」。

二、敬希本校同仁屆時踴躍出席聽講。

祕書室（戳）

十三、公務電話紀錄

新北市政府民政局公務電話紀錄

協調事項	協調會議時間
發（受）話人 通話內容	發話人：選舉座談會定於 ○月○日舉行， 如何？ 受話人：可以。
發話人 單位 職稱 姓名	 民政局第○科 科長 ○○○
受話人 單位 職稱 姓名	 ○○區 區長 ○○○
通話時間	○年 ○月 ○日 ○午 ○時 ○分
備註	

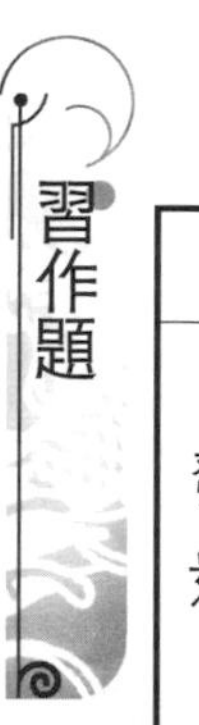

一、試擬臺北市政府致所屬各級學校函：希加強學生生活輔導，促進品德修養，以消弭越軌行動。

二、試代學校撰擬一則舉行學期考試的公告。

三、○○鄉公所民政課課員○○○因車禍受傷，不能上班，檢附公立○○醫院診斷書，擬請假十天，試代撰寫三段式報告。

應用文・契約

壹、契約成立的要件

契約是一種法律行為，規定當事人的權利與義務。凡當事人就一事項，在不違背法律或一般習慣的原則下，彼此取得協議，相互遵守，而記錄為文字以作為憑據，此種文字，即為契約。

契約既是法律行為，契約的成立，就須合乎法律的有關規定：

一、當事人均須有行為能力：我國民法所稱「行為能力」，乃指得以自己意思為法律行為，從而取得權利、負擔義務的能力。基本上，年滿二十歲的成年人，及已結婚的未成年人，皆屬有行為能力人，得為契約的當事人。民法第七十五條：「無行為能力人之意思表示，無效。」所以契約當事人，如有一方是不滿七歲的未成年人，或因精神障礙或其他心智缺陷，受監護宣告之人，因其無行為能力，所訂契約無效。至於年滿七歲之未成年人，為限制行為能力人，其契約行為須得法定代理人之允許或承認，方生效力。

二、必須經過要約承諾的程序：民法第一百五十五條：「要約經拒絕者，失其拘束力。」第一百五十六條：「對話為要約者，非立時承諾，即失其拘束力。」契約的成立，須經當事人相互的同意，要約與承諾，缺一不可，如僅為單方面的意思，或一方脅迫他方而訂立，皆無法律效力，所以一般契約常有「經雙方同意」、「此係兩廂情願，並無勒逼」，即在說明這一點。

三、須依法定方式：民法第七十三條：「法律行為，不依法定方式者，無效。」所謂法定方式，如民法第七百六十條：「不動產物權之移轉或設定，應以書面為之。」又如民法第一千零五十條：「兩願離婚，應以書面為之。」其中「以書面為之」，即法定方式。

四、不得違反法律強制或禁止的規定：民法第七十一條：「法律行為，違反強制或禁止之規定者，無效。」強制的規定，指法律規定必須遵守的事項，例如破產法第九十二條規定，破產管理人為不動產物權之讓與行為時，應得監查人之同意。如未得監查人同意，而為不動產物權之讓與，雖「以書面為之」，亦無效。禁止的規定，指法律規定禁止的事項，例如法律禁止賭博、禁止販賣人口，則賭博契約、販賣人口契約，因違反禁止的規定，皆無效。

五、不得以不可能之給付為契約之標的：凡不可能給付的物品，或不能有的行為，都不可以作為契約的標的。如人體四肢不可能作為給付，故買賣四肢的契約無效。

貳、契約的結構

使用文字訂定契約，其內容可有十二項：

一、契約名稱：在契約正文之前，以簡明文字，概括標示契約的種類或性質。如「房地買賣契約書」、「抵押契約書」。

二、當事人的姓名：當事人為訂立契約的主體，其姓名在契約中必須載明，如當事人為法人，應載明法人之名稱。

三、當事人的自願：契約訂立須經要約承諾，二者雖有主動與被動的不同，皆須出於當事人的自願，舊式契約中的「此係兩廂情願」，新式契約中的「雙方同意」，即在表示當事人的自願。

四、訂立契約的原因：訂立契約，必有其原因，如「因買賣土地房屋事，經雙方一致同意，訂立條款如後」，則買賣土地房屋為訂立契約的原因。

五、標的物內容：標的指法律行為所欲發生的法律效果，如買賣房屋以產權的移轉為標的，而此房屋即標的物。其他如借貸金錢，金錢為其標的物；承攬工作，則勞務為其標的物。訂定契約必須將標的或標的物內容詳細寫明，以免事後發生糾紛。

六、標的物價格：標的物無論為動產或不動產，均須將當時議定的價格，用大寫數字，詳細寫明。價款如係一次付清，則寫明付清的時日；如係分期交付，則寫明期數、期限以及各期交付之數目。如有出賣人須出具受款收據的約定，亦應在契約上寫明。

七、立約後的保證：即對契約標的物之權利的保證，如房地買賣契約的「此係自產自賣，並無爭執糾葛，亦無重疊交易，日後如有上項情事，概由賣主一面承當解決，買方因此所受之損害，賣方應負完全賠償責任」。

八、雙方應守的約束：針對契約標的，當事人一定有若干相互同意的約定，這些約定，必須在契約中詳細載明，不可遺漏，如約定項目很多，可以分條分項寫明。

九、契約的期限：典權、抵押、租賃、借貸、僱傭、合夥一類的契約，都有一定的期限，如「借款期限自民國○○年○○月○○日起，至民國○○年○○月○○日止」（借貸）。

十、當事人簽名蓋章：當事人在契約開端，本已書寫姓名，如「立房屋租賃契約人○○○」，這是表示契約的主體，而在契約末尾年月日之前，仍須簽名或蓋章，並寫下身分證統一編號和住址，表示信守負責。當事人如為機關團體，則除蓋機關團體長戳或圖記，其負責人也要簽名蓋章，寫下身分證統一編號。

十一、見證人或保證人簽名蓋章：見證人類似從前的中人，在於證明契約的真實，至少一人。現在的契約，當事人如果認為需要，在契約上也是要保證人的，如借貸契約中，債務保證人是保證債務的清償。所以，契約見證人或保證人必須在契約上簽名蓋章，並寫下身分證統一編號、住址。

十二、訂立契約的日期：此項為法律上確定權利義務起迄的依據，最好用「壹貳參肆」等大寫數字，以防塗改。

參、契約撰寫的要點

一、用紙：契約往往須長期保留，故所用紙張，宜堅韌耐久，不易塗改挖補。

二、文辭：契約的文辭應：㈠簡潔，㈡周詳，㈢明白，㈣確定。

三、格式：契約是一種實用文字，以條理明晰為最重要，宜採取分條列舉的方式，如果契約內容簡單，則可依舊式契約格式，不必分條分項。

四、繕寫：契約繕寫時應注意：㈠字跡工整，筆畫無誤。㈡數目字除證件資料可按原件字體，其餘一律使用大寫。㈢使用新式標點。㈣如有塗改、添注、刪去的字，必須在更改的地方加蓋當事人的印章，或在上方空白處蓋章註明「此行塗改（添注、刪去）若干字」，或在文件末尾空白處蓋章註明「第幾條第幾字下塗改（添注、刪去）若干字」。如更改太多，宜重寫。㈤契約寫成後，如有增列條款，可在文後空白處另寫，用「再批」二字開始，用「又照」或「並照」作結，並在「又照」或「並照」下蓋章。

五、印花與契稅：每一契約，皆須按印花稅法，貼足印花，並予蓋銷，同時應依法令規定，繳納契稅。

六、公證：重要的契約，最好經法院公證，可使法定要素完備，證據力增強，永久有案可稽，並具備強制執行的效力。

肆、契約的種類

契約的應用範圍極廣，種類亦多，茲擇要說明如次：

一、買賣契約：民法第三百四十五條：「稱買賣者，謂當事人約定一方移轉財產權於他方，他方支付價金之契約。當事人就標的物及其價金互相同意時，買賣契約即為成立。」買賣的標的物，包括動產與不動產。動產買賣，通常只須銀貨兩訖便了事；但大宗原料物品、機器設備，以及不動產的買賣，因為關係比較複雜，容易有糾紛，所以須訂立契約。

二、租賃契約：民法第四百二十一條：「稱租賃者，謂當事人約定，一方以物租與他方使用、收益，他方支付租金之契約。」租賃物可以是動產，如車輛、動物，可以是不動產，如土地、房屋。

三、借貸契約：借貸分使用借貸、消費借貸兩種。民法第四百六十四條：「稱使用借貸者，謂當事人一方以物交付他方，而約定他方於無償使用後返還其物之契約。」民法第四百七十四條：「稱消費借貸者，謂當事人一方移轉金錢或其他代替物之所有權於他方，而約定他方以種類、品質、數量相同之物返還之契約。」

四、僱傭契約：民法第四百八十二條：「稱僱傭者，謂當事人約定，一方於一定或不定之期限內為他方服勞務，他方給付報酬之契約。」

五、承攬契約：民法第四百九十條：「稱承攬者，謂當事人約定，一方為他方完成一定之工作，他方俟工作完成，給付報酬之契約。」工程契約即屬此類。

六、合夥契約：民法第六百六十七條：「稱合夥者，謂二人以上互約出資以經營共同事業之契約。」

七、保證契約：民法第七百三十九條：「稱保證者，謂當事人約定，一方於他方之債務人不履行債務時，由其代負履行責任之契約。」此專就債務之保證而言，而一般所謂保證書，亦應屬此類。

伍、契約的實例

茲舉常用契約實例四則，以供參考。

一、買賣契約

房地買賣契約書

立房地買賣契約書人買主○○○（以下簡稱甲方）、賣主○○○（以下簡稱乙方），因買賣土地房屋事，經雙方一致同意，訂立條款如後：

一、房地標示：

㈠土地座落：〇〇縣（市）〇〇鎮（區、鄉）〇〇段〇〇小段〇〇地號建築基地面積〇〇平方公尺（〇〇坪）所有部分之〇分之〇。

㈡房屋座落：〇〇縣（市）〇〇鎮（區、鄉）〇〇路（街）〇段〇巷〇弄〇號第〇樓房屋面積〇〇平方公尺（〇〇坪）（包括陽臺、走道、樓梯間等共同使用部分之分擔）。

二、房地總價：房屋價款新臺幣〇〇元整，土地價款新臺幣〇〇元整。合計總價新臺幣〇〇元整。

三、付款方式：立約之日，甲方將總價〇分之〇即新臺幣〇〇元整以現金交付乙方，餘〇分之〇即新臺幣〇〇元整，分兩期平均以現金交付，第一期於乙方將房屋騰空，連同土地交與甲方時付清，第二期於過戶證件經地政事務所收件時付清。甲方除因不可抗力之事由外，如逾期交付房地價款，每逾一日按當期價款千分之〇計算滯納金與乙方。

四、房屋之門窗設備、固著裝修，於訂約之日，經雙方會同清點，另立清單作為本約附件，交屋之日，一概不得短少，否則，乙方應負賠償責任。

五、自訂約之日起一個月內，乙方應將房屋騰空，連同土地交與甲方。除因不可抗力之事由外，如有延誤，甲方得向乙方日罰新臺幣〇〇元整。

六、自訂約之日起十日內，乙方應將本約第一條所列土地、房屋之所有權狀及其他有關證照，交付甲方辦理過戶，並在甲方因地政事務所有關規定須乙方出面協助時，不得推諉勒索。

七、甲乙雙方應負擔之稅捐除依有關法律規定外，並依左列規定辦理：

㈠土地、房屋移轉過戶前之稅捐及移轉過戶時之土地增值稅由乙方負責。
㈡產權登記費、印花稅、契稅、監證費、代辦費、各項規費及臨時或附加之稅捐由甲方負擔。
八、交屋前之水電、瓦斯、電話費由乙方負擔。
九、本約房地乙方保證係自產自賣，並無爭執糾葛，亦無重疊交易，日後如有上項情事，概由乙方一面承當解決，甲方因此所受之損害，乙方應負完全賠償責任。
十、本契約書乙式貳份，甲乙雙方各執存乙份為憑，並自簽約日起生效。
十一、本契約之附件視為本契約之一部分。
附件：房屋設備概要乙份。

立契約人
甲　方
姓　名：○○○（印）
住　址：
身分證統一編號：
乙　方
姓　名：○○○（印）
住　址：

身分證統一編號：

見證人

姓名：○○○（印）

住址：

身分證統一編號：

中華民國○○年○○月○○日

二、抵押契約

抵押契約書

立抵押借款契約書人○○○ ○○○（以下簡稱甲方 乙方），就抵押借款事項，經雙方一致同意，訂立條款如左：

一、乙方貸與甲方新臺幣○○萬元整，於訂約日由乙方以現金一次付與甲方，甲方出具正式收據交付乙方為憑。

二、甲方將坐落○○市○○路○段○巷○弄○號第○樓房屋面積○○平方公尺（○○坪）作為抵押，以擔保前開債務。

三、甲方於訂約次月起，每月○日按前開債務金額月息○分之利率，以現金付息與甲方，不另製據。

四、抵押期限○年，即自民國○○年○○月○○日起，至民國○○年○○月○○日止。甲方如屆期不清償債務，乙方得依法聲請拍賣抵押物以抵償債務。

五、本約自成立後〇天內，乙方須將一應證件交付甲方，以辦理抵押權設定登記。
六、本約經雙方簽字後生效。

立契約人

甲　方

姓　名：〇〇〇（印）

住　址：

身分證統一編號：

乙　方

姓　名：〇〇〇（印）

住　址：

身分證統一編號：

見證人

姓　名：〇〇〇（印）

住　址：

身分證統一編號：

中　華　民　國　〇　〇　年　〇　〇　月　〇　〇　日

三、租賃契約

租賃契約書

立房屋租賃契約書人 出租人：○○○ 承租人：○○○ （以下簡稱 甲方 乙方），今承○○○先生介紹，為房屋租賃事，雙方同意，訂立條件如左：

一、房屋所在地及使用範圍：

㈠○○縣○○鎮○○街○○號二層樓房乙幢。

㈡房屋底樓面積○○平方公尺，二樓面積○○平方公尺，合計總面積○○平方公尺。主要柱牆樓梯走道陽臺形式，共照照片○○幅，每幅均乙式貳張，甲乙雙方各執乙套備查。

二、租賃期限：自民國○○年○○月○○日起，至○○年○○月○○日止計○年。

三、租金：

㈠每月租金新臺幣○○元每月○日以前繳納。

㈡保證金新臺幣○○元，於租賃期滿交還房屋時無息返還。

四、使用租賃物之限制：

㈠本房屋係供住家之用。

㈡未經甲方同意，乙方不得將房屋全部或一部轉租、出借、頂讓，或以其他變相方法由他人使用房屋。

㈢乙方於租賃期滿應即將房屋遷讓交還，不得向甲方請求遷移費或任何費用。

㈣房屋不得供非法使用，或存放危險物品，影響公共安全。

㈤房屋有改裝設施之必要，乙方取得甲方之同意後得自行裝設，但不得損害原有建築，乙方於交還房屋時並應負責回復原狀。

五、危險負擔：乙方應以善良管理人之注意使用房屋，除因天災地變等不可抗拒之情形外，因乙方之過失致房屋毀損，應負損害賠償之責。房屋因自然之損壞有修繕必要時，由甲方負責修理。

六、違約處罰：

㈠乙方違反約定方法使用房屋，或拖欠租金達兩期以上，經甲方催告限期繳納仍不支付時，不待期限屆滿，甲方得終止租約。

㈡乙方於終止租約或租賃期滿不交還房屋，自終止租約或租賃期滿之翌日起，乙方應支付按房租壹倍計算之違約金。

七、其他特約事項：

㈠房屋土地之捐稅由甲方負擔，水電費由乙方自行負擔。

㈡乙方遷出時，如遺留傢俱雜物不搬者，視為放棄，應由甲方處理。

㈢本契約租賃期限未滿，一方擬解約時，須得對方之同意。

八、本契約乙式貳份，甲乙雙方各執乙份為憑。

立契約人

出租人

姓　　名：○○○（印）

住　　址：

身分證統一編號：

承租人

姓　　名：○○○（印）

住　　址：

身分證統一編號：

介紹人

姓　　名：○○○（印）

住　　址：

身分證統一編號：

中華民國○○年○○月○○日

四、借貸契約

借貸契約書

立借貸契約書人○○○○○○（以下簡稱甲乙方），因借貸金錢事，雙方同意，訂立條件如左：

一、甲方借與乙方新臺幣〇〇元整。
二、借款期限自民國〇〇年〇〇月〇〇日起，至民國〇〇年〇〇月〇〇日止。
三、月息每千元〇〇元，乙方於每月〇日以現金付給甲方。
四、保證人〇〇〇，保證乙方履行義務，並放棄先訴抗辯權。
五、本契約經簽字後生效，甲乙雙方各執乙紙為憑。

立契約人
甲　方
姓　名：〇〇〇（印）
住　址：
身分證統一編號：
乙　方
姓　名：〇〇〇（印）
住　址：
身分證統一編號：
保證人
姓　名：〇〇〇（印）

住　址：
身分證
統一編號：

中　華　民　國　○　○　年　○　○　月　○　○　日

習作題

一、某甲將其所有○○年代裕隆廠牌小客車壹輛，牌照號碼○○，引擎號碼○○，以○○元賣與某乙，試代撰車輛買賣契約書。

二、某甲將其坐落○○市○○路○號○○商場編號一二三號店位一戶，實際面積六坪及現有附屬設備與公共設施，一併租與某乙從事文具商品營業之用，試代撰店位租賃契約書。

應用文・書狀

壹、書狀的意義

書狀和契約同是有關權利義務的信守文書。二者的區別：契約是當事人雙方協議為履行權利義務而訂立的，簽字後雙方各執一紙為憑。書狀是當事人的一方為履行權利或義務而訂立的，通常是由一方簽署交付他方收執。但人民向政府機關有所申請、陳情時，使用申請函，乃屬公文書；或者人民向法院進行訴訟所用的文書，稱為訴狀，有民事訴狀和刑事訴狀，此項訴狀的使用，必須合乎民、刑事訴訟法的程序，另有一定的格式，與一般民間所使用的書狀不同。

民間常見的書狀，可分為人事、財物兩方面來區分：

一、人事　有證明書、志願書、悔過書、遺囑等。

二、財物　有保證書、切結書、同意書、承諾書、催告書、委託書等。

貳、書狀的效用

書狀經當事人簽字或蓋章，立即發生效力，當事人必須切實履行。它和契約一樣，在訴訟法上是一種當然的證據，證明力至為強大。所以一般契約的法定條件，簽署書狀時，仍應遵守，否則容易引起爭執，有時並可能影響其效力。

現在很多醫院在為病患施行手術時，都會要求病患簽署「手術志願書」，表示在手術中或手術後，倘有發生任何不測情事，概與醫院及施行手術醫師無涉，其目的在免除或減輕醫院或醫師的責任。但依民法第二百二十二條規定：「故意或重大過失之責任，不得預先免除。」所以醫院或醫師於手術過程中，如有故意或重大過失，致病患傷亡者，其賠償責任不得預先免除，受害人仍得請求賠償。可見書狀的簽署，必須符合法律上的規定，不可違背。

參、書狀的作法

書狀既然具有與契約同樣的效力，所以撰擬時，必須參考契約作法，總要謹慎從事，免有貽誤。必要時，得請求律師或法院辦理認證或公證手續，以增強其效力。茲將一般書狀的作法，分為格式和文字兩方面說明如下：

一、格式　書狀原無一定格式，各種書狀，因事而異，一般說來，可包括下列四項：

㈠書狀名稱　為表明書狀的種類或性質，在書狀本文之前，應標明書狀的名稱，如「保證書」、「切結書」。

㈡本文　這是書狀的主體，並沒有定法、定式，但有關當事人的姓名、權利義務的內容、有效期限等，都必須詳細載明，不可遺漏。

㈢署名　當事人簽名蓋章，以示負責、信守承諾，但必須簽署真實姓名，不可用「字」或「別號」，以免日後如發生法律上行為時，難以處理。

㈣立狀日期　書狀上的年月日，關係權利義務的起訖，不可省略。

二、文字　撰寫書狀，關係當事人的權利義務，所以在文字方面，不能掉以輕心，必須層次分明，條理清晰。內容要周詳審慎，不涉游移。數字最好用大寫，以防塗改。

肆、書狀範例

一、證明書

證　明　書

〇〇〇君於民國〇〇年〇〇月〇〇日起，至〇〇年〇〇月〇〇日止，在本公司擔任會計職務〇年，月薪〇〇〇元。茲因事離職，所有經管帳目，交代清楚，特此證明。

〇〇公司（簽章）

中　華　民　國　〇　〇　年　〇　〇　月　〇　〇　日

二、志願書

㈠

志　願　書

立志願書人，今承〇〇〇保薦，前來〇〇工廠，充任學徒，約定〇年，在此期間，例無薪俸，但由廠方供給膳宿。凡廠中一切規章，自應遵守，倘有不法行為，或違犯廠規，自願無條件接受辭退處分。如有虧欠錢物等情事，由保證人負責賠償。恐後無憑，特立此存照。

立志願書人：〇〇〇（簽章）

住　　址：

保　證　人：〇〇〇（簽章）

住　　址：

中華民國〇〇年〇〇月〇〇日

(二)

手術志願書

立志願書人〇〇〇，今因胃出血，願在　貴院施行一次或數次之胃切除手術，無論在手術中或手術後，如發生任何不測情事，概與　貴院及施行手術各醫師無涉，此係自願，恐後無憑，立此存照。

此　致

〇〇醫院

立志願書人：〇〇〇（簽章）

住　　址：

保　證　人：〇〇〇（簽章）

住　　址：

中華民國〇〇年〇〇月〇〇日

三、悔過書

悔　過　書

店員○○○於○○月○○日，偶因一時衝動，言行失檢，深知懺悔，今後自當勤奮工作，改過向善，如再有冒犯之處，願受辭退處分，謹具此存照。

此　上

○○商店

立悔過書人　○○○（簽章）

中　華　民　國　○　○　年　○　○　月　○　○　日

四、遺囑

遺　囑

立遺囑人○○○（民國○○年○○月○○日生，○○省人，身分證號碼：○○○○○○○○○○），茲依民法規定，訂立遺囑如下：

一、本人所有坐落○○市○○區○○段○小段○○地號土地及地上建物（即○○市○○區○○里○鄰○○街○○巷○號）二層樓住宅全棟，由長子○○○（民國○○年○○月○○日生，○○市人，身分證號碼：○○○○○○○○○○），單獨全部繼承。

二、上項意旨，由○○○口授，○○○代筆，並宣讀、講解，經立遺囑人認可後，按捺指紋，記明年月日如後。

立遺囑人：〇〇〇（按捺指紋）
見　證　人：〇〇〇（簽章）
見　證　人：〇〇〇（簽章）
見　證　人：〇〇〇（簽章）

中　華　民　國　〇　〇　年　〇　〇　月　〇　〇　日

【說明】

一、本範例為代筆遺囑。

二、代筆遺囑，應由遺囑人指定三人以上之見證人，由遺囑人口述遺囑意旨，使見證人中之一人筆記、宣讀、講解，經遺囑人認定後，記明年、月、日，及代筆人姓名，由見證人全體及遺囑人共同簽名，遺囑人不能簽名者，應按指印代之。

五、保證書

保　證　書

立保證書人〇〇〇，今保證〇〇〇君，在貴商店充任店員，所有經手之金錢貨物，如有虧空舞弊情事，保證人願負全部賠償責任，恐後無憑，立此為據。

此　致

〇〇商店

立保證書人：○○○（簽章）

住　　址：○○縣○○鎮○○路○號

中華民國○○年○○月○○日

六、切結書

㈠

切結書

本人前向○○○先生承租坐落○○市○○區○○路○○號房屋，存放陶瓷貨品一批，業經出租人於○○年○○月○○日通知終止契約。茲同意於○○年○○月○○日以前將上開房屋騰清交還○○○先生，逾期仍未履行，屋內之所有貨品視同廢物，同意任由○○○先生處理，絕不食言，特立此為據。

具結人：○○○（簽章）

中華民國○○年○○月○○日

㈡

切結書

立切結書人○○○，同意在就職期間因從事研究或業務上所獲悉之生產技術及研究發明成果，決不洩漏給公司以外及公司內無關之人員，如有違反，除願受法律之制裁外，並願賠償　貴公司之一切損失。

此致

○○股份有限公司

具結人：○○○（簽章）

中　華　民　國　○　○　年　○　○　月　○　○　日

七、同意書

㈠

同　意　書

立同意書人○○○，茲因○○○君租賃本人所有○○市○○路○○號三樓為律師事務所。原有辦公桌○張，藤椅○把，同意由○○○君免費使用。使用期間，至房屋租約失效時為止。

立同意書人：○○○（簽章）

中　華　民　國　○　○　年　○　○　月　○　○　日

㈡

同　意　書

立同意書人○○○　○○○
○○○　○○○，前於民國○○年在○○市○○街○○號合夥開設○○文具店。茲因生意蕭條，不堪賠累，同意歇業。恐口無憑，立此同意書各執一份存照。

立同意書人：○○○（簽章）
○○○（簽章）

〇〇〇（簽章）

〇〇〇（簽章）

中　華　民　國　〇　〇　年　〇　〇　月　〇　〇　日

八、承諾書

承　諾　書

貴公司職員〇〇〇為本人之內弟，現因胃出血住〇〇醫院治療，所有由　貴公司墊付之醫療費用，於出院結算時，全部由本人負責歸還。恐口無憑，立此存照。

此　致

〇〇股份有限公司

承諾人：〇〇〇（簽章）

地　址：〇〇市〇〇街〇〇號

中　華　民　國　〇　〇　年　〇　〇　月　〇　〇　日

九、催告書

催　告　書

敬啟者：本人承租

台端坐落本鎮〇〇路〇號平房，因年久失修，屋瓦破損，深恐雨季來臨，不堪居住，特此催請從速僱工整修，使能安居。如七日內不獲答覆，即自行僱工予以必要之修繕，所需費用，以租金抵付。如何之處，請即見復為要。

此致

〇〇〇先生

〇〇〇 敬啟

〇〇月〇〇日

一〇、委託書

委託書

茲因本人事務繁忙，不克出席 貴公司於民國〇〇年〇〇月〇〇日召開之第〇屆第〇次股東大會，特委託〇〇〇為代理人，代理本人行使關於〇〇年度收支決算審議〇〇年度收支預算案等一切之表決權及董監事選舉權。

此致

〇〇〇〇有限公司

委託人：〇〇〇（簽章）

住　址：〇〇市〇〇路〇號

受託人：〇〇〇（簽章）

住　址：○○市○○路○號

中華民國○○年○○月○○日

習作題

一、某甲應徵充任○○商號店員，請某乙擔任保證人，試代某乙撰擬保證書。

二、某甲有屋一幢，租與某乙，茲因其子即將結婚，擬收回自用，試代撰催告書。

國學常識題庫

國學名稱、範圍及分類測驗題

一、單選題

（　）1.中國人稱本國的學術為國學，外國人稱中國的學術為　(A)國學　(B)漢學　(C)儒學　(D)經典學。

（　）2.清代人將中國學問分為義理之學、考據之學、詞章之學，曾國藩更主張增列　(A)倫理之學　(B)社會之學　(C)道德之學　(D)經世之學。

（　）3.中國古代圖書分類始於　(A)孔門四科　(B)曹丕典論論文　(C)劉歆七略　(D)隋書經籍志。

（　）4.中國圖書分類採用四分法，最早始於　(A)西漢劉歆七略　(B)西晉荀勖中經新簿　(C)南朝宋王儉七志　(D)清代四庫全書。

（　）5.中國最早的一部圖書目錄的書籍是　(A)史記中的年表　(B)西漢劉歆七略　(C)三國魏鄭默中經　(D)隋書經籍志。

（　）6.中國古代兵家的書列於　(A)經　(B)史　(C)子　(D)集　部中。

（　）7.近代圖書館的圖書，大多採　(A)隋書經籍志　(B)四庫全書　(C)自由編目　(D)杜威十進法　的分類。

二、複選題

( ) 8. 一般人稱義理之學，是包括 (A)詩學 (B)經學 (C)玄學 (D)理學。

( ) 9. 中國古代圖書分類，採用四分法的有 (A)西漢劉歆的七略 (B)西晉荀勖的中經新簿 (C)南朝宋王儉的七志 (D)清代的四庫全書。

( ) 10. 四庫全書中集部的書包括 (A)楚辭 (B)別集 (C)總集 (D)詩文評。

經學常識測驗題

一、單選題

( ) 1. 五經正義的作者 (A)鄭玄 (B)董仲舒 (C)孔安國 (D)孔穎達。

( ) 2. 韓詩傳自 (A)齊人轅固生 (B)燕人韓嬰 (C)魯人申培公 (D)趙人毛亨。

( ) 3. 周禮原名 (A)周官 (B)周易 (C)禮記 (D)儀禮。

( ) 4. 小戴記四十九篇傳自 (A)劉向 (B)戴德 (C)戴聖 (D)班固。

( ) 5. 春秋外傳是指 (A)戰國策 (B)左傳 (C)國語 (D)呂氏春秋。

( ) 6. 漢代廢除挾書之禁的是 (A)漢惠帝 (B)漢文帝 (C)漢景帝 (D)漢武帝。

( ) 7. 經書今古文兩派之爭論，肇始於 (A)劉向 (B)劉歆 (C)馬融 (D)鄭玄。

( ) 8. 經書今古文的混合是始自 (A)馬融 (B)鄭玄 (C)王肅 (D)朱熹。

( ) 9. 經書今古文兩派之爭論，到了 (A)班固 (B)馬融 (C)鄭玄 (D)王肅 始結束。

二、複選題

( ) 10. 經學 (A)自漢以後，分為今文、古文 (B)古文經乃出自孔壁 (C)以隸書寫成之經書即是今文經 (D)今傳之十三經皆屬今文。

( ) 11. 春秋左氏傳是 (A)劉向作注 (B)賈逵作箋 (C)杜預作集解 (D)孔穎達作正義。

( ) 12. 「春秋三傳」是指 (A)故訓傳 (B)左氏傳 (C)公羊傳 (D)穀梁傳。

( ) 13. 唐代最著名的經學著作有 (A)陸德明經典釋文 (B)顏師古五經定本 (C)孔穎達五經正義 (D)胡廣五經大全。

( ) 14. 東漢著名的今文經學家有 (A)鄭眾 (B)李育 (C)何休 (D)馬融。

史學常識測驗題

一、單選題

( ) 1. 中國史學至何代、何人始脫離經學而獨立？ (A)東漢班固 (B)西晉荀勗 (C)東晉李充 (D)唐劉知幾。

( ) 2. 中國史書的分類，最早見於何書？ (A)漢書藝文志 (B)中經新簿 (C)四部書目 (D)隋書經籍志。

( ) 3. 中國史家何人深通史法，將古來史籍的體例分敘為六家、二體？ (A)漢司馬遷 (B)唐劉知幾 (C)宋司馬光 (D)清章學誠。

( ) 4. 中國史書的主要體裁，通稱「正史」者為何？ (A)紀傳體 (B)編年體 (C)紀事本末體 (D)政書體。

( ) 5. 以人為綱的紀傳體史書體例，始創自何人、何書？ (A)左丘明左氏春秋傳 (B)司馬遷史記 (C)班固

漢書 (D)司馬光資治通鑑。

( ) 6.何書為中國通史紀傳體之祖？ (A)尚書 (B)春秋 (C)史記 (D)資治通鑑。

( ) 7.太史公司馬遷的思想主流為何？ (A)陰陽之學 (B)黃老之學 (C)公羊之學 (D)儒家之學。

( ) 8.何書為中國第一部斷代紀傳體的史書？ (A)史記 (B)漢書 (C)後漢書 (D)三國志。

( ) 9.何人為三國志作注，較原書多出三倍，可謂集注史的大成？ (A)南朝宋裴松之 (B)唐顏師古 (C)元胡三省 (D)清張廷玉。

( ) 10.何人創制「紀事本末體」的史書體例？ (A)宋鄭樵 (B)宋朱熹 (C)宋袁樞 (D)宋司馬光。

( ) 11.何人所撰資治通鑑音注一書，歷時三十年，匯合眾注，訂訛正漏，成為今日最通行的版本？ (A)南宋李燾 (B)南宋李心傳 (C)元胡三省 (D)清畢沅。

( ) 12.政書為史，專記文物制度，始於何書？ (A)尚書 (B)唐杜佑通典 (C)宋鄭樵通志 (D)元馬端臨文獻通考。

二、複選題

( ) 13.所謂「四史」，以下敘述何者為當？ (A)史記、漢書、後漢書、三國志 (B)史記為一部紀傳體的通史 (C)漢書歷經四人之手始全帙完成 (D)唐顏師古所注三國志最通行於世。

( ) 14.以下有關史記體例的敘述，何者為非？ (A)史記體例共分五類 (B)本紀以帝王為中心，記載國之大事 (C)表係以事類為綱，編排同類性質的大事 (D)書係以記侯國，記載國家的大政大法。

( ) 15.司馬遷撰寫史記的目標為何？ (A)究天人之際 (B)通古今之變 (C)成一家之言 (D)創獨代之史。

（　）16.班固漢書，歷經何人之手，始成完本？　(A)班彪　(B)班昭　(C)馬融　(D)馬續。

（　）17.宋歐陽脩參贊修撰史書工作，完成何部史書，而盛稱於世？　(A)南史、北史　(B)新唐書　(C)新五代史　(D)通鑑綱目。

（　）18.班固漢書的注釋，以何人所注本最通行於世？　(A)唐司馬貞索隱　(B)唐顏師古注　(C)唐張守節正義　(D)清王先謙補注。

（　）19.以下有關「紀事本末體」的敘述，何者為是？　(A)以事為中心，標立題目　(B)依年月為序敘述　(C)不受人物的拘束，可以免去紀傳體的重複　(D)不受時間的限制，可以補編年體的破碎。

子學常識測驗題

一、單選題

（　）1.所謂「諸子」是指：　(A)先秦時代的「諸位男子」　(B)先秦時代的「諸位夫子」　(C)許多兒子　(D)先秦時代「諸子百家」　的學術。

（　）2.以下四點，何者不是諸子產生的背景？　(A)封建制度崩潰　(B)貴族階級動搖　(C)經濟制度變化　(D)教育事業不發達。

（　）3.古代學術的狀況　(A)和今天相同，「政治」「教育」是合一的　(B)和今天不同，「政治」「教育」是分離的　(C)和今天相同，「政治」「教育」是分離的　(D)和今天不同，「政治」「教育」是合一的。

（　）4.根據漢書藝文志，儒家出於　(A)史官　(B)司徒之官　(C)理官　(D)禮官。

（　）5. 根據漢書藝文志，道家出於　(A)史官　(B)行人之官　(C)議官　(D)清廟之守。

（　）6. 司馬談論六家要指所指的「六家」為　(A)陰陽、儒、墨、名、法、道　(B)陰陽、儒、墨、名、法、縱橫　(C)陰陽、儒、墨、名、法、雜　(D)陰陽、儒、墨、名、法、小說。

（　）7. 儒者形成學派是從誰開始？　(A)周公　(B)孔子　(C)孟子　(D)荀子。

（　）8. 荀子主張　(A)興惡說　(B)心惡說　(C)情惡說　(D)性惡說。

（　）9. 道家的代表人物是　(A)黃帝　(B)關尹子　(C)老萊子　(D)老子、莊子。

（　）10. 老子思想的核心觀念是　(A)仁　(B)義　(C)道　(D)術。

（　）11. 以下四點，何者是老子所反對的？　(A)守柔　(B)不爭　(C)禮　(D)無為。

（　）12. 以下四點敘述，何者是不正確的？　(A)莊子繼承老子的哲學，肯定道是創生萬物的本源　(B)莊子主張萬物是齊一的，有所謂高低貴賤之別　(C)莊子主張泯是非，薄辨議　(D)莊子主張天地與我並生，萬物與我合一。

（　）13. 韓非子顯學認為　(A)儒、道　(B)道、法　(C)儒、墨　(D)楊、墨　是戰國時代的顯學。

（　）14. 墨子的核心觀念是　(A)兼愛　(B)仁愛　(C)慈愛　(D)溺愛。

（　）15. 下列何者是不正確的？　(A)兼愛是道德性的主張，毫無功利的用意　(B)墨子主張尚同，所謂尚同，就是百姓上同天子，天子上同天志　(C)基於兼愛的原則，墨子有非攻之主張　(D)墨子非議禮文之虛偽，主張薄葬。

（　）16. 韓非子是　(A)法家重勢派　(B)法家重術派　(C)法家重法派　(D)法家　集大成者。

（　）17. 慎子是　(A)由陰陽家轉變為儒家者　(B)由儒家轉變為道家者　(C)由道家轉變為法家者　(D)由墨家轉

變為法家者。

（　）18.申不害以黃老一派道家思想為本源，特別重視刑名，他在法家中，以重視　(A)勢　(B)術　(C)法　(D)權　聞名。

（　）19.下列何者是不正確的？　(A)韓非喜刑名法術之學，而其本歸於黃老　(B)韓非為人口吃，而善著書，曾師事荀子　(C)韓非反對儒家尊賢之說，認為「法」才是治國之張本　(D)他不主張用「刑德二柄」來宰制群臣。

（　）20.惠施的名辯思想是由　(A)離堅白　(B)合堅白　(C)合同異　(D)離同異　出發的。

（　）21.公孫龍最有名的主張是　(A)白馬是馬　(B)百馬非馬　(C)百馬是馬　(D)白馬非馬。

（　）22.下列何者是不正確的？　(A)惠施喜歡從絕對超越的角度去強調事物的「同」　(B)公孫龍喜歡從絕對超越的角度去強調事物的「異」　(C)惠施公孫龍都不喜歡用詭辯的方法　(D)名家思想對知識層面的開拓、邏輯學的形成有很重要的貢獻。

（　）23.以下何者不屬於陰陽家的思想？　(A)五德終始　(B)大九州　(C)六道輪迴　(D)小九州。

（　）24.以下何者是不正確的？　(A)縱橫家雖被列入九流十家，實為戰國時代兩種外交策略　(B)蘇秦主張合縱，張儀倡導連橫　(C)鬼谷子是縱橫家之代表人物　(D)縱橫家是帝王之學，其權謀運用，縱橫捭闔，對今天的國際外交戰略沒什麼用處。

（　）25.雜家的代表人物是　(A)鄒衍　(B)鬼谷子　(C)惠施　(D)呂不韋。

（　）26.農家的代表人物是　(A)尸佼　(B)許行、陳相　(C)蘇秦、張儀　(D)慎到。

（　）27.以下何者不是兵家的人物？　(A)孫武　(B)吳起　(C)孫臏　(D)管仲。

（　）28. 漢代的儒家學說往往混雜 (A)白馬非馬之說 (B)非樂非攻之說 (C)陰陽五行之說 (D)君民並耕之說。

（　）29. 漢代諸子 (A)學說內容更精純 (B)學術立場更嚴明 (C)學說內容彼此混雜 (D)九流十家完全停止發展。

（　）30. 魏晉時代最重要的學術內容是 (A)兵學 (B)玄學 (C)法學 (D)理學。

二、複選題

（　）31. 荀子學說要點是 (A)從人的自然本能，提出性惡說 (B)不否認人可以為善 (C)重視師法，弘揚禮樂 (D)主張制天用天，反對天人禍福之說。

（　）32. 老子主張 (A)道是天地萬物的本源 (B)道是一種虛無恍惚，但實際存在的東西 (C)道內存於萬物，以養萬物 (D)道是一種不存在的東西。

（　）33. 莊子的思想 (A)站在超越而相對的立場，破除人間生死壽夭的執著 (B)開啟了一種藝術性的精神境界 (C)可以使人更達觀、更樂天安命 (D)主張取消一切禮法、制度及桎梏人性的文明制作。

（　）34. 以下四點敘述，何者是正確的？ (A)管子是鄭國人，曾為鄭莊公建立霸業 (B)管子是春秋時代的人，管子一書卻是戰國時代的著作 (C)管子的道德思想承自道家，但轉入法家的法治主義 (D)管子以四維作為立國之本。

（　）35.「五德終始說」是 (A)對五種道德的解說 (B)對朝代更易、治亂盛衰的解釋 (C)主張五德循環往復，周而復始 (D)一種算命的學問。

（　）36.呂氏春秋是　(A)呂不韋的門客所著　(B)採取儒家修齊治平的理論，但有摻雜道家清靜無為之說　(C)採取墨家節儉好義，反對其非樂非攻之說　(D)採取法家信賞必罰精神，反對其嚴刑峻法之說。

（　）37.農家主張　(A)君民並耕　(B)小國寡民　(C)劃一市價，以量為準　(D)社會分工。

（　）38.兵家　(A)以行陣仗列，集體爭戰為學說目的　(B)戰國時代最為盛行　(C)主張「以正合，以奇勝」　(D)以武力戰爭作為解決衝突的唯一途徑。

（　）39.以下關於漢代諸子的敘述，何者是正確的？　(A)漢初行黃老之治，所謂黃老，是法家與道家融合在一起的治術　(B)淮南子是淮南王劉安的門客所寫的，代表雜家化的道家　(C)賈誼新書、桓寬鹽鐵論、王符潛夫論，代表雜家化的儒家　(D)董仲舒的天人感應學說，成為漢代思想主流。

（　）40.魏晉玄學，可分為　(A)名理派　(B)玄論派　(C)象數派　(D)曠達派。

（　）41.魏晉玄學，玄論派的代表人物是　(A)劉劭　(B)何晏　(C)王弼　(D)阮籍。

（　）42.魏晉時代，佛教徒傳播教義，以易經老莊解說佛理，於是　(A)被稱為「格義之學」　(B)促進了佛學的中國化　(C)被稱為「教外別傳」　(D)被稱為「義理之學」。

（　）43.宋元明三代，產生了一種儒學為本體，吸收道家佛教思想建立的新學說，稱為　(A)理學　(B)道學　(C)新儒學　(D)格義之學。

（　）44.以下的敘述，何者是正確的？　(A)周敦頤是「濂派」的宗師　(B)張載世居關中，所開宗派稱為「張派」　(C)程顥、程頤居洛陽，所開宗派為「洛派」　(D)朱熹在福建講學，所開宗派為「閩派」。

（　）45.清代考據之學　(A)又稱為「樸學」　(B)又稱為「乾嘉之學」　(C)又稱為「格致之學」　(D)又稱為「宋學」。

（　）46. 以下四點敘述，何者是不正確的？ (A)周敦頤著太極圖說與通書 (B)張載西銘主張「民胞物與」 (C)王陽明主張「知難行易」之說 (D)朱熹與陳亮曾在鵝湖會面，辯論自己的學說。

（　）47. 以下四種佛教宗派，何者是中國佛教徒自行創建的宗派？ (A)淨土宗 (B)天台宗 (C)華嚴宗 (D)禪宗。

（　）48. 以下敘述，何者是正確的？ (A)程顥，稱為明道先生，主張「體貼天理，敬義夾持」 (B)程頤，稱為伊川先生，主張「性即理」 (C)陸九淵，號象山，主張「吾心即宇宙」 (D)王陽明，提出「心即理」之說。

（　）49. 佛教的教義主張 (A)諸行無常 (B)諸法無我 (C)因愛生苦 (D)清靜無為。

文學常識測驗題

一、單選題

（　）1. 詩歌用韻的作用，在於 (A)加強文字的排列組合 (B)增加寫作的難度 (C)讀起來和諧，容易背誦 (D)摹仿民歌的特色。

（　）2. 中國最早的一部詩歌總集 (A)詩經 (B)楚辭 (C)樂府詩集 (D)全唐詩。

（　）3. 中國的傳統詩教 (A)風雅頌 (B)賦比興 (C)宮商角徵羽 (D)溫柔敦厚。

（　）4. 戰國楚屈原的辭賦，用象徵手法表現 (A)邊塞的風光 (B)含忠履潔的精神 (C)神話志怪的故事 (D)異國的情調。

(　　) 5. 漢賦四大家 (A)司馬遷班固馬融王充 (B)董仲舒劉向張衡王粲 (C)屈原荀卿莊周墨翟 (D)司馬相如揚雄班固張衡。

(　　) 6. 樂府是音樂的官府，采詩以配合祭祀，於是有樂府詩。樂府的制度建立於 (A)周代 (B)秦代 (C)西漢 (D)東漢。

(　　) 7. 中國田園詩始於 (A)戰國屈原 (B)漢司馬相如 (C)魏曹植 (D)晉陶淵明。

(　　) 8. 中國七言詩起於 (A)詩經國風桃夭 (B)漢武帝柏梁臺君臣聯句 (C)南朝宋鮑照行路難 (D)唐李白將進酒。

(　　) 9. 近體詩中的律詩共八句，它除了講求平仄外，在二、三兩聯還要講求 (A)用韻 (B)對仗 (C)夸飾 (D)聲調。

(　　) 10. 唐代詠邊境的詩歌能振奮人心，其中重要的邊塞詩人有 (A)王勃駱賓王 (B)李白杜甫 (C)高適王之渙 (D)杜牧李商隱。

(　　) 11. 詞中有三李 (A)李白李煜李清照 (B)李頎李賀李商隱 (C)李娃李世民李少君 (D)李商隱李煜李璟。

(　　) 12. 在五代詞家中，被尊為「花間鼻祖」的詞人是 (A)李煜 (B)孫光憲 (C)韋莊 (D)溫庭筠。

(　　) 13. 中國詩歌一脈相承，唐詩典雅，宋詞豔麗，元曲 (A)婉約 (B)豪邁 (C)高華 (D)俚俗。

(　　) 14. 明代傳奇曾一度中衰，中明由 (A)關漢卿 (B)高明 (C)魏良輔 (D)唐順之 改良崑腔，於是傳奇再度興盛。

(　　) 15. 莊子的寓言多寫自然界的各種事物，而韓非子中的寓言卻多寫 (A)神鬼 (B)山水 (C)田園 (D)人事。

(　　) 16. 唐代古文運動的先驅有 (A)班固蔡邕 (B)陶侃干寶 (C)蕭穎士柳冕 (D)柳開穆修。

(　) 17. 唐代新樂府運動主要的提倡人是 (A)元結杜甫 (B)元稹白居易 (C)杜牧李商隱 (D)李賀溫庭筠。

(　) 18. 唐代古文運動主要的提倡人是 (A)陳子昂元結 (B)元稹白居易 (C)韓愈柳宗元 (D)皮日休陸龜蒙。

(　) 19. 宋代古文運動領導文壇的盟主是 (A)韓琦 (B)歐陽脩 (C)蘇軾 (D)黃庭堅。

(　) 20. 明代李攀龍何景明等前七子的文學主張，是「文必 (A)史漢 (B)經史 (C)老莊 (D)秦漢 ，詩必盛唐」。

二、複選題

(　) 21. 構成文學的要件，應具備 (A)思想 (B)情感 (C)想像 (D)技巧 等特質。

(　) 22. 魏晉時文學批評家，對詩賦這類文體認為應具備的要旨是 (A)書論宜理 (B)詩賦欲麗 (C)詩緣情而綺靡 (D)賦體物而瀏亮。

(　) 23. 詩經國風中吟詠男女愛情的詩篇有 (A)關雎 (B)桃夭 (C)野有死麕 (D)木瓜。

(　) 24. 屈原的弟子有 (A)宋玉 (B)景差 (C)淮南小山 (D)東方朔。

(　) 25. 楚辭是南方文學的代表，多用楚語作語詞，最常見的有 (A)兮 (B)也 (C)只 (D)些 等字。

(　) 26. 古體詩的作法 (A)句子的多寡不受限制 (B)要求嚴格的對仗 (C)句中每個字不受平仄的約束 (D)用韻寬，可以通押，並可以換韻。

(　) 27. 南朝重要的山水詩人是 (A)郭璞 (B)謝靈運 (C)謝脁 (D)陳後主。

(　) 28. 絕句 (A)又名斷句、截句 (B)八句詩，其中有兩聯要對仗 (C)為四句詩，五言為二十字，七言為二十八字 (D)長短句的詩。

（　）29.盛唐時代主要的詩人　(A)詩仙李白　(B)詩聖杜甫　(C)詩佛王維　(D)詩豪劉禹錫。

（　）30.元代馬致遠的散曲和雜劇　(A)竇娥冤　(B)天淨沙　(C)秋思　(D)漢宮秋。

（　）31.唐代韓愈柳宗元的古文運動，在古文理論上主張　(A)文以載道　(B)使文學與儒學結合為一　(C)駢散互用　(D)辭藻綺靡。

（　）32.宋代的古文家有　(A)歐陽脩　(B)曾鞏　(C)王安石　(D)三蘇父子：蘇洵、蘇軾、蘇轍。

國學名稱、範圍及分類測驗題答案

一、單選題

1.(B) 2.(D) 3.(C) 4.(B) 5.(B) 6.(C) 7.(D)

二、複選題

8.(B)(C)(D) 9.(B)(D) 10.(A)(B)(C)(D)

經學常識測驗題答案

一、單選題

1.(D) 2.(B) 3.(A) 4.(C) 5.(C) 6.(A) 7.(B) 8.(B) 9.(D)

二、複選題

10.(A)(B)(C) 11.(C)(D) 12.(B)(C)(D) 13.(A)(B)(C) 14.(B)(C)

史學常識測驗題答案

一、單選題

1.(B) 2.(D) 3.(B) 4.(A) 5.(B) 6.(C) 7.(D) 8.(B) 9.(A) 10.(C) 11.(C) 12.(B)

二、複選題

13.(A)(B)(C) 14.(C)(D) 15.(A)(B)(C) 16.(A)(B)(D) 17.(B)(C) 18.(B)(D) 19.(A)(B)(C)(D)

子學常識測驗題答案

一、單選題

1.(D) 2.(D) 3.(D) 4.(B) 5.(A) 6.(A) 7.(B) 8.(D) 9.(D) 10.(C) 11.(C) 12.(B) 13.(C) 14.(A) 15.(A)

16.(D) 17.(C) 18.(B) 19.(D) 20.(C) 21.(D) 22.(C) 23.(C) 24.(D) 25.(D) 26.(B) 27.(D) 28.(C) 29.(C) 30.(B)

二、複選題

31.(A)(B)(C)(D) 32.(A)(B)(C) 33.(A)(B)(C)(D) 34.(B)(C)(D) 35.(B)(C) 36.(A)(B)(C)(D) 37.(A)(C) 38.(A)(B)(C)

39.(A)(B)(C)(D) 40.(A)(B)(D) 41.(B)(C) 42.(A)(B) 43.(A)(B)(C) 44.(A)(C)(D) 45.(A)(B) 46.(C)(D) 47.(B)(C)(D)

48.(A)(B)(C)(D) 49.(A)(B)(C)

文學常識測驗題答案

一、單選題

1.(C) 2.(A) 3.(D) 4.(B) 5.(D) 6.(C) 7.(D) 8.(B) 9.(B) 10.(C) 11.(A) 12.(D) 13.(D) 14.(C) 15.(D)

16.(C) 17.(B) 18.(C) 19.(B) 20.(D)

二、複選題

21.(A)(B)(C)(D) 22.(B)(C)(D) 23.(A)(B)(C)(D) 24.(A)(B) 25.(A)(C)(D) 26.(A)(C)(D) 27.(B)(C) 28.(A)(C) 29.(A)(B)(C)

30.(B)(C)(D) 31.(A)(B) 32.(A)(B)(C)(D)

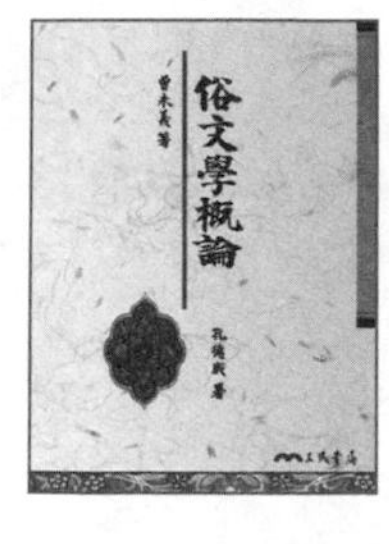

俗文學概論　曾永義／著

本書為作者積年之研究成果。書中建構，頗見新穎。其開宗明義，商榷民間文學、俗文學、通俗文學三者之命義，並予以融通之，以袪學者之疑，有名正則言順之深意。論述俗文學之各類別，首釋名義，次敘源流，據此以見概要；然後舉例說明其體製、語言、內容以見其特色和價值。可供初學入門之津梁，亦可供學者治學之參考。

治學方法　劉兆祐／著

本書作者在大學中國文學系（所）任教長達三十餘年，所講授課程，多與研究方法及文史資料之討論有關，教學經驗豐富，且著述繁夥。本書即就其講稿增訂而成。全書共分〈緒論〉、〈治學入門之必讀書目〉、〈研讀古籍的方法〉、〈善用工具書〉、〈重要的文史資料〉、〈治國學所需具備的基礎學識〉、〈撰寫學術論文的方法〉等七章，旨在為研治文史學者提供正確的治學方法。大抵治文史學者所應知的方法都已論及，適合大學及研究所同學閱讀。如能讀畢此書，必能獲得治學的正確途徑。

李杜詩選　郁賢皓、封野／編著

李白與杜甫是中國古代詩歌史上最璀璨的兩顆明星，兩人同處於盛唐時代，又有深厚情誼，他們以各自特有的稟賦與成就，將中國詩歌藝術推上了頂峰。本書精選李杜詩各七十五首，多為代表性的作品，力求各體兼備，並顧及各個時期，期使讀者能從中領略李杜詩歌的精髓。

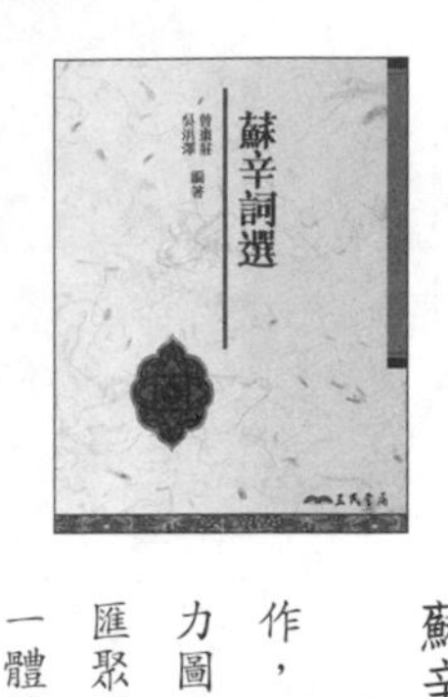

蘇辛詞選　曾棗莊、吳洪澤／編著

本書共選錄蘇軾詞七十四首、辛棄疾詞八十七首。入選作品以豪放詞為主，同時也兼顧其他風格的代表作，以期展現詞壇大家不拘一格之風範。本書緊扣蘇辛一時代背景，剖析入微，在展現二人獨特風格之外，也力圖再現其心靈的歷程。注釋力求簡明闡釋原文，賞析注重對寫作背景、思想內容與藝術風格的點評，集評則匯聚歷代對該詞的主要評論。前有〈導言〉，末附蘇辛詞總評、蘇辛年表，是將學術性、資料性與鑑賞性集於一體的難得佳作。